江蘇地方詩文總集叢刊

曲阿詩綜
曲阿詞綜

〔清〕劉會恩 輯

①

廣陵書社

圖書在版編目（CIP）數據

曲阿詩綜 ; 曲阿詞綜 / (清) 劉會恩輯. -- 揚州 : 廣陵書社, 2024.3
(江蘇地方詩文總集叢刊)
ISBN 978-7-5554-2209-9

Ⅰ. ①曲… Ⅱ. ①劉… Ⅲ. ①古典詩歌－詩集－中國 Ⅳ. ①I222

中國國家版本館CIP數據核字(2024)第038087號

ISBN 978-7-5554-2209-9

書　　名	曲阿詩綜　曲阿詞綜
輯　　者	〔清〕劉會恩
責任編輯	徐大軍
出 版 人	曾學文
出版發行	廣陵書社
	揚州市四望亭路 2-4 號　郵編 225001
	(0514)85228081（總編辦）　85228088（發行部）
	http://www.yzglpub.com　E-mail:yzglss@163.com
印　　刷	無錫市海得印務有限公司
裝　　訂	無錫市西新印刷有限公司
開　　本	889 毫米 × 1194 毫米 1/32
印　　張	77.5
版　　次	2024 年 3 月第 1 版
印　　次	2024 年 3 月第 1 次印刷
標準書號	ISBN 978-7-5554-2209-9
定　　價	880.00 圓（全 4 册）

出版説明

《曲阿詩綜》三十二卷、《曲阿詞綜》四卷，清劉會恩輯。劉會恩，字時庵，號又綸，江蘇丹陽人。生活於清乾隆、嘉慶、道光間。嘉慶十二年（一八〇七）副貢。

本書爲輯録今江蘇丹陽一地歷代詩詞的地方總集。丹陽爲古曲阿縣地，三國吴時改名雲陽，未幾仍復舊名，至唐天寶時始更名爲丹陽縣。卷首有劉會恩自序，略述此書編纂由來及過程：『余束髮受書，即留心邑中掌故，始於乾隆甲寅。凡遇有關文獻者即手録，庋之篋中，輯成一書，名曰《丹陽文獻考》，迺自漢迄今得詩尤夥。至道光元年，閲三十一載，三易其稿，更匯爲一集，顔之曰《曲阿詩綜》。大約宋以前諸詩歷世既遠，悉輯於已刻繕裝書内；元以下以逮今日之耆舊，則盡得諮訪搜羅也。』又撰有例言，説明編纂體例及去取標準。首一條概述丹陽歷代沿革情況，因丹陽歷代隸屬不定，紛紜複雜，故在編纂時嚴於去取，必確證爲丹陽人纔得入選，不敢濫收。收詩以朝代先後爲序，從卷一的漢丁令威，至卷三十清嘉慶間的姜景華，又卷三十一清閨秀、卷三十二清方外，共録詩人九百餘。其詩作除取自『古今已刻諸集傳本、未刻諸集傳本而外，益以《醴泉集》、《梅花集》、《廣福山志》、新舊《府志》《邑志》、《練湖考》、《練湖志》、孫氏《燼餘集》、賀氏《廣平家樂》、姜氏《家珍集》，以及各種叢書，薈爲是集』。入選各家，皆繫以小傳，寧詳勿略，意在保存文獻。

丹陽在宋以前多有較爲著名者，如南朝梁蕭子良、梁武帝、蕭統、簡文帝，唐之儲光羲、蕭穎士、殷遥、權德輿、張祜、許渾，宋之張泌、石延年、蘇頌、葛勝仲、葛立方等，元以後所存録作者雖多，但有名者較少。集中所選之詩，力求雅正，蓋仿朱彝尊《明詩綜》《明詞綜》之例，故取名《曲阿詩綜》。

後又成《曲阿詞綜》四卷，選自唐皇甫冉至清姜景華，以及閨秀九人諸詞人之作，以清人爲多。此兩書於道光五年（一八二五）冬由劉九思堂刊刻而成。

本書搜羅宏富，考訂精審，不僅保存了丹陽一地歷代詩詞作品，也保留了大量的丹陽人物傳記資料，具有較高的文獻研究價值。卷首劉鳳誥序稱此書『采擇賅博，考據詳明，無濫收誤入諸弊，洵足備一邑大觀矣』。

本書作爲江蘇地方文獻典籍的重要組成部分，從一個角度顯示了江蘇文化的整體實力，是研究丹阳乃至江南地方文化、社會狀况的重要文獻資料。今特據道光五年（一八二五）劉九思堂刻本影印，并編製目録和人名索引，以方便讀者的使用。

廣陵書社

二〇二四年三月

總目録

第一册

曲阿詩綜

卷四

唐

卷五

唐

南唐

卷六

宋

補遺

卷七

卷八

卷九

卷十

明

第二册

卷十一

明

卷十二

明

卷十三

明

卷十四

明

卷十五

清順治朝

卷十六

清順治朝

卷十七

清康熙朝

卷十八

清康熙朝

卷十九

清康熙朝

第三册

卷二十

清康熙朝

卷二十一

清康熙朝

卷二十二

清康熙朝

卷二十三

清雍正、乾隆朝

卷二十四

清乾隆朝

卷二十五

清乾隆朝

卷二十六

清乾隆朝

卷二十七

清乾隆朝

卷二十八

清乾隆朝

第四册

卷二十九

清乾隆、嘉慶朝

卷三十

清嘉慶朝

曲阿詞綜

卷一

卷二

卷三

清

卷四

清

道光乙酉冬鐫

曲阿詩綜

劉九思堂藏板

敘

曲阿古延陵地上下千百年能詩詞者不下千百非得一二有心者網羅遺文考訂行誼詳誌里居姓氏則其人不傳嗚呼作者難傳作者更難也受業弟子劉時菴好讀書胸中具有今古下筆洋洋灑灑數千言立就猶憶初謁余時意氣豪邁精神奕奕露眉宇與之言議論風擧無委瑣齷齪態及詢其山川人物口陳指畫不禁低徊嚮往者久之歲丙子余主會文堂講席寓居維揚時菴亦寓於康山街南相睽不過數武執經問難朝夕過從嘗持其手輯曲阿詩綜三十二卷詞綜四卷乞一言弁其首余閱之愛其采擇賅博考據詳明無濫收誤入諸弊洵足備一邑大觀矣往余讀全唐詩殷璠有丹陽集由唐而宋而元明若曾彥和熊克鄧伯羔賀復徵輩雖於京口人文各有選集惜

無傳本嗟乎士君子生古人後懼先哲之著作一朝失隊蒐競焉抱殘守闕收拾遺聞以冀存什一於千百亟之繕而藏諸家未爲刻而問諸世星霜變易閱世幾何終歸泯沒良可嘅已假令忠臣孝子志士畸人其生平激昂感發抒寫性情可歌可泣可法當時而傳後世僅得於傳聞想像一寄其俯仰憑弔之情此亦無可如何者茲猶得於殘編斷簡中誌其名而指之曰某也有詩見詩綜某也有詞見詞綜不其幸歟不其幸歟歐陽氏有云凡物聚於所好而士君子之趨向亦判焉聚千百人之所有匯而歸於一人非有所利而爲之且非利其名而爲之凡在邑之後學義當如是也余嘗見夫求利之實者矣以一人而有求於千百人較量於錙銖之間取其盈以爲勝因而爲宮室之美妻妾之奉窮乏之資栩栩然自以爲所好在是利亦歸之彼

古今人之留貽遺編專集未見其過而問者若劉生[illegible]一編嗚唔不輟當其閉戶次撰積書等身上自德門望族閥閱縉紳以逮閭閻山林鄉亭寺觀一字一句有關風雅者必手抄副本以供編次幾及三十寒暑書始告成以視他人所好其損去果何如耶他日道由雲陽古驛艤舟於香草河畔肅衣冠潔蘋藻流觴奠拜恭謁乎季子之祠爲問士生斯地猶有沐浴其流風餘韻者在乎覩斯集也可以興矣是爲序

賜進士第三人級第前　經筵講官　太子少保吏部右侍郎加三級通家弟劉鳳誥撰

序

癸未秋受業弟子劉時庵攜其所輯曲阿詩綜三十二卷詞綜四卷請序於余余以酷暑未滌部務殷繁未遑披閱至仲秋而暑退凉生氣清人爽因次第閱其所錄詩詞乃知生用力之勤係心一邑文獻之久且確也謹按

御批綱目註云漢丹陽治宛陵三國吳移置建業晉初因之東晉於此建都故曰丹陽尹宋齊梁陳皆同隋廢又云考丹陽之在江南者有四一爲秦故縣亦曰小丹陽今太平府當塗縣是一爲漢故郡今寧國府宣城縣是一爲晉京尹今江寧府是一爲唐所置縣今鎮江府丹陽縣是又按

大清一統志表丹陽爲古曲阿縣地至吳時改名雲陽未幾仍復舊名至唐天寶時始更名爲丹陽縣至今莫易當塗縣在秦

漢時爲丹陽縣至隋開皇時始改丹陽縣爲當塗縣至今莫易則今之丹陽非古之丹陽古之丹陽非今之丹陽生之輯邑人詩詞而曰曲阿者溯今丹陽縣之始能勿以今之丹陽錯入於古之丹陽郡丹陽縣也非識之確而何自漢迄今所得詩人幾九百餘家凡土著外遷流寓以及閨秀方外皆細證其實不濫爲旁徵泛引歷三十餘載三易其稿今乃請訂其成於余非人且確而何古來操選政者昉於晉摯虞文章流別繼以梁昭明文選而文章流別不傳於世蕭氏文選實爲總集傳書之冠徐陵玉臺新咏爲選詩家總集之冠他如河嶽英靈集中興閒氣集或因乎地或因乎時文苑英華唐文粹宋文鑑元文類明文衡則統乎一代而言會稽掇英總集統乎一郡而言

國朝胡文學甬上耆舊詩沈季友檇李詩繫亦合乎一郡而言

近之選者江蘇則有詩徵揚州淮安海州則有淮海英靈集松江則有詩鈔鎮江則有京口耆舊集無錫金匱則有梁溪風雅甄錄

昭代之詩未聞一邑彈丸之地上溯漢魏六朝下逮目前耆舊足槩邑中文獻考證之資如生之曲阿詩綜詞綜也世多潛心學故之士使每邑皆有專集匯前代之遺文以總其成而邑之文獻又何至代更世易而莫克舉其先哲所傳歟余喜生素不溺於俗學復不辭其網羅散失之功因亟序而還之至所錄之詩雖代有變更一歸於風雅正聲定爲有目共鑒又何藉余之贅言

賜進士第三人及第　經筵講官兵部尚書加三級通家弟青陽王宗誠撰

叙

文獻之所關大矣哉一代有一代之文獻一省有一省之文獻一郡有一郡之文獻一縣有一縣之文獻徵文考獻不遺於一縣而於天下覽其全受業弟子劉時巷稽古力學口不輟吟手不停披而尤究心於邑中掌故嘗著有丹陽文獻考一書而先以其詩綜詞綜請余爲之序謀梓之以問世大矣哉不可謂此舉非文獻所關也余閱其所輯之詩始於漢而迄於近時文人上下數千年間作者幾及九百餘家雖邑中之文不僅係於詩詞邑中之獻不僅係於卷中作者而先輩古文傳集已得十之八九作者稱是其文其獻與丹陽文獻考一書不更可爲表裏哉且生之所輯者凡邑之忠臣孝子義士名儒有篇什流傳者必爲錄之而小傳叙之尤詳若漢之包咸吳之顧禮唐之柏彥

範殷璠實流傳無詩非錄之有所遺也而詩以人傳之旨寓焉所輯之詩凡有關於山川名勝古蹟遺聞必錄其詩大旨只表揚忠節闡發潛隱爲主而一切風雲月露緣情靡麗之章概從其畧而人以詩傳之旨寓焉然則作詩之人即一邑文獻所關而所錄之詩誠與一邑文獻相爲表裏也至所錄之詞蘇辛與秦柳兩體並收詞本詩人之餘技而所收之詞人皆所收之詩人不又與詩相爲表裏而繫一邑之文獻哉先刻詩綜詞綜而問世而丹陽文獻所關余曰已得十之八九作者稱是閱是書者可燭照而數計也已將採風而閱是書者亦可得其意旨之所存也已由是以一縣之文獻滙之爲一郡一省之文獻而天下之文獻不基諸此哉吾知此書之行可爲丹陽文獻考一書先行之嚆矢矣生其勉乎哉生其勉乎哉

賜進士出身內閣學士兼禮部侍郎文淵閣直閣事加三級通

家弟陳嵩慶撰

序

余束髮受書卽留心邑中掌故始於乾隆甲寅凡遇有關文獻者卽手錄庋之篋中輯成一書名曰丹陽文獻考廼自漢迄今得詩尤夥至道光元年閱三十一載三易其稿更滙爲一集顏之曰曲阿詩綜大約宋以前諸詩歷世旣遠悉輯於已刻繕裝書內元以下以逮今日之耆舊則盡得於諮訪搜羅也丹陽古曲阿地有六朝古沃風人不以才自炫卽有名篇鉅製亦不愛亟授棗梨弋獲聲譽故丹陽雖爲江以南第一衝衢人材彙萃之所而朱竹垞明詩綜之刻寓書於睢身壹姜子恂所收者惟列姜仲文睢明承兩家

國朝沈歸愚刻別裁集寓書於姜上均代爲收訪上均先輩潛心經學不以辭章爲重未爲收訪故別裁集中亦未登一人余

生也晚深懼先哲全集專刻之既少而一二家藏鈔本經子孫
之轉徙將歷久而各姓後裔蕩然無存矣先哲之潛德幽光以
及苦心孤詣之著作生長於斯邑者可謝其諮訪搜羅之責任
其湮没而不彰耶因先以詩綜授之棗梨以問諸世而曲阿人
文之士亦居十之七八矣若以爲斯舉具發潛闡幽之實功余
則何敢道光四年秋八月中澣邑後學劉會恩自識

曲阿詩綜卷之一

例言

一丹陽歷代沿革秦時爲雲陽截直道使曲改名曲阿隸會稽郡王莽改曲阿爲風美東漢仍名曲阿隸吳郡吳嘉禾時復曲阿爲雲陽西晉徙雲陽爲曲阿隸毘陵郡永嘉時隸晉陵郡徙治丹徒分丹徒曲阿地爲武進又分曲阿延陵鄉置延陵縣東晉均隸晉陵郡宋省入丹徒武進隸南東海郡梁改曲阿武進爲蘭陵隸蘭陵郡陳改蘭陵爲東海縣隋廢南徐州爲延陵鎮移名京口置延陵縣隸蔣州開皇時罷延陵鎮以蔣州之延陵永平常州爲曲阿三縣置潤州於鎮城又分曲阿之金山鄉置金山府大業中爲金山縣尋廢又廢潤州爲延陵縣與曲阿隸江都郡唐武德時於府置雲州又改

爲簡州以曲阿爲簡縣復別置延陵縣隸茅州後又隸蔣州尋廢州爲縣省金山府入延陵縣延陵仍隸簡州垂拱時置金山縣天寶時改簡州爲丹陽郡改簡縣爲丹楊縣乾元時陞爲丹陽軍建中時改丹陽郡爲鎮海郡後又改爲壘鎮南唐改丹楊爲丹陽縣宋熙寧時廢延陵爲鎮隸丹陽析其上元孝德二鄉入金壇政和時改鎮江軍爲府丹陽隸鎮江府元隸鎮江路明初隸鎮江翼又隸江淮府復改爲鎮江府歷數千年必實稽其爲丹陽詩人古昔居於何地卽占籍外遷流寓者亦必詳稽原委實有所徵始爲入選不敢濫收

一陽邑當南北之衝挺湖山之秀篤生才士代有傑人自季子而來指不勝屈六朝以降專尚風雅齊梁兩代蕭氏尤多名彦唐時殷璠選有丹陽集宋時曾彥和有潤州集熊克有

京口乾道集又有京口續集顧致堯有京口集明時鄧伯羔有京口人文集周霞王用賓選明人詩有丹陽集夏邃有續丹陽集賀復徵歷朝詩選中多邑人著作是古人固已牢籠眾美漱滌百家矣然唐殷璠丹陽集僅散見於全唐詩中而宋明諸書當世又絕少傳本名雖存而書多未見余因網羅散失於古今已刻諸集傳本未刻諸集傳本而外益以醴泉集梅花集慶福山志新舊府志邑志練湖考練湖志孫氏廬餘集賀氏廣平家樂姜氏家珍集以及各種叢書薈爲是集自漢迄今得詩三十二卷詞四卷吾陽作者已足略見一班倘邑有同志共切表揚益所未見匡所不逮將播之藝林傳之奕葉庶往哲之英華未沒而前人之靈爽式憑云

一前人各家名下繫以小傳寧詳勿略誠以邑中文獻大半

萃於是也名之曰綜者仿朱竹垞詩綜詞綜之例也漢魏六朝至隋除專集外以古詩紀爲據唐詩除專集外以全唐詩爲據宋元詩無總彙全書除各家專集各種選本外以宋詩紀事元詩鈔爲據明中葉時有丹陽集上下二卷續丹陽集二卷皆未見其書明末則以明詩遺稿爲據　本朝陽邑詩人選家全無專本蓋宋元明以來非搜輯於各家專集即搜輯於諸家後裔藏本深心採訪幾及三十餘年而始告成凡一切方言小說有傷大雅而無據者概不收錄

一編次唐以前以朝代先後爲序唐以後以科目先後爲序唐以前無古今體之分編次仍從原集唐以後則以樂府五七古五七律五七排五七編爲次錄唐賢詩極多者僅五六十首宋以後極多者不踰五十首外以集隘不能多錄也至

忠臣孝子義士畸人雖無專集偶得吉光片羽亦必登之集中詩以人存也若隱士布衣閨秀方外之屬性情流露多有可傳之作亦必揀金披玉登之集中人以詩存也而人品次第則一朝先錄儒家者流次以閨秀方外或有軼事遺言有關邑中文獻亦必收輯以供採風

一諸選家界唐劃宋愛艷麗者多錄辭華尚清拔者多錄流易茲選自漢迄今三千餘年既不能分唐别宋而諸家各有眞性情亦不能主此失彼取彼遺此也然粗疎俚俗者概不敢登如晉葛仙翁句容人曾寄居丹陽有古詩三首唐權審有得即高歌一絶皆嫌其非風雅正聲均爲不錄而所錄者一以雅正爲宗至左太冲舊誌誤爲丹陽人今爲攷正亦不敢以其名之重詩之美濫爲援引

一明代陽邑詩人莫盛於賀氏今於賀氏廣平家樂姜氏家珍集外又得詩人不少至荆氏則向無專本悉從各處收羅而得人數亦幾與兩姓相埒蓋陽邑詩古文辭以賀氏爲最荆氏則以制義勝姜氏則以經學勝自有明以迄於今人物三姓足以相抗而邑中亦惟三姓爲最盛云

一是選自漢迄今得詩三十二卷自唐迄今得詞四卷所錄詩人非已作古人者即現在耆老悉從京江耆舊集之例後有作者亦必另爲續編以符先後一例

是集手鈔始於乾隆甲寅閱詩不下十數萬首詩集不下數十百種迄今幾三十餘年而廣益集思共爲商榷而參定者同郡則賴有徵君王柳村豫同年張也愚學仁文學李雲閣寶湘孝廉馮玉溪調鼎諸君而張也愚所刻京口耆舊集陽

邑詩人亦綴從詩綜中錄出者同邑則魏有年、伯明經東虞
琴南薰文學荆星堦際豐家翼庭應樞金埔守中孝廉周棣
林肖幽於夢巖汝濟家叔翠庭樹儒生東子居敬楊寶汾漢
鼎諸君刊刻分荍之役則屬於長子培元四子紹元倘復有
遺漏萬望邑有同志廣搜遠寄集成大觀庶播諸四方質之
有道益足以徵邑中文獻云

曲阿詩綜卷之一目次

丹陽後學劉會恩時菴輯

卷之二目次

梁

陳

北魏

北齊

卷之三目次

卷之四目次

卷之五目次

唐

南唐

卷之六目次

宋

卷之七目次

宋

卷之八目次

宋

卷之九目次

丁玘　胜　𤰈　姜　符　貢元忠　東　爵　張　珍

孫相　孫　楨　丁一敬　宦　開　朱應奎　姜　寶

卷之十目次

明

荆文炤　暘　魯　丁一道　顧彦遠　丁一中　東　洲

姜　㠁　杭　濟　周　愛　胜　基　賀邦泰　胜　祿

荆光裕　王用賓　東　桓　蔡　狗　姜士昌

卷之十一目次

明

湯日昭　湯日明　張　肇　賀學易　賀學文　邵　位

諸葛懷仁　姜志禮　孫雲翼　鍾明陛　丁鴻陽　盛　德

湯　沭　賀納賢　姜志魯　胜　石　儲　璉　湯日昌

卷之十二目次

卷之十三目次

賀杜　賀王盛　東帛　楊通睿　朱錦黃　江浴日
賀王醇　蔣　惺　薛瑞徵　顔時相　夏　灐　賀燕徵
賀復徵　賀龍徵　荆之瑞　劉元祥　賀　裳　殷宜中
殷致中　殷瑞生　殷嘉生

卷之十四目次

明

楊志達　賀儒修　張　夬　葛　樞　於之亮　姜廷梧
荆本澈　荆象衡　葛　麟　眭明永　眭思永　賀　炌
荆廷儼　賀元封　姜紹書　劉元裕　姜大玿　賀撫辰
賀儒瑜　姜文龍　賀傳籙　賀廷衡　荆廷實　賀兆元
葛　晸　眭　本　任　立　顔　仲道　何守元　王素蘭
釋洪恩　楷　一　子　熙　正　顛　閨秀姜舜玉　祁德[illegible]

金　氏

補遺

卷之十五目次

國朝順治朝

卷之十六

國朝順治朝

卷之十七

國朝康熙朝

郭世通　周揚洪　葛中柱　孫嘉軾

卷之十八

國朝康熙朝

賀易簡　賀對揚　賀對達　蔡瀚　賀銓　葛筠

殷薦馨　諸葛義和　虞渡　湯寅上

卷之十九

國朝康熙朝

湯寅下　張楧　賀宿　賀國璘　張松　馬龍錫

諸葛方武　諸葛義方　諸葛遵義

卷之二十

國朝康熙朝

葛千秋　荆元寶　荆孝錫　孫烇　荆毓崑　荆德韶

卷之二十一

國朝康熙朝

卷之二十二

國朝康熙朝

吳瑞麟 賀印楞 姜朝俊 荆德珩 楊方綃 王鋐
荆澤承 張勤祖 盛永 賀銓 束士梅 束士楚
姜朝晟 姜天成 王翰 姜懋如 賀來雝 丁烱
姜允重 荆承範 楊助 楊本南 荆念閔 荆家玥
孫嵩 虞士進 荆彥鳴 束士杏 束宏道

卷之二十三

國朝雍正乾隆朝

荆琢 姜邁 陳陰元 周過庭 馬逢泰 王億
荆斑 馬玉堂 賀式南 束昌霖 馬宜陸 蔡文熊
虞文璇 楊敏求 荆摺 楊靜乾 張雋 荆縉
徐鳳彩 丁鼎峙 賀巽 荆縉元 姜日章 賀際昌
姜逢時 湯諧 郭梅 湯兆麟 馬逢年 酈廷祺

郝鳴皋　程一振　賀一元　張元龍　錢　濤　錢鳴盛
張鳳翥　賀天鈞　丁鶴松　周彥曾　張家裕　賀櫃基
荆圖南　荆　柱　賀錦飛　蔣理正　鄒　翊　賀安域
賀子京　賀宗漢　賀宗濤　吳　代　蔡　瑞　孫景璐
湯志泗　魏祖清　賀　舒　荆定遠　殷　苑　諸葛鏞

卷之二十四

國朝乾隆朝

吳　美　姜朝乘　張鈞鰲　馬道傳　諸葛瀛步　何仕夔
賀沈乘　賀夢龍　黃升元　荆之棟　眭朝棟　張敬祖
陸廷標　賀青潮　荆人鳳　荆蒼成　姜文鳳　姜增琳
荆來翼　荆體乾　姜時夏　湯周鼎　張　蘊　丁聖田
許士耆　丁　曉　歐陽璽　郭　序　吉夢賓　湯登鰲

楊　景　楊光漢　賀五瑞　賀朝晃　吉廷謚　朱章華
丁之球　厲　翼　吉夢熊　呂兆安　孫朝盛　彭　瑄
戴錫爵　荆行舉　陳天詔

卷之二十五

國朝乾隆朝

姜　藻　黄廷鄜　荆雲鳳　姜　專　黄　安　張懋準
黄肇熙　湯拱辰　彭　澧　荆大鼎　王　鈞　湯登泗
吉夢蘭　虞鳳翥　姜儀鳳　姜朝驥　姜朝純　馬定遠
孫雲錦　於發謨　劉　謙　姜少霞　丁振華　湯　益
印昌世　楊紹印　張位台　賀士烈　吉彥英　於　震
丁元佐　荆　震　荆　蘧　姜朝綱　黄準辰

卷之二十六

國朝乾隆朝

卷之二十七

國朝乾隆朝

卷之二十八

國朝乾隆朝

卷之二十九

國朝乾隆嘉慶朝

卷之三十

國朝嘉慶朝

國朝方外

曲阿詩綜目次終

曲阿詩綜卷之一

丹陽後學劉會恩時菴輯

漢

丁令威洞仙記漢桓帝時丁令威本遼東人少隨師學仙分身任意嘗化爲鶴歸華表有少年舉弓欲射之鶴乃飛起徘徊而言云云遂高上沖天所載與搜神記稍異廣輿記太平府有靈墟山丁令威修道之所然劉漫塘宋太霄觀記云丹陽縣東南七十里騎木溪溪爲舊橋東南塚阜巋然曰千墩溪北流五里合爲大溪曰白鶴問之士人曰吾里令威丁仙之故里也丁其姓白鶴其所化以飛塚阜巋然者其所歌以譏世也質之漢末遼東華表柱所題可信

華表歌

有鳥有鳥丁令威去家千歲今來歸城郭如故人民非何不學仙塚纍纍

吳

韋　昭字宏嗣吳郡雲陽人本名昭史爲晉諱改名曜少好學能屬文仕孫吳官至中書僕射職省爲侍中常領左國史撰吳書所著有孝經註國語註作洞記三卷職訓及辨證釋名博奕論各一卷　陳壽吳志評曰韋曜篤學好古博見羣書有記述之才華覈文賦之才有過於曜而典誥不及也　唐元宗序孝經稱爲先儒領袖

吳鼓吹曲十二曲錄十曲

炎精缺古今樂錄云炎精缺者言漢室衰孫堅奮迅猛志念在匡救王迹始乎此也當漢朱鷺

炎精缺漢道微皇綱弛政德違衆奸熾民罔依赫武烈越龍飛陟天衢燿靈威鳴雷鼓抗電麾撫乾衡鎮地機厲虎旅騁熊羆發神聽吐英奇張角破邊韓覊宛潁平南土綏神武章渥澤施金聲震仁風馳顯高門啓皇基統罔極垂將來

漢之季漢之季者言孫堅悼漢之微痛董卓之亂興兵奮擊功蓋海內也當漢思悲翁

漢之季董卓亂桓桓武烈應時運義兵興雲旗建厲六師羅八陣飛鳴鏑接白刃輕騎發介士奮醜虜震使衆散叔漢主遷西

館雄豪怒元惡僨赫赫皇祖功名聞

攄武師 攄武師者言孫權率父之業而征伐也當漢艾如張

攄武師斬黃祖攘一作攄夷凶族革平西夏炎炎大烈震天下

代烏林 代烏林者言魏武既破荊州順流東下欲來爭鋒孫權命將周瑜逆擊之於烏林而破走也當漢上之回

曹操北伐拔柳城乘勝席捲遂南征劉氏不睦八郡震驚衆既降操屠荊舟車十萬揚風聲議者狐疑慮無成賴我太皇發聖明虎臣雄烈周與程破操烏林顯章功名

秋風 秋風者言孫權悅以使民民忘其死也當漢擁離

秋風揚沙塵寒露沾衣裳角弓持弦急鳩鳥化爲鷹邊垂飛羽檄冦賊侵界疆跨馬披介冑慷慨懷悲傷辭親向長路安知存與亡窮達固有分志士思立功思立功邀之戰場身逸獲高賞

身沒右遺封

克皖城　克皖城者言魏武志并兼而令朱光爲盧江太守孫權親征光破之於皖城也當漢戰城南

克滅皖城遏寇賊惡此凶孽阻姦慝王師赫征衆傾覆除穢去暴戢兵革民得就農邊境息誅君弔民昭至德

章洪德　章洪德者言孫權章其大德而遠方乃附也當漢將進酒

章洪德邁威神感殊風懷遠鄰平南裔齊海濱越裳貢扶南臣珍貨充庭所見日新

從歷數　從歷數者言權從圖籙之符而建大號也當漢有所思

從歷數於穆我皇帝聖哲受之天神明表奇異建號創皇基聰睿協神思德澤浸及昆蟲浩蕩越前代三光顯精耀陰陽稱至治肉角步郊畛鳳凰棲靈囿神龜游沼池圖讖摹文字黃龍覲鱗符祥日月記覽往以察今我皇多嘗事上欽昊天象下副萬

姬意光被彌耆生家戶蒙惠資風教肅以平頌聲章嘉喜大興
興隆禪有餘裕

承天命 承天命者言上以聖德踐位道化至盛也當漢艾謝

承天命於昭聖德三精垂象符靈表德巨石立九穗植龍金其
鱗烏赤其色輿人歌億夫歎息超龍升襲帝服窮淳懿體元嘿
鳳興臨朝勞謙日昃易簡以崇仁放遠讒與慝舉賢才親近有
德均田疇茂稼穡審法令定品式考功能明黜陟人思自盡唯
心與力家國治王道直隆我帝皇壽萬億長保天祿祚無極

元化 元化者言上修文訓武則天而行仁澤流洽天下喜樂也當漢上邪

元化象以天陛下聖真振皇綱率道以安民惠澤宣流而雲布
上下睦親君臣酣宴樂激發弦歌揚妙新修文籌廟勝須時備
駕巡洛津康哉泰四海歡欣越與三五鄰

宋

蕭璟 齊梁蕭氏之先

貧士詩

四時迭來往苦辛隨事迫三冬泣牛衣五月披裘客遲遲春日
永憂來安所適季秋授衣節荷裳竟不易班超棄筆硯晏嬰敝脫
挽輓雖云丈夫志終涉自媒迹賢哉顏氏子飲水常怡懌

蕭繼 字彥先齊太祖從兄璩之子世祖時爲中書舍人累遷治書御史

巫山神女詩 宋元嘉末蕭繼自建業至江陵於明月峽過神女贈以玉指環及還建業張景山見之驚曰此巫山神女物也晉簡文帝李后夢見神女乞后玉指環因白帝遣贈神女予嘗遊高唐見在神女指上今卿何從得之後繼以治書御史使過江陵舟中思前賦詩云云

昔年巖下客宛似成今古徒思明月人願濕巫山雨

齊

高帝

姓蕭氏諱道成字紹伯仕宋累封齊王後篡自立
詩品曰齊高帝詩詞藻意深無所云少

塞客吟

此詩見蘇侃傳外編逸輯皆作侃詩非也齊書曰高帝在淮上取蘇侃爲冠軍錄事從鎮淮時新失淮北遣帝北戍每歲秋冬間邊淮騷動帝廣遣偵候安集荒餘又營繕城府帝在兵中久見疑於時乃作塞客吟以喻志侃達此旨更自勤勵委以府事深見知待

寶緯紊宗神經越序德晦河晉力宣江楚雲雷兆壯天山繇武亘髮指河秦一作關凝精越漢渚秋風起塞草衰雕鴻思邊馬悲平原千里顧但見轉蓬飛星嚴海淨月徹河明清輝映幕素液凝庭金笳夜厲羽轉晨征幹晴潭而悵泗柑松洲而悼情蘭涵風而瀉艷菊籠水而散英曲繞首燕之歎軫吹絕越之聲欹園琴之孤弄想庭藿之餘馨青關望斷白日西斜恬源靚霧壟首暉霞戒旋鶴羅還波稍綿綿而方遠思裊裊而遂多粵擊秦中之筑因爲塞上之歌歌曰朝發兮江臯日夕兮陵山驚飈兮瀄

汩淮流兮潺湲塞涘兮雲聚趍旆兮星懸愁墉兮思宇惻愴兮何言定寰中之逸鑒審雕陵之迷鼎悟樊籠之或累悵遐心以棲元

羣鶴詠 南史曰齊高帝鎮淮陰爲宋明帝所疑被徵爲黄門郎深懷憂慮見平澤有羣鶴命筆詠之

八風儛遥翮九野弄清音一摧雲間志爲君苑中禽

武帝 諱賾字宣遠高帝長子也初仕宋爲江州刺史輔高帝受禪功參佐命後嗣位

估客樂 古今樂錄曰估客樂者齊武帝之所製也帝布衣時嘗遊樊鄧登祚以後追憶往事而作歌使樂府令劉瑤管弦被之教習卒遂無成有人啟釋寶月善解音律帝使奏之旬日之中便就諧合敕歌者常重爲感憶之聲於時寶月又上兩曲帝數乘龍舟遊五城江中放觀以紅越布爲帆緑絲爲帆纜鍮石爲篙足篙榜者悉著鬱林布作淡黄袴列開使江中衣出五城殿猶在齊舞十六人梁八人唐書樂志曰梁改其名爲商旅行

昔經樊鄧役阻潮梅根渚感憶追往事意滿辭不敘

竟陵王蕭子良 字雲英武帝第二子也幼聰敏宋末爲邵陵王友武帝即位封竟陵王南徐州刺史又兼

司徒進號車騎將軍愛才好士傾意賓客天下才學皆游集焉隆昌元年薨

九日侍宴

月殿風轉層臺氣寒高雲斂色遥露已團式詔司警言共秋巒輕觴時薦落英可餐

侍皇太子釋奠宴

霜輕流日風送夕雲雕檐結綵結并坐文四璉含旨八簋舒芬闕

遊後園

託性本禽魚棲情閑物外蘿徑轉連綿松軒方杳藹邱壑每淹留風雲多賞會闕

行宅 并序

余稟性端疎屬愛閑外往歲羈役浙東備歷江山之美

名都勝境極盡登臨山原石道步步新情廻池絕澗往
往舊識以吟以詠聊用述心

訪宇北山阿卜居西野外纫賞悅禽魚早性羡蓬艾（闕）

登山望雷居士精舍同沈右衛過劉先生墓下作（并序　沈右衛一作隨王經）

沛國劉子珪學優未仕跡遁心遐履信體仁古之遺德
潛舟迅景滅賞淪輝言念芳猷式懷嗟述屬舍弟隨郡
有示來篇彌續久要之情益深宿草之歎升望西山率
爾爲答雖因事雷生實申悲劉子云爾（劉歊字子珪沛郡相人南史有傳）

漢陵淹館蕪菁殄（一作彌）沬風欽五都聲論空三河交義絕典禮
邁前英談元蹈往哲明情日夜深徽音歲時滅垣井總已平壥

雲從窗牖兩數牛山悲我悼驚川逝

隨郡王蕭子隆字雲興武帝第八子性和美有文才爲都督荊州刺史歷侍中中軍大將軍明帝輔政謀害諸王子隆被害

經劉瓛墓下

升堂子不謬問道余未窮如何辭白日千載隔音通山門一已絕長夜緬難終初松切暮鳥新楊催曉風榛關向蕪宮泉途轉銷空

蕭鈞齊高帝子由繼衡陽王性好學善屬文與王智深以文章相賞會齊陽江淹亦遊焉　按唐亦有蕭鈞初學記作梁蕭鈞

晚景遊泛懷友

龍開依御溝鳳轄轉芳洲雲峯初變夏爽氣早迎秋山翠餘煙積川平晚照收浪隨文鷁轉渡逐彩鴛浮風花轉未落巖泉咽

不流一觴金谷苑空想竹林遊

梁

武　帝 姓蕭氏名衍字叔達小字練兒齊高帝始族弟也以功封建陽縣男明帝末爲雍州刺史討東昏而自立改元天監十八年普通七年大通二年中大通六年大同十一年中大同一年通在位四十八年爲侯景所逼憂憤寢疾口苦索蜜不得崩於淨居殿年八十六按帝與齊同承淮陰令整父順之爲齊高帝始族弟同爲南蘭陵中都里人中都里即今丹陽北門外蕭港武進雖屬蘭陵而齊梁兩代攷之圖籍實皆丹陽人也

芳樹

綠樹始搖芳芳生非一葉一葉度春風芳華自相接雜色亂參差衆花紛重疊重疊不可思思此誰能愜

有所思

誰言生離久適意與君別衣上芳猶在握裏書未滅腰間雙綺帶夢爲同心結常恐所思露瑤華未忍折

雍臺

日落登雍臺佳人殊未來綺窗蓮花掩網戶琉璃開芊茸臨紫桂蔓延交青苔月沒光陰盡望子獨悠哉

長安有狹邪行 帝王集作魏武帝者非

洛陽有曲阿曲阿不通驛忽遇二少童扶轡問君宅我宅邯鄲右易憶復可知大息組網組中息佩陸離小息尙青綺總轡一作總角遊南皮三息俱入門家臣拜門垂三息俱升堂旨酒盈千卮三息俱入戶戶內有光儀大婦理金翠中婦事玉觿小婦獨閒暇調笙遊曲池丈人少衰徊鳳吹方參差

西洲曲 一作晉辭

憶梅下西洲折梅寄江北單衫杏子紅雙鬢鴉雛色西洲在何處兩漿橋頭渡日暮伯勞飛風吹烏桕樹樹下卽門前門中露

翠鈿開門郎不至出門采紅蓮采蓮南塘秋蓮花過人頭低頭弄蓮子蓮子青如水置蓮懷袖中蓮心徹底紅憶郎郎不至仰首望飛鴻飛鴻滿西洲望郎上青樓樓高望不見盡日闌干頭闌干十二曲垂手明如玉捲簾天自高海水搖空綠海水夢悠悠君愁我亦愁南風知我意吹夢到西洲沈歸愚云續續相生連跗接萼搖曳無窮情味愈出又云似絕句數首攢簇而成樂府中又生一體初唐張若虛劉希夷七言古發源於此

擬明月照高樓

圓魄當虛闥清光流思延延思對孤影悽怨倍見憐毫鏡早生塵匣琴又無絃悲慕屢傷節離憂亟華年君如東扶景妾似西柳烟相去既路迥明晦亦殊懸願為銅鐵轡以感長樂前

擬青青河畔草

幂幂繡戶絲悠悠懷昔期昔期久不歸鄉國曠音徽音徽空結

遲半寢覺如至既寤了無形與君隔平生月以雲掩光葉以霜摧老當途竟自容莫肯爲妾道

閶闔篇

西漢本佳妍金馬望甘泉衛尉屯兵上朝門曉漏傳猶重河東賦欲知追神仙羽騎凌雲轉閶闔帶空懸長旗掃月窟鳳迹輾星躔但使丹砂就能令億萬年

碧玉歌

杏梁日始照蕙席歡未極碧玉奉金杯緑酒助花色

上聲歌

花色過桃杏名稱重金瓊名歌非下里含笑作上聲

襄陽白銅鞮歌三首 隋書樂志曰梁武帝之在雍鎮有童謡云襄陽白銅蹄反縛揚州兒識者言曰白銅蹄者金蹄爲馬也白金色也及義師之興實以白騎揚州之士皆面縛果如謡言故即位之始更造

新聲帝自爲之詞三曲又令沈約和三曲以被管絃古今樂錄曰襄陽蹋銅鞮者梁武西下所製也沈約又作其和云襄陽白銅鞮聖德應乾來

陌頭征人去閨中女下機含情不能言送別沾羅衣
草樹非一香花葉百種色寄語故情人知我心相憶
龍馬紫金鞍翠毦白玉羈照耀雙闕下知是襄陽兒

白紵辭二首

朱絲玉柱羅象筵飛琯促節舞少年短歌流目未肯前含笑一轉私自憐
纖腰嫋嫋不任衣嬌怨獨立特爲誰赴曲君前未忍歸上聲急調中心飛

河中之水歌 一作晉辭

河中之水向東流洛陽女兒名莫愁莫愁十三能織綺十四採

桑南陌頭十五嫁爲盧家婦十六生兒字阿侯盧家蘭室桂爲梁中有鬱金蘇合香頭上金釵十二行足下絲履五文章珊瑚掛鏡爛生光平頭奴子擎一作提履箱人生富貴何所望恨不早嫁東家王

東飛伯勞歌一作古辭

東飛伯勞西飛燕黃姑織女時相見誰家兒女對門居開顏發艷照里閭南窗北牖挂明光羅幃綺帳脂粉香女兒年紀十五六窈窕無雙顏如玉三春已暮花從風空留可憐誰與同沈歸愚云何許駘宕

江南弄七曲古今樂府云梁天監十一年冬武帝改西曲製江南弄上雲樂十四曲江南弄七曲一曰江南弄二曰龍笛曲三曰採蓮曲四曰鳳笙曲五曰採菱曲六曰遊女曲七曰朝雲曲又沈約作四曲一曰趙瑟曲二曰秦箏曲三曰陽春曲四曰朝雲曲亦謂之江南弄云

江南弄 和云陽春路娉婷出綺羅

衆花雜色滿上林舒芳耀綠垂輕陰連手躞蹀舞春心舞春心臨歲腴中人望獨踟躕

龍笛曲 和云江南音一唱值千金

美人綿眇在雲堂雕金鏤作眠玉牀婉愛寥亮繞虹梁繞虹梁流月臺駐狂風鬱徘徊

採蓮曲 和云採蓮渚窈窕舞佳人

遊戲五湖採蓮歸發花田葉芳襲衣爲君艷歌世所希世所希有如玉江南弄採蓮曲

鳳笙曲 和云弦吹席長袖善留客

綠耀尅碧雕琯笙朱脣玉指學鳳鳴流逸參差飛且停飛且停在鳳樓弄嬌響間淸謳

採菱曲 和云菱歌女解佩戲江陽
江南稚女珠腕繩金翠搖首紅顏與桂棹容與歌採菱歌採菱
心未怡翳羅袖望所思
遊女曲 和云當年少歌舞承酒笑
氛氳蘭麝體芳滑容色玉耀眉如月珠佩婐姬戲金闕戲金闕
遊紫庭舞飛閣歌長生
朝雲曲 和云徙倚折耀華
張樂陽臺歌上謁如寢如興芳晻曖容光既艷復還沒復還沒
望不來巫山高心徘徊
上雲樂七曲 古今樂錄云上雲樂七曲梁武帝製以代西曲一日鳳臺二日桐柏三日方丈四日方諸五日玉龜六日金丹七日金陵
鳳臺曲 和云上雲真樂萬春

鳳臺上兩悠悠雲之際神光朝天極華蓋過延州羽衣昱耀春吹去復留

桐柏曲　和云可憐眞人遊

桐柏眞昇帝賓戲伊谷遊洛濱參差列鳳管容與起梁塵望不可至徘徊謝時人

方丈曲

方丈上崚層雲挹八玉御三墳金書發幽會碧簡吐元門至道虛凝冥然共所遵

方諸曲　和云方諸上可憐歡樂長相思

方諸上上雲人業守仁摛金集瑤池步光禮玉晨霞蓋容長嘯淸虛伍列眞

玉龜曲　和云可憐遊戲來

玉龜山真長仙九光耀五雲生交帶要分影大華冠晨纓耇一作

壽如元羅出入遊太清

金丹曲 和云金丹會可憐乘白雲

紫霜耀絳雪飛追以還轉復飛九真道方微千年不傳一傳裔

雲衣

金陵曲

句曲仙長樂遊洞天巡會跡六門揖玉板登金門鳳泉迴肆鶩

羽降尋雲鸞羽一流芳芬鬱氛氳

逸民

如壟生木木有異心如林鳴鳥鳥有殊音如江遊魚魚有浮沉

巖巖山高湛湛水深事迹易見理相難尋 沈歸愚云淵淵渾渾不類齊梁風格

答任殿中宗記室王中書別 武帝初仕齊爲隨王鎮西諮議參軍隨王鎮荆州帝赴鎮

時同列以詩送別

問我去何節光風正悠悠蘭華時未晏舉袂徒離憂緩容承別酒鳴琴和好仇清宵一已曙覿爾泛長洲眷言無歇緒深情附還流

登北顧樓 梁史武帝大同十年三月幸京口城登北固樓更名北顧

歇鸞止行警迴輿暫遊識清道巡邱壑緩步肆登陟雁行上差池羊腸轉相逼歷覽窮天步曬矚盡地域南城連地險北顧臨水側深潭下無底高岸長不測舊嶼石若構新洲花如織

天安寺疏圃堂

乘和蕩猶豫此焉聊止息連山去無限長洲望不極參差照光彩左右皆春色晻曖矚遊絲出沒看飛翼其樂信難忘翛然寧有適

藉田

寅賓始出日律中方星烏千畝土膏紫萬頃陂色縹嚴駕佇震
昕浥露逗光曉啓行天猶暗伐鼓地未悄蒼龍發蟠蜿青旗引
窈窕仁化洽孩蟲德令禁胎天耕藉乘月映遺滯指秋杪年豐
廉讓多歲薄禮節少公卿秉耒耜庶甿荷鉏耰同㩥一人慙百王
三推先億兆沈歸愚云典重能與題稱

代蘇屬國婦

良人如我期不謂當過時秋風忽送節白露凝荒基愴愴獨涼
枕搔搔孤月帷忽聽西北雁似從東海湄果銜萬里書中有生
離辭惟言長別矣不復道相思胡羊久剽奪漢節故支持帛上
看未終臉下淚如絲空懷之死誓遠勞同穴詩

古意二首

飛鳥起離離驚散忽差池嗷嘈繞樹上翩翩集寒枝旣悲征役久偏傷壠上兒寄言閨中妾此心詎能知不見松蘿上葉落根不移

當春有一草綠花復垂枝云是忘憂物生在北堂陲飛飛雙蛺蝶低低兩差池差池飛復起此芳性不移飛蝶雙復隻此心人莫知

擣衣

駕言易水北送別河之陽沈思慘行鑣結夢在空牀旣寤丹綠謬始知紈素傷中州木葉下邊城應早霜陰蟲日慘烈庭草復芸黃金風徂淸夜明月懸洞房嫋嫋同宮女助我理衣裳參差夕杵引哀怨秋砧揚輕羅飛玉腕弱袖低紅妝朱顏日已摧聆睇色增光擣以一匪石文成雙鴛鴦制握斷剪刀薰用如蘭芳

佳期久不歸持此寄寒鄉妾身誰與容思君苦入腸

織婦

送別出南軒離思沈幽室調梭輟寒夜鳴機罷秋日良人在萬里誰與共成匹願得一廻光照此憂與疾君情倘未忘妾心長自畢

七夕

白露月下圓秋風枝上鮮瑤臺含碧霧羅幕生紫烟妙會非綺節佳期乃涼年玉壺承夜急蘭膏依曉煎昔悲漢難越今傷河易旋怨咽雙念斷悽悼兩情懸

答蕭琛 琛書曰高祖在西邸早與琛狎每朝讌接以舊恩呼爲宗老琛亦奉陳昔恩以早簉中陽夙忝同閈雖迷興運猶荷洪慈上答云云

雖云早契闊乃自非同志勿談興運初且道狂奴異

覺意詩賜江革 梁書曰時高祖盛於佛教朝賢多啟求受戒革精信因果而高祖未知謂革不奉佛教乃賜革覺意詩五百字今祇存二十字可攷

惟當勤精進自強行勝修豈可作底突如彼必死因 闕

賜謝覽王暕詩 南史曰中書侍郎謝覽侍武帝坐受敕與侍中王暕爲詩答贈其文甚工武帝賜詩云

雙文旣後進二少實名家豈伊爾棟隆信乃俱國華

賜張率 南史曰率侍武帝遊宴賦詩武帝別賜率詩曰

東南有才子故能服官政余雖慚古昔得人今爲盛

戲題劉孺手板 南史曰武帝宴壽光殿詔羣臣賦詩時劉孺與張率並醉未成武帝取孺手板戲題之曰

張率東南美劉孺洛陽才攬筆便應就何事久遲回

昭明太子蕭統 字德施小字維摩武帝長子也生而聰慧讀書數行並下過目皆憶每遊宴祖道賦詩皆

屬思便成無所改易接引才俊聚書至三萬餘卷著述甚
多大通三年於後池乘彤文舸摘芙蓉姬人蕩舟溺水因
病薨年三十一
著有文集六卷

有所思

公子遠于隔乃在天一方望望江山阻悠悠道路長別前秋葉落別後春花芳雷嘆一聲響雨淚忽成行悵望情無極傾心還自傷

相逢狹路間

京華有曲巷巷曲不通輿道逢一俠客緣路問君居君居在城北可尋復易知朱門間皓壁刻桷映晨離階植若（若一作）華草先景逐飇移輕幰委四屋（一作四闥逐）蘭膏然百枝長子飾青紫中子任以貲小子始總角方作啼弄兒三子俱入門赫奕盛羽儀華騮服衡轡白玉鏤機羈容止同規矩賓客盡恭卑雅鄭時間作

孤竹乍參差雲翔雜水宿弄吭滿清池歡樂無終極流目豈知
疲門下非毛遂坐上盡英奇大婦成貝錦中婦飭粉絁一作冶粉施
小婦獨無事理曲步簷垂丈人暫徙倚行使流風吹

三婦艷

大婦舞輕巾中婦拂華裀小婦獨無事紅黛潤芳津丈人且高
卧方欲薦梁塵

飲馬長城窟行一云擬青青河畔草

亭亭山上栢悠悠遠行客行客行路遥故鄉日迢迢迢迢不可
見長望涕如霰如霰獨留連長路邈綿綿胡馬愛北風越燕見
日喜緼此望鄉情沈憂不能止有朋西南來投我用木李并有
一札書行止風雲起扣封披書札書札竟何有前言節所愛後
言離別久

長相思

相思無終極長夜起嘆息徒見嬋娟貌寧知心獨憶寸心無以所一作因願附歸飛翼

示徐州弟 按梁書本紀簡文帝以天監十七年爲雲麾將軍南徐州刺史

宴君畫室靖眺銅池三墳既覽四始兼摛高宇既清虛堂復靜義府載陳元言斯造

詒明山賓 南史曰明山賓平原鬲人先爲兗州刺史入爲東宮學士兼國子祭酒昭明太子聞其築室未就有令曰明祭酒出撫大籓擁旄推轂珥金拖紫而恒事屢空聞構宇未成今送薄助并詒以詩曰

平仲古稱奇夷齊昔擅美令則挺伊賢東秦固多士築室非道傍置宅歸仁里庚桑方有係原生今易擬必來三徑人將招五經士

宴闌思舊

孝若（明山貧）信儒雅稽古文敦淳茂公（到治）實俊朗文義縱橫陳佐公（陸雎）持方介才學罕爲鄰灌蔬（殷芸）實溫雅摛藻每清新余非狎異者惟舊且懷仁綢繆似河曲契濶等漳濱如何離災盡耿漠同埃塵一起應劉念茫茫欲沾巾

詠山濤王戎二首（并序）

顏生五君詠不取山濤王戎余聊詠之焉

山公宏識量早廁竹林歡聿來值英主身游廊廟端位隆五教職才周五品官爲君翻已易爲臣良不難

濬沖如蕭散薄莫至中台徵神歸鑒景晦行屬聚財秕生襲元夜阮籍變青灰留連追宴緒壚下獨徘徊

擬古

晨風被庭槐夜露傷階草霧苦瑤池黑霜凝丹墀皓䟽條索無

陰落葉紛可掃安得紫芝術終焉獲難老

餞庾仲容梁書曰仲容先爲太子舍人後除安成王中記室當出隨府皇太子以舊恩特降餞宴賜詩時輩榮之

孫生陟陽道吳子朝歌縣未若樊林華一作舉置酒臨高殿

示雲麾弟

白雲飛兮江上阻北流分兮山風舉山萬仞兮多高峯流七派兮饒江渚山嵒㠁兮乃遍天雲微濛兮後興雨實覽歷兮此名地故遨遊兮茲勝所爾登陟兮一長望理化顧兮忽憶予想玉顏兮在目中徒踟躕兮增延佇

大言

觀修鵾其若轍鮒視滄海之如濫觴經二儀而跼蹐跨六合以翱翔

細言

坐卧鄰空塵憑附蟭螟翼越咫尺而三秋度毫釐而九息

簡文帝名綱字世纘小字六通武帝第三子昭明太子母弟也六歲能屬文讀書十行俱下辭藻豔發雅好賦詩然又傷輕靡時號宮體初封晉安王雲麾將軍丹陽尹歷兗荆南徐雍益五州刺史昭明太子薨立爲皇太子嗣位改元大寶侯景制命二年而遇弑

上之回

前旆拂回中後車臨桂宮輕絲駐雲罕春色繞川風桃林方灼灼柳路日曈曈笳聲駭邊騎清磬響山戎微臣今拜手願帝永無窮

豔歌篇

夌晨光景麗倡女鳳樓中前瞻削成小傍望卷旌空分妝開淺靨繞臉傳斜紅張琴未調軫飲吹不全終自知心所愛出入仕

秦宮誰言連尹屈更是莫敖通輕軺綴阜蓋飛轡轢雲驄金鞍
隨繫尾銜瓔映纓鞶戈鏤荆山玉劍飾丹陽銅左把蘇合彈傍
持大屈弓控弦因鵲血挽繮用中輸七獵多登隴酣歌每入豐
嬋暉隱落日冉冉還房櫳燈生陽燧火塵散鯉魚風流蘇時下
帳象簟復韜筒霧暗窗前柳寒疎井上桐女蘿託松際甘瓜蔓
井東拳拳博君寵歲暮望無窮

妾薄命篇

名都多麗質本自恃容姿蕩子行未至秋胡無定期玉貌歇紅
臉長顰串翠眉奩鏡迷朝色縫緘脆故絲本異搖舟咎何關竊
席疑生離誰拊背溘死詎來遲王嫱貌本絕踉蹌入氈幃盧姬
嫁日晚非復少年時轉山猶可遂烏白望難期妾心徒自苦傍
人會見嗤

從軍行

貳師惜善馬樓蘭貪漢財前年出右地今歲討輪臺魚雲望旗聚龍沙隨陣開氷城朝浴鐵地道夜銜枚將軍號令密天子壐書催何時反舊里遥見下機來

雁門太守行二首

輕霜中夜下黄葉遠辭枝寒苦春難覺邊城秋易知風急旍旗斷塗長戰馬疲少解孫吳法家本幽并兒非關買雁肉徒勞皇南規

隴暮風恒急關寒霜自濃櫪馬夜方思邊衣秋未重潛師夜接戰略地曉摧鋒悲笳動邊塞高旗出漢墉勤勞謝功業清白報迎逢非須主人賞寧期定遠封單于如未繫終夜慕前蹤

京洛篇

南遊偃師縣，斜上灞陵東。同瞻龍首堞，遥望德陽宮。壘門遠照耀，天闕復穹窿。城傍疑復道，樹裏識松風。黄河入洛水，丹泉繞射熊。夜輪懸素魄，朝光蕩碧空。秋霜曉驅雁，春雨暮成虹。曲陽造甲第（曲陽後漢外戚王根也），高安還禁中。劉蒼歸作相，竇憲出臨戎。此時車馬合，兹晨冠蓋通。誰知兩京盛，歡宴遂無窮。

苦熱行

六龍驚不息，三伏起炎陽。寢興煩几案，俯仰倦幃牀。滂沱汗似溜，微靡風如湯。洄池愧玉浪，蘭殿非含霜。細簾時半卷，輕幌乍橫張。雲斜花影没，日落荷心香。願見栱崖井，詎憐河朔觴。

金樂歌

槐香欲覆井，楊柳正藏鴉。山罏好無比，玉罇火齊賒。牀頭辟絲結，鏡上領巾斜。鐵鑊種粱子，銅樞生棗花。開門抛水柱，城接[illegible]

言家

行幸甘泉宮

雉歸海水寂裘來重譯通吉行五十里隨處宿離宮鼓聲恒入地塵飛上暗空尚書隨豹尾太史逐相風銅鳴周國鑾旗曳楚雲虹倖臣射覆罷從騎新歌終董逃拜金紫賢妻侍禁中不信神仙侶排烟逐鴛鴻

有所思

昔未離長信金翠奉乘輿何言人事異夙昔故恩踈寂寞錦筵靜玲瓏玉殿虛掩閨泣團扇羅幌詠蘼蕪

臨高臺

高臺半行雲望高高不極草樹無參差山河同一色彷彿洛陽道道遠難別識玉堦故情人情來共相憶沈歸愚云山河同一色自是登高遠望神

理

和湘東王橫吹曲三首選一

折楊柳

楊柳亂成絲，攀折上春時。葉密鳥飛礙，風輕花落遲。城高短簫發，林空畫角悲。曲中無別意，併是爲相思。（沈歸愚云：風輕花落遲五字雋絶。）

長安道

神皋開隴右，陸海實西秦。金槌抵長樂，複道向宜春。落花低度幰，垂柳拂行輪。金張及許史，夜夜尚留賓。

明妃詞

玉艷光瑤質，金鈿婉黛紅。一去蒲萄觀，長別披香宮。秋簷照漢月，愁帳入邊風。妙工偏見詆，無由情恨通。

雉朝飛操

晨光照麥畿平野度春翬遊鷹時聳角姤壠或斜飛少年從
役有恨意多違不如隨蕩子羅袂拂塵衣

貞女引

借問懷春臺百尺凌雲霧北有歲寒松南臨女貞樹庭花對幃
滿隙月依枝庭但使明妾心無嗟坐遲暮

蜀道難二首

建平督郵道魚復永安宮若奏巴渝曲時當君思中
巫山七百里巴水三廻曲笛聲下復高猿啼斷還續

生別離

別離四弦聲相思雙笛引一去十三年復無好音信

夜夜曲二首

北斗闌干去夜夜心獨傷月輝橫射枕燈光半隱牀

愁人夜獨傷滅燭臥蘭房祇恐多情月旋來照妾床

春江曲

客行祇念路相爭度京口誰知堤上人拭淚空攜手

上留田行

正月土膏初欲發天馬照耀動農祥田家斗酒羣相勞爲歌長安金鳳皇

烏夜啼

綠草庭中望明月碧玉堂裏對金鋪鳴弦撥捩發初異挑琴欲吹製曲殊不疑三足朝含影直言九子夜相呼羞言獨被枕下淚託道單棲城上烏

雞鳴篇

埘雞識將曙長鳴高樹巔啄葉疑障羽排花強欲前意氣多驚

舉飄颻獨無侶陳思助鬪協狸膏郈昭妬敵安金距丹山可愛有鳳凰金門飛舞有鴛鴦何如五德美豈勝千里翔

度關山

關山遠可度遠度復難思直指遮歸道都護總前期力農爭地利轉戰逐天時材官蹶張皆命中吳農越騎盡爭旗爭旗遠不息驅虜何窮極狼居受封難再覩閼氏永去無容色銳氣且横行朱旗亂日精先屠光祿塞卻破夫人城凱歌還舊里非是衒功名

從軍行

雲中停障羽檄驚甘泉烽火通夜明貳師將軍新築營嫖姚校尉初出征復有山西將絕世愛雄名三門應遁甲五壘學神兵白雲隨陣色蒼山答鼓聲邐迤觀鵞翼參差覩鴈行先平小月

陣卻滅大宛城善馬還長樂黃金付水衡小婦趙人能鼓瑟侍婢初笄解鄭聲庭欲桃花飛已合必應紅妝起見迎

隴西行

邊秋塞馬肥雲中驚寇入勇氣特無侶輕兵救深戀沙平不見敵嶂嶮還相及出塞豈成歌經川未遑汲烏孫塗更阻康居路猶澀月暈抱龍城星流照馬邑長安路遠書不還寧知征人獨佇立

江南弄三首

江南曲 和云陽春路時使佳人度

枝中水上春併歸長楊掃地桃花飛清風吹人光照衣光照衣景將夕擲黃金留上客

龍笛曲 和云江南弄真能下翔鳳

金門玉堂臨水居一嚬一笑千萬餘遊子去還願莫疎願莫疎
意何極雙鴛鴦兩相憶

採蓮曲 和云採蓮歸淥水好沾衣

桂楫蘭橈浮碧水江花玉面兩相似蓮疎藕折香風起香風起
白日低採蓮曲使君迷

三日侍皇太子曲水宴 序有闕文未錄

震德叶靈年芳節俶濯伊臨灞蕩心愉目驤騎晨野摐金曉陸
蕙氣卷旂神飈擎轂層岑偃蹇聳觀岧嶤烟生翠幕日照綺寮
銀華晨散金芝暮搖淥水動葉丹距映條願惟菲薄徒承恩裕
藝學未優聲績不樹豈辯河書寧摛淮賦徒偶羣龍終慚並馭

九日侍皇太子樂遊苑

離光麗景神英春裕副極儀天金鏘玉度監撫昭明善物宜布

惠潤崑瓊澤熙垂露秋晨精曜駕動宮闈露沾金飾霜沉玉璣元戈側影翠羽翻暉庭迴鶴蓋水照犀衣蘭羞薦俎竹酒澄芬千音寫鳳百戲承雲紫燕躍武赤兎越空橫飛鳥箭半轉蛇弓

愍亂詩 南史曰朱异蒙倖在朝莫不側目雖太子亦不能平及侯景亂圍城城內咸尤异簡文爲四言詩

瞻彼阪田嗟斯氛霧謀之不臧褰我王度

和武帝宴詩

校尉開踈勒將軍定月支南通新息柱北屆武陽碑豫遊戲馬館教戰昆明池銀塘瀉淸渭銅溝引直漪常從艮家子命中幽并兒金鞍飾紫佩玉燕帖青驪車馬今已共願奏云亭儀

奉和登北顧樓 和武帝

舂陵佳麗地濟水鳳凰宮況此徐方域川岳邁周豐皇情愛歷覽遊涉擬崆峒聊驅式道侯無勞襄陽童霧崖開早日晴天歇

晩虹去帆入雲裏遥星出海中

登烽火樓

聳樓排樹出郤堞帶江清陟峯試遠望鬱鬱盡郊京萬邑王畿曠三條綺陌平亘原横地險孤嶼派流生悠悠歸棹入渺渺去帆驚水烟浮岸起遥禽逐霧征

玩漢水

維昔崑崙水泓澄龍首渠豈若兹川麗清流疾且徐離離細磧淨藹藹樹陰踈石衣隨溜卷水芝扶浪舒連翩瀉去檝鏡澈倒遥墟聊持點纓上于是察川魚

登城

日影半東簷靖念空杼軸小堂倦縹書華池厭修竹寂寞既寡悰登城望原陸遥山半吐雲嚴飈時響谷靡靡見虛烟森森覩

寒木落霞乍續斷曉浪時廻復遠矚既濡翰徒自勞心目短歌雖可裁緣情非霧縠

經琵琶峽

由來歷山川此地獨廻邅百嶺相紆蔽千崖共隱天横峯時礙水斷岸忽通川還瞻已迷向直去復疑前夕波照孤月山枝斂夜烟此時愁緒密一日魂九遷

從頓暫還城

漢渚水初綠江南草復黄日照蒲心發風吹梅蕊香征艣艤湯塹歸騎息金隍舞觀衣常襞歌臺絃未張持此横行去誰念守空牀

秋閨夜思

非關長信別詎是良人征九重忽不見萬恨滿心生夕門掩魚

鑰宵牀悲畫屏迥月臨窗度吟蟲繞砌鳴初霜霣細葉秋風驅
亂螢藏棲猶累日新衣製未成欲知妾不寐城外擣砧聲

戲作謝惠連體十三韻

雜蘤映南庭庭中光景媚可憐枝上花早得春風意春風復有
情拂幔且開楹盈盈開碧烟拂幔復垂蓮偏使紅花散飄揚落
眼前眼前多無況參差鬱相望珠繩翡翠幃綺幕芙蓉帳香烟
出窗裏落日斜堦上日影去遲遲節華咸在兹桃花紅若點柳
葉亂如絲絲條轉暮光影落暮陰長春燕雙舞春心處處揚
酒滿心聊足萱枝愁不忘

和藉田 和武帝

禮經聞往說觀寶著遐篇豈如春路動祈穀重民天蒼龍引玉
軑交旗影幽旆皮軒承早日豹尾拂游烟地廣重畦淨林芳翠

幕懸青瓊出長畝幃宮繞直阡隷耒先帝躬報獻重皇虔度諧金石奏德厚歌頌詮三春潤蓂莢七月待鳴蟬鰩魚顯嘉瑞銅雀應豐年不勞鄭國雨無榮鄴令田是知邦稼美兼聞富教宣

祠伍員廟

去國貧孝本循忠全令名舟中多奇計蘆中復吐誠偃月交吳艦魚麗入楚營建功推妣葬載籍有餘聲洪濤猶鼓怒靈廟尚淒清行潦承椒奠撥歌雜鳳笙無勞晉后壁詎用楚臣纓客樹臨寒水蹤犀望遠城窗寮野霧入衣帳積苔生惟有三春鳥斂翅時逢迎

三月三日率爾成詩

芳年多美玉麗景復妍遙握蘭唯是旦採艾亦今朝迴沙溜碧水曲岫散桃夭綺花非一種風絲亂百條雲起相思觀日照飛

虹橋繁華炫姝色燕趙艷妍妖金鞍汗血馬寶髻珊瑚翹蘭馨起縠袖蓮錦束瓊腰相看隱綠樹見人還自嬌玉柱鳴羅薦碟椀泛廻潮洛濱非拾羽滿握詎貽椒

和湘東王首夏

冷風雜細雨垂雲助麥凉竹木俱葱翠花蝶兩飛翔燕泥銜復落趨吟歛更揚卧石藤爲纜山橋樹作梁欲待華池上明月吐清光

納凉

斜日晚駸駸池塘生半陰避暑高梧側輕風時入襟落花還就影驚蟬乍失林遊魚吹水沫神蔡上荷心翠竹垂秋朶丹棗映疏砧無勞夜遊曲寄此託微吟

初秋

羽翼晨猶動珠汙晝恒揮秋風忽嫋嫋向夕引京歸浮陰郎染浪清氣始乘衣卷幌通河色開窗引月輝晚花欄下照聚螢簟上飛直置猶如此何況送將歸

登城北望

登樓傳昔賦出薊表前聞霸陵忽回首河隄徒望軍茲焉聊迴眺極目杳難分一水斜開岸雙城遙共雲

登琴臺

蕪階踐昔徑復想鳴琴遊音容萬春態高名千載留弱枝生古樹舊石染新流由來遞相歎逝川終不收

餞別

行樂出南皮讌餞臨華池簪解篁開節花晴鳥迷枝窗陰隨影度水色帶風移徒命銜杯酒終成惆別離

年還樂應滿春歸思復生桃含可憐紫柳發斷腸青落花隨燕
入游絲帶蝶驚邯鄲歌管地見許欲留情

元圃納凉

登山想劍閣逗浦憶辰陽流珠如湅雨夜月似秋霜螢翻競晚
熱蟲思引秋凉鳴波如礙石闇草別蘭香

七夕

秋期此時浹長夜徙河靈紫烟凌鳳羽紅花隨玉軿洛陽疑劍
氣成都怪客星天梭織未久方逢今日停

罷丹陽郡往與吏民別

久歸從事麥非留故吏錢栁栽今尚在棠陰君詎憐

愁閨照鏡

別來顦顇久他人怪容色只有匣中鏡還持自相識

傷離雜體

傷離復傷離別後情鬱紆悽悽隱去棹惆惆愴還途感感意不申轉顧獨沾襟前驅經御宿[illegible]騎歷河瀆胡香翼還幰清笳送後塵落日斜飛蓋餘暉照畫輪掛影長橫路總枝深隱人桂宮久掩銅龍鏡甲館脊垂雲母幃朧朧月色上的的夜螢飛草聲襲余袂露灑沾人衣帶堞麥城雲亂聚排枝度葉鳥爭歸盈中綠蟻不能酌琴間玉徽調別鶴別鶴千里別離聲絃調軫急心自驚試起登南樓還向華池遊前時條生今欲合近日栽荷尚不拙猶是銜杯共賞處今茲對此獨生愁登樓望曖曖山川自分態偃師雖北連轘轅已南背遠聽寂無聞遙瞻目有閡含毫意不遂長歎憶無賴

被幽述志詩廣宏明集曰梁簡文於幽室中援筆自序云有梁正士蘭陵蕭纘立身行己始終若一風雨如晦雞鳴不已非欺暗室豈沉三光數至於此命也如何

恍忽烟霞散颸飋松柏陰幽山白楊古野路黃塵深終無十月命安用九丹金闕里文無沒蒼天空照心十月殺於永福省年四十九崩

補遺

吳

孫皓字元宗一名彭祖大皇帝孫也景帝崩皓嗣位爲晉所滅封歸命侯孫鍾本富春人還居曲阿瓜畦遇仙得葬地有白鶴之兆今白鶴瓜畦爲邑中八景之一孫桓王祠仍立白鶴山上繼孫權奄有江南開國建業共於實爲邑人偶閱世說新語得詩一首因亟補錄如左至孫氏世系備載邑誌故未錄

爾汝歌世說新語云晉武帝問孫皓曰聞南人好作爾汝歌頗能爲否皓正飲酒因舉觴勸帝歌云云

昔與汝爲鄰今與汝爲臣上汝一杯酒令汝壽千春

曲阿詩綜卷之一終

曲阿詩綜卷之二

丹陽後學劉會恩時菴手輯

梁

元帝

名繹字世誠小字七符武帝第七子初武帝夢眇目僧託生王宮及舉帝幼患眼遂眇一目封湘東王爲會稽大守入爲侍中丹陽尹出爲使持節都督荆州刺史鎭西將軍侯景反遣王僧辯討誅之遂即位於江陵以太清六年爲承聖元年在位三年魏師尅城徵兵四方未至帝在幽逼梁王詧遣尚書傅準進土囊殞之年四十七崩

長歌行

當壚擅旨酒一卮堪十千無勞蜀山鑄扶杖采金錢人生行樂爾何處不留連朝爲洛生詠夕作據梧眠從茲忘物我優游得自然

芳樹

芬芳君子樹交柯御宿園桂影含秋月桃花染春源落英逐風

聚輕香帶蕋翻叢枝迎北閣灌木隱南軒交讓良宜重成蹊何用言

巫山高

巫山高不窮迥出荆門中灘聲下濺石猿鳴上逐風樹雜山如畫林暗澗疑空無因謝神女一爲出房櫳

隴頭水

銜悲別隴頭關路漫悠悠故鄉迷遠近征人分去留沙飛曉成幕海氣旦如樓欲識秦川處隴水向東流

折楊柳

巫山巫峽長垂柳復垂楊同心且同折故人懷故鄉山似蓮花艷流如明月光寒夜猿聲徹游子淚沾裳沈歸愚云此種音節竟是五言近體

關山月

朝望清波道夜上白登臺月中含桂樹流影自徘徊寒沙逐風起春光犯雪開夜長無與晤衣單爲誰裁

洛陽道

洛陽開大道城北達城西青槐隨幔拂緑柳逐風低玉珂鳴戰馬金爪鬭場雞桑萎日行暮多逢秦氏妻

長安道

西接長楸道南望小平津飛甍臨綺翼輕軒影畫輪雕鞍承赭汗槐路起紅塵燕姬雜趙女淹留重上春

紫騮馬

長安美少年金絡鐵連錢宛轉青絲鞚照耀珊瑚鞭依槐復依柳蹀躞復隨前方逐幽并去西北共聯翩

劉生

任俠有劉生然諾重西京扶風好驚坐長安恒惜名榴花聊夜飲竹葉解朝酲結交李都尉遨遊佳麗城

採蓮曲

碧玉小家女來嫁汝南王蓮花亂臉色荷葉雜衣香因持薦君子願襲芙蓉裳

燕歌行

燕趙佳人本自多遼東少婦學春歌黃龍戍北花如錦元菟城前月似蛾如何此時別夫壻金羈翠眊往交河還聞入漢去燕營怨妾愁心百恨生漫漫悠悠天未曉遙遙夜夜聽寒更自從異縣同心別偏恨同時成異節橫波滿臉萬行啼翠眉暫斂千重結竝海連天合不開那堪春日上春臺乍見遠舟如落葉復看遙舸似行杯沙汀夜鶴嘯羈雌妾心無趣坐傷離翻嗟漢使

香塵斷空傷賤妾燕南陲

烏棲曲四首

沙棠作船桂爲檝夜渡江南採蓮葉復值西施新浣紗共向江干眺月華

月華似璧星如珮流影燈明玉堂內邯鄲九枝朝始成金巵玉盌共君傾

交龍成錦鬥鳳紋芙蓉爲帶石榴帬日下城南兩相望月没參横掩羅帳

七彩隋珠九華玉蛺蝶爲歌明星曲蘭房椒閣夜方開那知步步香風逐

發隄望水

驅馬河隄上非謂城隅遊懷山殊未已徒然勞九愁旅泊依枏

樹江槎擁戍樓高岸翻成浦曲港反通舟棗野良知歎瓠河今可儔願假宣尼道泗水郤横流

赴荆州泊三江口

涉江望行旅金鉦間綵斿水際含天色虹光入浪浮柳條恒拂岸花氣盡薰舟叢林多故社單戍有危樓疊鼓隨朱鷺長簫應紫騮蓮舟夾羽氅畫舸覆緹油榜歌殊未息於此泛安流

藩難未靜述懷

玉節威雲夢金鉦韻渚宮霜戈迎塹白日羽映流紅單醪結猛將芳餌引蕤雄箭擁淇園竹劍聚若溪銅西覩周王駿多逢鮑氏驄謀出河南賈威寄隴西馮漢雲連陣合郤月半山空樓前飄密柳井上落疏桐差營逢霍雨立壘挂長虹

和劉尚書兼明堂齋宮詩

質明攝上幸詰旦乘軺軒四圭邸蒼玉六變舞雲門香浮鬱金
酒烟繞鳳凰樽貂冕交輝映珩珮自相喧微風颺清管輕雨發
陳根新花臨御陌春色起天園河間獻樂語斯道媿能論

和劉尚書侍五明宴詩

帝德洽區宇垂衣彰太平黃唐慙戀質子姒恧嘉聲治家陳五
禮功成奏六英浹引留宸鑒舟航動睿情法王唯一法無生信
不生因因從此見果果自斯明元良仰副后含一震鴻名龜藏
踰啟籙胥史冠春卿日宮佳勢滿月殿善風清綺錢蔽西觀緹
襪卷南榮金門練朝鼓玉壺休夜更宮槐留曉合城烏侵曙鳴
靈光枝上宿霞影水中輕虛薄今何事徒知戀法城

登顏園故閣

高樓三五夜流影入丹墀先時留上客夫婿美容姿妝成理蟬

鬟笑罷飲蛾眉衣香知步近釧動覺行遲如何舞館樂翻見歌
梁悲猶懸杙窗幌來捲南軒幃寂寂空郊暮非復少年時

示吏民

閭里尚撝謙厲鄉裁知足谷余再分陝少思宜寡欲霞出浦流
紅苔生岸泉綠方知江漢士變爲鄒魯俗

後臨荆州

擁旄去京縣褰幃辭未央弱冠復王役從容慕金張不學胡威
絹寧挂裴潛牀所冀方留犢行當息飲羊戲蝶時飄粉風花乍
落香高欄來蕙氣踈簾度晚光綺錢臨仄宇阿閣繞長廊

別荆州吏民

玉節居分陝金貂總上流麾軍時舉扇作賦且登樓年光偏原
隰春色滿汀洲日華三翼舸風轉七星斿向解青絲纜將移丹

桂舟

納凉

高舂斜日下佳氣滿澗溢池紅早花落水綠曉晢生星稀月稍
上雲開河尚潢白鳥翻棹暗丹螢入帳明珠綦趨扎閣珉席徙
南榮金鋪掩夕扇玉壺傳夜聲

登江州白花亭懷荊楚

極目纔千里何由望楚津落花灑行路垂楊拂御塵柳絮飄晴
雪荷珠漾水銀試酌新春酒遙勸陽臺人

泛蕪湖

桂瀆連蒴岸桃李暎成蹊石文如濯錦雲飛似散珪繞度婁很
反船去荇枝低飄隨迎雨燕鼓逐伺潮雞

早發龍巢

征人喜放溜，曉發晨陽隈。初言前浦合，定覺近州開。不疑行舫動，唯看遠樹來。還瞻起漲岸，稍隱陽雲臺。

後園看騎馬

良馬出蘭池，連翩驅桂枝。鳴珂隨蹋駛，輕塵逐影移。香來知驟近，汗歛覺風吹。遥望黃金絡，懸識幽并兒。

祀伍相廟

石城寧足拒，金陣詎能追。楚關開六塞，吳兵入九圍。山水猶縈帶，城池失是非。空餘壽宫在，日暮舞靈衣。

詠陽雲樓簷柳

楊柳非花樹，依樓自覺春。枝邊通粉色，葉裏映紅巾。帶日交簾影，因吹掃席塵。拂簷應有意，偏宜桃李人。沈歸愚云：詠楊柳者唐人佳句甚多，然不如梁元二語有天然之致。

古意

妾在成都縣，願作高唐雲。樽中石榴酒，機上葡萄紋。停梭還斂色，何時勸使君。

秋夜

秋夜九重空，蕩子悲房櫳。燈花入綺幃，簾影穿屏風。金徽調玉軫，茲夜撫離鴻。

寒閨

鳥散夜南飛，良人行未歸。池水浮明月，寒風送擣衣。願織迴文錦，因君寄武威。

出江陵縣還二首

遊魚迎浪上，雊雉向林飛。遠樹雲裏出，遥船天際歸。

朝出屠羊縣，夕返仲宣樓。水滿還侵岸，沙盡稍開流。

贈到溉洽 梁書曰時以到溉到洽兄弟比之二陸故世祖贈詩云

魏世重雙丁晉朝稱二陸何如今兩到復似凌寒竹

遺武陵王紀詩 南史曰武陵王紀稱帝於蜀起兵內伐元帝與之書許其還蜀專制岷方紀不從帝又遺之詩云云

回首望荆門驚浪且雷奔四鳥嗟長別三聲悲夜猿

細雨

風輕不動葉雨細未沾衣入樓如霧上拂馬似塵飛

望春

葉濃知柳密花盡覺梅疏蘭生未可握蒲小不堪書

綠柳

長條垂拂地輕花上逐風露沾疑染綠葉小未鄣空

詠梅

梅含今春樹還臨先日池人懷前歲憶花發故年枝

別詩二首

別罷花枝不共攀別後書信不相關欲覓行人遠消息衣常潮水暝應還

三月桃花含面脂五月新油好煎澤莫復臨時不寄人謾道江中無估客

吳趨行

水裏生蕊翅池心恒欲飛蓮花逐牀返何時乘觴歸

憶子 南史云方畧年數歲便遣入關元帝覩送近畿執手欷歔既而旋觴憶之賦詩云云至長安即得還

如何吾幼子勝衣已別離十日無由宴千里送遠垂

送西歸內人 南史云元帝與廬陵王續相謗帝之臨荊州有宮人李桃兒者以才慧得進及還以李氏行時值宮戶禁重廬陵具狀以聞元帝泣對使訴於簡文簡文和之不得元帝猶懼送李氏還荊州所謂西歸

內人者也

秋氣蒼茫結孟津復送巫山爲枕神昔時慊慊愁應去今日勞勞長別人

宴清言殿作柏梁體

玉衡七政轉璇璣帝升降端揆而才非侍中尚書僕射臣袁選進朱紫恥難追吏部尚書臣穀

幽逼詩四首南史曰元帝遜建鄴而都江陵外迫强敵內失人和魏師至方徵兵四方未至而城見危在幽逼求酒飲之製詩四絕後爲梁王詧所害

南風且絕唱西陵最可悲今日還蒿里終非封禪時

人生逢百六天道異貞恒何言異螻蟻一旦損鯤鵬

松風侵曉哀霜霧當夜來寂寥千載後誰畏軒轅臺

夜長無歲月安知秋與春原陵五樹杏空得動耕人

後梁

宣帝

名詧字理孫昭明太子第三子幼好學善屬文尤長佛義普通中封岳陽王後除西中郎將雍州刺史侯景亂詧及其兄河東王譽搆隙於元帝元帝攻殺譽詧遂臣於西魏求援時周文帝爲相遣兵平江陵命詧主梁嗣資以江陵之地詧稱帝於其國年號大定在位八年終

建除詩

建國惟神業十世本靈長除苛逾漢祖徯后類殷湯滿盈既虧戾否運理還康平階今復覩德星行見祥定冠資雄略靜亂屬賢良執訊窮郢魯弔伐偏徐揚破敵勲庸盛佩紫且懷黃危苗既已竄妖沴亦云亡成功勒雲社治定理要荒收戟歸農器牧馬茲蕩場開山接梯路架海擬山梁閉慾同彭老延壽等東皇

麈尾

匣上生光影毫際起風流本持談妙理寧是用椎牛

詠紙

皎白猶霜雪方正若布棊宣情且記事寧同魚網時

詠牀詩

衡山白玉鏤漢殿珊瑚支踞膝申久坐屢好爲頻移

詠弓

虞人招不進繁氏久稱工已悲軒主跡復挹楚王風

詠履

雙鳬待鸞宜並飛時表異處舄彌更妍常安豈悲墜

梨

大谷常流稱南荒本足珍綠葉已承露紫實復合津

百合

接葉有多種開花無異色含露或低垂從風時偃抑

蘭

折莖聊可佩，入室自成芳。開花不競節，含秀委微霜。

孝明帝 名巋，字仁遠，宣帝子。太定八年即位，改元天保。二十三年五月崩。

五言詩 古詩紀作元帝，梁詞人麗句作世宗孝明帝作。

寒沍猶稽命，新都久未平。畱滯淹三楚，巑岏保一城。終當撫期運，伐罪弔蒼生。

邵陵王蕭綸 字世調，小字六真，武帝第六子。聰穎博學，尤工尺牘。爲郢州刺史。侯景搆逆，加征討大都督，率衆討景，敗還屯汝南，爲魏將楊忠所破，被殺。

代秋胡婦閨怨

蕩子從游宦，思妾守房櫳。塵鏡朝朝掩，寒衾夜夜空。若非新有悅，何事久西東。知人相憶否，淚盡夢啼中。

車中見美人

關情出眉眼軟媚著腰肢語笑能嬌媄行步絶逶迤空中自迷惑渠傍會不知懸念猶如此得時應若爲

見姬人

春來不復賒入苑駐行車比來粧點異今世撥鬟斜卻扇承枝影舒衫愛落花狂夫不妬妾隨意晚還家

入茅山尋桓清遠題壁

荆門邱壑多蘊牖風雲入自非栖遁情誰堪霜露濕

咏新月

霜氣含月彩靄靄下南樓霧濃光若畫雲駛影疑流

和湘東王後園迴文詩

燭華臨靜夜香氣入重幃曲度聞歌遠繁絃覺舞遲

武陵王蕭紀字世詢一字大智武帝第八子少勤學有文才屬詞不好輕華甚有骨氣武帝特愛之天監中

封武陵郡王揚州刺史侯景亂密勑承旨入討紀不赴援及聞帝崩遂僭號於蜀改元天正舉兵東下元帝拒之於硤口明年衆潰爲元帝游擊將軍樊猛所殺

同蕭長史看妓

燕姬奏妙舞鄭女發清歌迴羞出曼臉送態入長蛾寧殊值行雨詎減見凌波想君愁日暮應羨魯陽戈

和湘東王夜夢應令

昨夜夢君歸賤妾下鳴機懸知意氣薄不著去時衣故言如夢裏賴得雁書飛

曉色

晨禽爭學囀朝花亂欲開鑪烟入斗帳屏風隱鏡臺紅妝隨淚盡蕩子何時迴

明君詞

塞外無春色邊城有風霜誰堪覽明鏡持許照紅妝

閨妾寄征人

歛色金星聚縈悲玉筯流願君看海氣憶妾上高樓

詠鵲

欲避新枝滑還向故巢飛今朝聽聲喜家信必應歸

臨賀王蕭正德字公和臨川王宏第三子初武帝亂嗣未立養以爲子及生昭明正德還本封西豐侯心常怏怏普通三年奔魏魏不見禮復逃歸武帝以復本封後進封臨賀郡王爲丹陽尹爲有司所糾去職乃與侯景同逆景推立爲帝尋矯詔殺之

詠竹火籠南史曰正德奔魏初去之始爲詩一絕內火籠中

楨幹屈曲盡蘭麝氛氳消欲知懷炭日正是履霜朝

南鄉侯蕭推字智進安成王秀第二子少清敏好屬文深爲簡文所親賞以王子封南鄉縣侯歷淮南晉陵吳郡太守所臨必赤地大旱吳人號爲旱母侯景之亂守東府城陷死之

賦得翠石應令

依峯形似鏡構嶺勢如蓮映林同綠柳臨池亂百川碧苔終不落丹字本難傳有邁東明上來遊皆羽仙

上黃侯蕭曄字通明始興王憺第三子初封安陸侯美才仗氣言多激揚特被簡文友愛與新渝建安南浦並款密與號東宮四友歷給事黃門侍郎晉陵太守

奉和太子秋晚詩

副君乘暇景臨秋坐北宮杏梁照初月蓮池引夕風清輝洞藻井流香入綺櫳鵲聲時徙樹螢光乍滅空凉氛散簟席露色變林叢

江安侯蕭圓正字明允武陵王紀第二子歷西陽太守紀東下元帝召而鎖之省內後紀敗付廷尉獄絕食而死

獄中連句元帝看詩而泣

水長二江急雲生三峽昏願貰淮南罪思報阜陵恩

武烈世子蕭方等 字實相元帝長子以都督南討河東王軍敗溺死於麻溪

詩闕文止存兩句

銀鏁三公腳刀撞僕射頭

蕭子範 字景則齊高帝孫豫章王嶷第四子永明中封祁陽縣侯拜太子洗馬天監初爲司徒主簿遷南平王從事中郎復爲臨賀王長史歷官十餘年不出藩府而諸弟並登顯列意殊不平後轉秘書監簡文即位召爲光祿大夫尋卒於招提寺僧房

羅敷行

城南日半上微步弄妖姿含情動燕俗顧景笑齊眉不憂桑葉盡還憶畏蠶饑春風若有顧惟願落花遲

夏夜獨坐

節序逗徂炎茲宵在三伏懸軒佇凉氣中筵倦煩燠寂寞對空

窗清蹤臨夜竹蟲音亂堦草螢光繞庭木簾月度斜輝風光超

餘馥一傷年志罷長嗟逝波速

東亭極望

晚流稍東急暝景促西暉水鳥銜魚上蓮舟拂芰歸郊原共超

逵林野雜芳菲從君採蘿蔦寧復想輕肥

春望古意

光景斜漢宮橫梁照采虹春情寄柳色鳥語出梅中氛氳閨裏

思逶迤水上風落花徒入戶何解妾牀空

望秋月

河漢東西陰淸光此夜出入帳華珠被斜筵照寶瑟霜憭庭上

蘭風鳴簷下橘獨見傷心者孤燈坐幽室

落花

綠葉生半長繁英早自香因風亂蝴蝶未落隱鸝黃飛來入斗帳吹去上牙牀非是迎冬質寧可値秋霜

夜聽雁

天月廣庭輝遊雁犯霜飛連翩辭朔起嘹唳獨南歸夜長寒復靜燈光暖欲微悽悽不可聽何況觸愁機

後堂聽蟬

試逐微風遠聊隨夏葉繁輕飛避楚雀飲露入吳園流音繞叢藿飲響切高軒借問邊城客傷情寧可言

入元襄王第

伏軾窺東苑收淚下玉橋昔時方轂處於今共寂寥夾池猶梟裊仙榭尚迢迢一同西靡柏徒思芳樹蕭

蕭子顯字景暢與弟子雲子暉並子範弟也好學工屬文七歲封寧都縣侯梁天監初遷邵陵王友除黃門侍郎

兼侍中國子祭酒武帝愛其才以爲吏
部尚書大同三年出爲吳興太守卒

日出東南隅行

大明上迢迢陽城射凌霄光照窗中婦絕世同阿嬌明鏡盤龍
刻簪羽鳳凰雕逶迤梁家髻冉弱楚宮腰輕紈雜重錦薄縠閒
飛綃三六前年暮四五今年朝躡籠拾芳翠桑陌採柔條出入
東城里上下洛西橋忽逢車馬客飛蓋動襜軺單衣鼠毛織寶
劍羊頭鞘丈夫疲應對從者輟銜鑣柱間徒脉脉垣上幾翹翹
女本西家宿君自上宮要漢馬三萬匹夫壻仕嫖姚鞶囊虎頭
綬左珥兔盧貂橫吹龍鍾管奏鼓象牙簫十五張內侍十八賈
登朝皆笑顏郎老盡訝董生超

代美女篇

邯鄲蹔輟舞巴姬請罷弦佳人淇洧出艷趙復傾燕繁穠既爲

李照水亦成蓮朝酤成都酒暝數河間錢餘光幸未借蘭臺空

自煎

陌上桑二首

日出秦樓明條垂露尚盈蠶饑心自急開奩妝不成

今月開和景處處動春心挂筐須葉滿息倦重枝陰

南征曲

擢歌來揚女操舟驚越人圖蛟怯水伯照鷁竦江神

桃花曲

但使桃花艷得間美人簪何須論後實怨結子瑕心

樹中草

幸有青袍色聊因翠幄凋雖間珊瑚筆非是合歡條

燕歌行

風光遲舞出青蘋蘭苕翠鳥鳴發春洛陽梨花落如雪河邊細柳細如茵相生井底葉交枝今看無端雙燕離五重飛樓入河漢九華閣道晴清池遥看白馬津上吏傳道黄龍征戍兒明月金波徒照妾浮雲玉葉君不知思君昔去柳依依至今八月避暑歸明珠蠶繭勉登機鬱金香蘤特香衣洛陽城頭雞欲曙丞相府中烏未飛夜夢征人縫狐貉私憐織婦裁錦緋吳刀鄭綿絡寒閨夜被薄芳年海上水中鳧日暮寒夜空城雀

從軍行

左角明王侵漢邊輕薄良家惡少年縱横向沮澤凌厲取山田黄塵不見景飛蓬恒滿天邀功封泥野窮寵刼祁連春風春月將進酒妖姬舞女亂君前

烏棲曲應令三首

握中清酒瑪瑙鍾裾邊雜珮琥珀紅欲持寄君君不惜共指三星今何夕

濃黛輕紅點花色還欲令人不相識金壺夜永詎能多莫持騂用比懸河

芳樹歸飛聚儔匹猶有殘光半山日莫惮褰裳不相求漢皋游女習風流

侍宴餞陸倕應令

儲皇餞離送廣命傳羽觴侍遊追曲水開宴等清漳新泉已激浪初卉始含芳雨罷葉增緣日斜樹影長

春閨思

金羈遊俠子綺羅離思妾春度人不歸望花盡成棊

詠苑中遊人

二月春心動遊望桃花初迴身隱日扇卻步斂風裾

春別四首

翻鶯度燕雙比翼楊柳千條共一色但看陌上攜手歸誰能對此空相憶

江東大道日華春垂楊垂柳掃輕塵淇水昨送淚沾巾紅妝宿昔已應新

銜悲攬涕別心知桃花李花任風吹本知人心不是樹何意人別似花離

幽宮積草自芳菲黃鳥芳樹情相依爭風競日常聞響重花疊葉不通飛當知此時動妾思慚使羅袂拂君衣

蕭子雲字景喬封新浦縣侯年三十起家爲梁秘書郎遷臨川内史還除散騎常侍歷侍中國子祭酒出爲東陽太守性沈靜不樂仕進風神閑靜任性不羣侯景亂奔晉陵餓卒於顯雲寺善草隸效鍾元常王逸少微變其體爲

世楷法

梁三朝雅樂歌六首

隋書樂志云普通中薦疏之後改諸雅歌敕蕭子雲製辭既無牲牢遂省滌雅牷雅云南史曰梁初郊廟未革牲牷樂辭皆沈約撰至是承用子雲啟宜改之敕答曰此是主者守株宜急改也仍使子雲撰定敕曰郊廟歌辭應須典誥大語不得雜用子史文章淺言而沈約所撰亦多舛謬子雲作成敕並施用　按梁雜樂歌十三首樂府分郊廟燕射二處載之此六首三朝所用郊廟尙闕四首樂府失載

俊雅三曲

惟王建國辨方正位於赫有梁向明而治知人則哲聰明文思思皇多士俊乂咸事弗惟其官惟人乃備

訓迪庶工位以德序恭已而治垂旒當宁或以言揚或以事舉春朝秋覲圭幣惟旅翼翼鄒郇峩峩齊楚

客入金奏賓至縣興威儀有則是降是升百辟卿士元首是承

左右秩秩終敬且矜彝倫攸序王猷以章

胥雅

天下爲家大梁受命眘永一德惟烈無競儀型哲王元良誕慶灼灼明兩作離承聖英華外發温文成性立師立保左右惟政休有烈光前星比盛

寅雅

車同軌行同倫來萬國袒九賓延羣侯朝藎臣禮時行樂日新摐夷則奏雅寅衮衣曜玉帛陳儀抑抑皇恂恂

介雅三曲

明君創洪業大同登頌聲開元治百禮來儀奏九成申錫南山壽赫赫復明明

三朝禮樂和百福隨春酒玉樽湛而獻聰明作元后安樂享延

年無疆臣拜手
四氣新元旦萬壽初今朝趨拜齊袞玉鍾石變簫韶日升等皇
運洪基邈日遙

需雅八曲

農用八政食爲先播時百穀民所天禘嘗郊社盡潔虔謀饗饋
食禮節宜九功惟序登頌弦
感物而動物靡遂太羹不和有遺味非極口腹而行氣節之民
心發攸貴寧爲禮本養與餼
始諸飲食物之初設卦觀象受以需烝民乃粒有牲芻自衛反
魯刪詩書弋不射宿殺己祛
在昔哲王觀民志庶羞百品因時備爲善不同同歸治蔬膳菲
食化始至尊物以躬行尊位

雅有洞酌風采蘋蘊藻之菜非入珍澗溪沼沚貴先民明信之
德感人神饗諸禴祭在西鄰
行葦之微猶勿踐寧惟血氣無身剪聖人之心微而顯千里之
應出言善況遂豚魚革前典
春酸夏苦冬有宜簠簋錡釜備糗餱從巡揖讓詔司儀卑高制
節明等差君臣之序正在斯
日月光華風四塞規饗有序儀不忒匪天私粢乃祐德光被四
表自南北長世綴旒爲下國

雍雅三曲

穆穆天子將惟聖敬濟濟羣公恭爲德柄爲徽有典膳夫是命
禮行禴嘗義光朝聘神饗其德民洽其慶
尚有和羹既戒且平亦有其餕亦惟克明其餕惟旅其酳惟成

百禮斯洽三宥已成明哉元首適駿其聲

戒食有章亟食惟序庭鳴金奏凱收籩豆客出以雍徹以振羽

離磬乃作和鐘備舉濟濟威儀喤喤簨簴

相和六引五曲 隋書樂志曰普通中敕蕭子雲改諸歌辭爲相和引則依五音宮商角徵羽爲其次非隨月次也

宮引

宅中爲君聲之始氣和而應律生子四宮既作陰陽理

商引

君臣數九發涼風三弦夷則白藏通克諧候管和六同

角引

蟄蟲始振音在斯五聲六律旋相爲韶繼夏盡備咸池

徵引

朱明在離日長至候氣而動徵爲事六樂成文從之備

羽引

其音爲物登元英制留循短位澗淸惟皐創則和且平

東郊望春酬王建安儔晚遊

金塘緣泉滿上園梨蕋落蛺蝶戀殘花黄鶯對餘蕚芳菲滿郊甸惠風生蘭薄子家冠蓋里我館幽棲郭緑楊垂長溪便橋限淸洛相去能幾許一水終踈索

贈海法師遊甑山

眞心好邱壑偏悅幽棲人忽聞甑山旅萬里自相親泬寥晚霖霽亘疊晴雲新秋至蟬鳴柳風高露起塵動余憶山思惆悵惜荷巾

落日郡西齋望海山

漁舟暮出浦漢女採蓮歸夕雲向山合水鳥蓮田飛蟬鳴早秋至蕙草無芳菲故隱天山北夢想日依依

寒夜直坊憶朱三公

滴滴雨鳴階愔愔兹夜静風落宣猷樹寒凋承光屏高幃曉獨垂華燭夜空冷所思不相見方知衆漏永

贈吳均

欲知健少年本來最輕黠繇沉弓項縱紫艾刀横拔誰持命要寵寧知敵可殺有功終不言明君自應察

春思

春風蕩羅帳餘花落鏡奩池荷正卷葉庭柳復垂簷竹柏君自改團扇妾方嫌誰能憐故素終爲泣新縑

蕭子暉字景光有文才嘗獻重雲殿賦聽講三慧經賦甚爲武帝所賞起家員外散騎侍郎累遷至驃騎長史

春宵

夜夜妾偏棲百花含露低蟲聲繞春岸月色思空閨付語長安驛辛苦寄遼西

冬曉

步欄光欲通曙鳥向西東燭滅傳餘氣帷香聞曉風繁花無處盡還銷寒鏡中

應教使君春遊詩

上林看草色河橋望日暉洛陽城閉晚金鞍橫路歸

蕭琛 字彥瑜思話從孫少而明悟有縱橫才辯起家齊太學博士王儉辟爲主簿累遷至尚書左丞與武帝有舊呼爲宗老歷江夏吳興二郡太守大通元年拜侍中特進金紫光祿大夫卒 所撰有漢書文府齊梁拾遺文集數千萬言

和元帝去丹陽尹荊州

妙善有兼姿羣才成大厦奕奕工辭賦翩翩富文雅麗藻若龍
騰洪才類河瀉案牘時多暇優游閱典墳儒墨自元解文史更
區分平臺禮申穆兎苑接卿雲軒蓋蔭馳道珠履忽成羣德音
高下被英聲遠近聞

別蕭諮議前夜以醉乖例今晝由醒敬應教

落日總行轡薄別在江干遊客無淹期晨川有急瀾分手信云
易相思誠獨難之子兩特達伊余日盤桓俟我式微歲共賞階
前蘭

餞謝文學

執手無還顧別渚有西東荊吳眇何際煙波千里通春筍方解
籜弱柳向低風相思將安寄悵望南飛鴻

詠鞞應詔

抑揚應雅舞擊節逗和音御馬旣云在將帥正思今

蕭　㻛字文容武帝時仕爲庶子

春日貽劉綽

澗水初流碧山櫻早發紅新禽爭弄響落葉亂從風拂筵多歡
餘映戸恐花叢誰云相去遠垂柳對高桐

蕭　巡一作遊琛之子位少府卿

離合詩贈尚書令何敬容南史曰自晉宋以來宰相皆文義自逸敬容獨勤庶務貪恡爲時所嗤鄙時蕭琛子巡頗有輕薄才因製卦名離合等詩嘲之亦不屑也

伎能本無取支葉復单貧柯條謬承日木石豈知晨狗馬誠難
盡犬羊非易馴敎嚬旣不似學步孰能眞實由乘朝典是曰蠹
彝倫俗化於茲鄙人塗自此分何敬容字國禮廬江人

蕭若靜梁宗室

石橋

連延過絶澗迢遞跨長津已數逢仙客兼曾度獨人

蕭　欣 梁宗室

還宅作 見梁詞人麗句

時平有道泰世詖交情離寄言謝公叔千載酉淸規

陳

蕭　詮 仕陳爲黄門郎

巫山高

巫山映巫峽高高殊未窮猿聲不辨處雨色詎分空懸崖下桂
月深澗響松風別有仙雲起時向楚王宮

賦得往往孤山映

青山照落暉映遠望遠飛仙峯看玉笥關路視金微鼓吹聲疑

盡香爐煙覺稀共君臨水別勞此送將歸

詠銜泥雙燕

銜泥金屋外表瑞玉筐中學飛疑漢妾巢幕憚吳宮爪裁還猶短窠成新尙空詎並零陵石飛舞逐春風

賦得夜猿啼

桂月影才通猿啼逈入風隔巖還嘯侶臨潭自響空挂篠疑欲飲吟枝似避弓別有三聲淚霑裳竟不窮

賦得婀娜當軒織

東南初日照秦樓西北織婦正嬌羞綺窗猶垂翡翠幌珠簾半上珊瑚鉤新妝入機映春牖弄杼鳴梭挑纖手何曾織素讓新人不掩流蘇推中婦三日五匹未言遲衫長腕約繞輕絲綾中轉躡成離鵠錦上迴文作別詩不惜練素同霜雪更傷秋扇篋

中辯

蕭　賁　字文奐齊竟陵王子良之孫神識耿介幼好學有文才起家梁湘東王法曹參軍

長安道

前登灞陵道還瞻渭水流城形類北斗橋勢似牽牛飛軒駕良驪寶劍雜輕裘經過狹斜里日暮與淹留

蕭　淳　梁後裔

長相思

長相思久離別新燕參差條可結壺關遠雁書絕對雲恒憶陣看花復愁雪猶有望歸心流黄未剪截

蕭　有　梁後裔

射雉

二月春聲動曹王挾妬媒插翳依花合芟場向野開偏田鬬雉

近橫溪見影來弦明青歷碎箭落錦衣準今日如皋路能將巧笑迴

蕭驎 一作鄰 梁後裔

詠袙複 丹鉛餘錄作帞複裙

的的金紗淨離離寶攝分纖腰非學楚寬帶爲思君

蕭琳 梁後裔

隔壁聽妓

徒聞絃管切不見舞腰迴唯有歌梁共塵飛一半來

北魏

蕭綜 綜字世謙梁武帝第二子封豫章王母吳淑媛在齊東昏宮寵在潘貴妃之亞後得幸武帝七月而生綜故綜自以爲非武帝子普通四年爲南兗州刺史鎮彭城遂奔魏改名纘字德文孝莊初歷位司徒太尉尚壽陽公主爾朱兆入洛綜爲沙門潛詣長白山病卒綜在魏不得志嘗作聽鐘鳴悲落葉以申其志

聽鐘鳴

歷歷聽鐘鳴當知在帝城西樹隱落月東窗見曉星霧露朏朏未分明烏啼啞啞已流聲驚客思動客情客思鬱縱橫翩翩孤雁何所棲依依別鶴半夜啼今歲行已暮雨雪向淒淒飛蓬旦夕起楊柳尚翻低氣鬱結涕滂沱愁思無所託強作聽鐘歌伽藍記曰洛陽城東建陽里有臺高三丈上作二精舍有鐘撞之聞五十里太后移在宮內置凝閒堂前梁豫章王蕭綜聞此鐘聲遂造聽鐘歌二首行於世

悲落葉

悲落葉聯翩下重疊重疊落且飛從橫去不歸長枝交蔭昔何密黃鳥關關動相失夕葉雜凝露朝花翻亂日亂春日起春風春風春日此時同一霜兩霜猶可當五晨六旦已飄黃乍逐驚風舉高下任飄颺悲落葉落葉何時還夙昔共根本無復一相

闕名隨灰土去高枝難重攀

北齊

蕭祗　字敬式梁南平王偉之次子封定襄侯侯景亂起兵內援會州人以城應景遂奔東魏歷位太子少傅天保初授右光祿大夫國子祭酒卒於鄴

香茅

鶗鴂芳不歇霜繁綠更滋擢本同三脊流芳有四時粗根縮酒易結解舞蠶遲終當入楚貢豈羡詠陳詩

和迴文詩　和湘東王後園

危臺出岫迥曲澗上橋斜池蓮隱弱芰徑篠落藤花

迴文六言

青山映雪含思碧草抽煙繫情屏香夢愁月落棹蘭吟苦風清零珠淚紅軫足慘雲蛾翠杯停聽君唱我離恨聲悲心悽骨驚

蕭放 字希逸祗之子襲父爵爲清河郡公武平中待詔文林館性好文詠頗善丹青見知齊後主累遷太子中庶子散騎常侍

冬夜詠妓

佳麗盡時年合瞑不成眠銀龍銜燭燼金鳳起爐煙吹篪先弄曲調箏更撮弦歌還團扇後舞出妓行前絕代終難及誰復數神仙

詠竹

懷風枝轉弱防露影逾濃既來丹鳳穴還作葛陂龍

蕭慤 字仁祖梁宗室上黃侯曄之子天保中入齊武定中爲太子洗馬後主時爲齊州錄事參軍待詔文林館後入隋卒

臨高臺

崇臺高百尺迥出望仙宮畫栱浮朝氣飛梁照晚虹小衫飄霧

縠艷粉拂輕紅笙吹汶陽篠琴奏嶧山桐舞逐飛龍引花隨少女風臨春今若此極宴豈無窮

上之回

發軔城西畤回輿事北遊山寒石道凍葉下故宮秋朔路傳清警邊風捲畫旆歲餘巡省畢擁仗返皇州沈歸愚云聲律俱諧唐音中之佳者

飛龍引

河曲銜圖出江上負舟歸欲因作雨去還逐景雲飛引商吹細管下徵泛長徽持此清涼引春夜舞羅衣

奉和濟黃河應教

大藩連帝室驂馬奉皇猷未明驅羽騎淩晨方畫舟津城度維錦岸柳夾緹油鐘聲颺別島旗影照蒼流早光生劍服朝風起節樓滔滔細波動裔裔輕舷浮廻橈遊避積放舳下前洲全疑

上天漢不異謁蓬邱望知雲氣合聽識水聲秋從君何等樂喜

從神仙遊

和崔侍中從駕經山寺

鈎陳夜警徼河漢曉參橫游騎騰文馬前驅轉翠旌野禽喧曙色山樹動秋聲雲表金輪見巖端畫栱明塔疑從地湧蓋似積香成泉高下溜急松古上枝平儀合多北思驪藻蔚緣情自嗤非照廡何以繼連城

奉和悲秋應令

秋天擬文學秋水擅莊蒙草濕蒹葭露波卷洞庭風便坐翻桑葉長坂歇蘭蕠簷喧猶有燕陂靜未來鴻蟬噪聞疑斷池清映似空劉安悲落木曹植歎征蓬重明豈凝滯無累在淵冲隨時四序合應物五情同發言形惻隱曆作挺神功下材均朽木何

以慕雕蟲

屏風

秦皇臨碣石漢帝幸明庭非關重遊豫直是愛長齡讀記知州所觀圖見岳形曉識仙人氣夜辨少微星服餌有秘術蒸丹傳舊經風搖百影樹花落萬春亭飛流近更白叢竹遠彌青逍遙保淸暢因持悅性情

奉和元日

帝宮通夕燎天門拂曙開瑞雲生寶鼎榮光上露臺華山不凋葉宜城萬壽杯遥見飛鳧下懸知葉縣來

奉和初秋西園應教

池亭三伏後林館九秋前淸泠間泉石散漫雜風烟蕖開千葉影榴艷百枝然約嶺停飛旆凌波動畫船

奉和冬至應教

天宮初動磬緹室已飛灰暮風吹竹起陽雲覆石來折氷開荔
色除雪出蘭栽甎無宋玉辯濫吹楚王臺

奉和望山應教

仙遊本多趣復此上秋初巖低石倒嶮嶺高松更踈峯形疑鳥
翅塞路似狼居矚望情無已詞彈意有餘

奉和詠龍門桃花

舊聞開露井今見植龍門樹少知非塞花高異少源論時應未
發故欲影歸軒祇言經摘罷猶勝逐風翻

春庭晚望

春庭聊縱望樓臺自相隱窗梅落晚花池竹開初筍泉鳴知水
急雲來覺山近不愁花不飛到畏花飛盡

秋思　顏氏家訓曰蘭陵蕭慤工於篇什秋思詩云芙蓉露下落楊柳月中疏時人未之賞也吾愛其蕭散宛然在目潁川荀仲舉瑯琊諸葛漢亦以爲爾而盧思道之徒雅所不愜

清波收潦日華林鳴籟初芙蓉露下落楊柳月中疏燕幃緗綺被趙帶流黃裾相思阻音信結夢感離居　沈歸愚云芙蓉一聯不從雕琢而得自是佳句

聽琴

洞門涼氣滿閒館夕陰生弦隨流水急調雜秋風清掩抑朝飛弄淒斷夜啼聲至人齊物我持此悅高情

和司徒鎧曹陽辟疆秋晚　辟疆休之之子

葉疎知樹落香盡覺荷衰山藪良多思田園聊復歸

春日曲水

落花無限數飛鳥排花度禁苑至饒風吹花春滿路巖前片石

迴如㰀水裏連沙聚作洲二月鶯花纔欲斷三月春風已復流分流繞小渡塹水還相注山頭望水雲水底看山樹舞餘香尚存歌盡聲猶住麥壟一驚翬菱潭兩飛鷺飛鷺復驚翬傾曦帶掩扉芳飈翼還幰藻露挹行衣

蕭　殼 樂府英華並作蕭載苑詩類選作蕭慤

野田黃雀行

弱軀婉彩飾輕毛非錦文不知鴻鵠志非是鳳凰羣作風隨濁雨入曲應元雲空城舊侶絕滄海故交分寧死明珠彈且避鷹將軍

蕭　撝 字智遐梁安成王秀之子封永豐侯歷黃門侍郎及侯景作亂從武陵王紀爲征西大將軍守成都以周文帝見討遂歸西魏授侍中武帝時爲文學博士歷少保少傅改封蔡陽郡公

孀婦吟

寒夜靜房櫳孤妾思偏叢悲生聚紺黛淚下浸妝紅蓄恨縈心裏含啼歸帳中會須明月落那忍見牀空

日出行

昏昏隱遠霧團團乘陣雲正值秦樓女含嬌酬使君

勞歌

百年能幾許公事罷平生寄言任立政誰憐李少卿

和梁武陵王遙望道館

神境流精闕仙居紫翠房今有尋眞地迤邐麗通莊九柱含虬亞三臺飾夜光金輝碧海桃玉笈紫書方拂筵青鳥集吹簫白鳳翔履歸堪是鶩石在詎非羊煙霞四照藥風月五名香於茲暫臨眺願得假霓裳

上蓮山

獨邁青雲嶺超奇紫蓋峯挂流遙似鶴插石近如龍沙崩闇礩
失潮落候鳴鐘飛花滿叢桂輕吹起修筍石蒲今尚有採摘更
相逢

隋

蕭　岑　字智遠梁宣帝詧之第八子詧時封河間王後改爲吳郡王位至太尉及琮嗣位自以望重屬尊頗有不法隋文帝徵入朝拜大將軍封懷義郡公遂留不遣

櫂歌行

桂歌既潺湲輕舟亦乘駕鼓枻何所吟吟我皇唐化容與滄浪
中淹留明月夜

蕭　琮　字溫文詧之孫巋之子詧請魏師平江陵遂稱帝於江陵傳巋及琮嗣位二歲入朝於隋被留賜爵莒國公煬帝及位改封梁公後被廢卒

奉和月夜觀星

陽精已南陸大曜始西流夕風凄謝暑夜氣應新秋重門月已映嚴城漏漸修臨風出累榭度月蔽層樓靈河隔神女仙轡動星牛玉衡指棟落瑶光對幌留徒知仰閶闔來槎未有由

隋僧

慧

侶曲阿人姓湯住蔣州大歸善寺靈通幽顯世莫識之侶而趣敬尊像事同真佛大業元年終於大歸善寺初侶臨終日告僧衆曰吾今死去便還房內衆追之但見白骨一具跏坐牀上撼之鏘然不散

聽獨杵擣衣

非是無人助意欲自鳴砧向月憐孤影承風送迴音疑擣㲉絲練似奏一絃琴令君聞獨杵知妾有專心

聞侯方兒來寇

羊皮贖去士馬革斂還尸天下方無事孝廉非哭時

曲阿詩綜卷之二終

曲阿詩綜卷之三

丹陽後學劉會恩時庵輯

唐

杜之松 潤州曲阿人隋起居舍人入貞觀中爲河中刺史答王績書云康成道重不辭太守爾官老萊家居蓋與諸侯爲伍僕豈不能正平公之坐敬養亥唐屈文侯之膝恭師子夏其雅尚可知矣詩一首 案全唐詩潤州一作博陵

和衛尉寺柳

漢將本屯營遼河有戍城大夫曾取姓先生亦得名高枝拂遠雁疎影度遙星不辭攀折苦爲人管弦聲

蕭翼 本名世翼梁元帝之曾孫由蘭陵移居魏州莘縣太宗時爲監察御史奉敕取僧辯才蘭亭稱旨授員外郎

咨僧辯才探得招字

邂逅欵良宵殷勤荷勝招彌天俄若舊初地豈成遥酒蟻傾還泛心猿躁似調誰憐失壘雁長苦業風飄

留題雲門

絶頂高峯路不分嵐煙長鎖綠苔紋獼猴推墮臨崖石打落下方遮月雲

蕭德言 字文行思話元孫引之子明左氏春秋甫弱冠以國子生辟岳陽王賓客陳亡徙居關中亡歸京口貞觀中歷秘書著作郎宏文館學士奉詔裒次經史百世帝王興衰之故博涉經史晚尤篤志於學自晝達夜晷無休倦每開五經必束帶盥濯危坐對之爲春宮侍讀請老不許封武陽縣侯進秘書少監高宗以師傅恩加銀青祿大夫卒年九十七贈太常卿謚曰博集三十卷今存詩二首

詠舞

低身鏘玉珮舉袖拂羅衣對簷疑燕起映雪似花飛

蔡隱丘 曲阿人緜氏·等善書術周希家之經詩一首

石橋琪樹

山上天將近人間路漸遥誰當雲裏見知欲渡仙橋

丁仙芝曲阿人字元禎登開元十二年進士才宏學博在盛唐與同郡陶翰同邑張湖周瑀輩悉以詩名任餘杭尉居官清謹餘杭崇祀名宦

和薦福寺英公新搆禪室

上人久棄世中道自忘筌寂照出群有了心清眾緣所以於此地築館開青蓮果藥羅砌下煙虹垂戶前咒中灑甘露指處流香泉神處自無事體清宵不眠根聞廬山法松入漢陽禪一杭西山外虛舟常浩然

贈朱中書

十年種田濱五湖十年遭澇盡爲蕪頻年井稅常不足今年徵錢誰爲輸東鄰轉穀五之利西鄰販繒日已貴而我守道不遷

業誰能守困效此事紫薇侍郎白虎殿出入通籍延天眷晨趍綵筆柏梁篇晝出雕盤大官膳會應憐爾居素約可即長年守貧賤

贈姚侍郎

繁霜曉幕鳴栖烏符子獸炭然金爐重門啓鎖紫髯胡新披驄馬隴西駒頭戴獅冠急晨趍明光殿前見天子今日應彈佞倖夫

餘杭醉歌贈吳山人

曉幕紅襟燕春城白項烏只來梁上語不向府中趍城頭坎坎鼓聲曙滿庭新種櫻桃樹桃花昨夜撩亂開當軒發色映樓臺十千兌得餘杭酒二月春城長命杯酒後留君待明月還將明月送君回

京中守歲

守歲多然燭，通宵莫掩扉。客愁當暗滿，春色向明歸。玉斗巡初匝，銀河落漸微。開正獻歲酒，千里問庭闈。

渡揚子江

桂檝中流望，空波兩岸明。林開揚子驛，山出潤州城。到海邊陰靜，寒江朔吹生。更聞楓葉下，淅瀝度秋聲。

長寧主公舊山池

平陽舊池館，寂寞使人愁。座捲流黄簟，簾垂白玉鈎。庭閒花自落，門閉水空流。追想吹簫處，應隨仙鶴遊。

劉溪館聞笛

夜久聞羌笛，寥寥虛客堂。上空響不散，谿靜曲宜長。草木生邊氣，城池泛夕涼。虛然異風出，髣髴宿平陽。

江南曲五首

長干斜路北近浦是兒家有意來相訪明朝出浣紗

發向橫塘口船開值急流知郎舊時意且請攏船頭

昨暝逗南陵風聲波浪阻入浦不逢人歸家誰信汝

未曉已成粧乘潮去茫茫因從京口渡使報邵陵王

始下芙蓉樓言發瑯琊岸急為打船開惡許傍人見

包　融延陵人開元初張九齡引為懷州司馬遷集賢直學士大理司直能詩與賀知章張旭劉昚虛皆有儁名號吳中四傑子何佶世稱二包各有集行世　全唐詩案唐藝文志融與光義皆延陵人曲阿有餘杭尉丁仙芝緱氏主簿蔡隱丘監察御史蔡希周渭南尉蔡希寂處士張彥雄張潮校書郎張暈吏部常選周瑀長洲尉談戭殷遙彙為丹陽集今僅光義另有集餘皆所存寥落張彥雄已失傳

登翅頭山題儼公石壁

晨登翅頭山山曛黃霧起却瞻迷向背直下失城市暾日銜東

郊朝光生邑里掃除諸煙氣照出衆樓雉青爲洞庭山白是太湖水蒼茫遠郊樹倏忽不相似萬象以區別森然共盈几坐令開心胸漸覺落塵滓北巖千餘仞結廬誰家子願陪中峯游翺暮白雲裏

阮公嘯臺

荒臺森荆杞蒙蘢無上路傳是古人跡阮公長嘯處至今淸風來時時動林樹逝者共已遠升攀想遺趣靜然荒榛門久之若有悟靈光未歇滅千載但仰慕

酬忠公林亭

江外有眞隱寂居歲夕侵結廬近西街種樹久成陰人迹乍及戶車聲遥隔林自言解塵事咫尺能韜沉爲道豈廬霍會靜山吾心方秋院木落仰望日肅森持我興來趣采菊行相尋塵念

到門盡遠情對君深一談一入理再索破幽襟安得山中信致
書移侚衡

送國子監張主簿

湖岸纜初解鶯啼别離處遥見舟中人時時一廻顧坐悲芳歲
晚花落青軒樹春夢隨我心悠揚逐君去

和陳校書省中翫雪

芸閣朝來雪飄颻正滿堂褁開明月下校理落花中色向懷鉛
白光因翰簡融能令草元者廻思入流風

和崔會稽詠王兵曹廳前湧泉勢成中字

茂德來徵應流泉入詠歌含靈符上善作字表中和有草恒垂
露無風欲偃波為看人共水清白定誰多

武陵桃源送人

武陵川徑入幽遐中有雞犬秦人家先時見者爲誰耶源水今流桃復花

蔡希周 與弟希寂同登開元十二年進士並有詩名歷官監察御史詩一首

奉和扈從温泉宮承恩賜浴

天行雲從指驪宮浴日餘波錫詔同緑殿氣氳擁香溜紗窗宛轉閑和風來將蘭氣衝皇澤去引星文捧碧空自憐遇坎便能止願托仙槎路未通

蔡希寂 希周弟官渭南尉詩五首

同家兄題渭南王公別業

好閒知在家退跡何必深不出人境外蕭條江海心軒車自來往空名對清陰川渙將鈞玉鄉亭期散金素暉射流瀨翠色斂森林會爲詩書癖寧惟耕稼任吾兄許微向枉道來相尋朝慶

老萊服夕閑安道琴文章遙須美寤寐增所欽旣鬱蒼生望明時豈陸沉

登福先寺上方然公禪室

名都標佛刹梵搆臨河干舉目上方峻森森靑翠攢步登諸級盡忽造浮雲端當暑敞扃閾却嫌絺綌寒禪房最高頂靜者殊閑安疎雨向空城數峯簾外盤午鐘振衣坐招我同一餐眞味雜飴露衆望唯茝蘭晚來恣偃俛茶果仍留歡

陝中作

西別秦關近東行陝服長川原餘灃畔歌吹憶遺棠河水流城下山雲起路旁更憐棲泊處池館繞林臯

洛陽客舍逢祖詠留宴

緜緜鐘漏洛陽城客舍貧居絕送迎逢君貫酒因成醉醉後焉

知世上情

贈張敬徵

大河東北望桃林雜樹冥冥結翠陰不知君作神仙尉特許行來雲霧深

儲光羲 延陵人登開元十四年進士第詔入中書試文章天寶中歷太祝遷監察御史工於詩翛然清遠得陶之眞樸同時與王維齊名祿山亂後坐陷賊貶官有集七十卷今存詩四卷按太祝延陵之莊村人故有夜歸莊村詩唐人有送儲十二歸莊村詩宋熙寧五年廢延陵爲鎮折其上元孝德二十二鄉入金壇莊村在孝德鄉今金壇邑誌故亦列儲光羲名

野田黃雀行

嘖嘖野田雀不知軀體微閑穿深叢裏啄食復爭飛窮老一頃舍東多桑樹稀無棗猶可食無桑何以衣蕭條空倉暮相引時來歸斜路豈不捷渚田豈不肥水長路且壞惻惻與心違

樵父詞

山北饒朽木山南多枯枝枯枝作採薪歸遺室私自知詰朝礪斧尋覓暮行歌歸先雪隱薜荔迎瞑卧茅茨清澗日濯足喬林時曝衣終年登險阻不復憂安危蕩漾與神遊莫知是與非

漁父詞

澤魚好鳴水溪魚好上流漁梁不得意下渚潛垂鈎亂荇時得楫新蘆復隱舟靜言念終始安坐看沉浮素髮隨風揚遠心與雲遊逆浪還極浦信潮下滄洲非為狗形役所樂在行休

採菱曲

濁水菱葉肥清水菱葉鮮義不遊濁水志士多苦言潮没且區藪潦深雲夢田朝隨北風去暮逐南風旋浦口多漁家相與邀我船飯稻以終日尋羹與小禾年方冬水物窮又欲休山樊盡室

相隨從所貴無憂患

射雉詞

曝暄理新翳迎春射鳴雉原田遥一色皋陸曠千里遊鬭咿喔聲時見雙飛起鑿歷疎蒿下瑄瑟深叢裏顧敵已忘生爭雄方決死仁心貴勇義豈能復傷此超遥下故墟迴遥同高時大夫昔何哲取笑歡妻子

猛虎詞

寒亦不憂雪饑亦不食人人肉豈不甘所惡傷明神太室爲我宅孟門爲我鄰百獸爲我膳五龍爲我賓蒙馬亦何威浮江亦以仁彩章耀朝日爪牙雄武臣高雲逐氣浮厚地隨聲震君能賈餘勇日夕長相親

池邊鶴

舞鶴傍池邊水清毛羽鮮立如依岸雪飛似向池泉江海雖言曠無如君子前

泛茅山東谿

清晨登僊峯峯遠行未極江海霽初景草木含新色而我任天和此時聊動息望鄉白雲裏發棹清谿側松柏生深山無心自貞直

終南幽居獻蘇侍郎時拜太祝未上三首錄二

中歲尚微道始知將谷神抗策還南山水木自相親深林開一道青嶂成四鄰平明去採薇日入行刈薪雲歸萬壑暗雪罷千巖春始看元鳥來已見瑶華新寄言饕芳者無乃後時人

卜築青巖裏雲蘿四垂陰虛室若無人喬木自成林時有清風至側聞樵採音鳳凰鳴南岡望望隔層岑既言山路遠復道溪

流深偓佺空中遊虬龍水中吟何當見輕翼爲我達遠心

同王十三維偶然作六首

仲夏日中時草木看欲焦田家惜工力把鋤來東皋顧望浮雲陰往往誤傷苗歸來悲困極兄嫂共相饒一作同相責無錢可沽酒何以解劬勞夜深星漢明庭宇虛寥寥高柳三五株可以獨逍遥

北山種松柏南山種蒺藜出入雖同趣所向各有宜孔丘貴仁義老氏好無爲我心若虛空此道將安施暫過伊闕間晚晚三伏時高閣入雲中芙蓉滿清池要自非我室還望南山陲

野老本貧賤冒暑鋤瓜田一畦未及終樹下高枕眠荷蓧者誰子皤皤來息肩不復問鄉墟相見但依然腹中無一物高話羲皇年落日臨層隅逍遥望晴川使婦提蠶筐呼兒傍漁船悠悠

泛綠水去摘蒲中蓮蓮花艷且美使我不能還

浮雲在虛空隨風復卷舒我心方處順動作何憂虞但言繫世網不復得閑居逍遥别東國超遥來西都見人乃恭敬會不問賢愚雖若不能言中心亦難誣故鄉滿親戚道遠情以疎偶欲陳此意復無南飛鳧

草木花葉生相與命爲春當非草木意信是故時人靜念刪藝物何由知至眞狂歌問夫子夫子莫能陳鳳凰飛且鳴容裔下天津清淨無言語茲焉庶可親

空山暮雨來衆鳥竟棲息斯須照夕陽雙雙復撫翼我念天時好東田有稼穡浮雲蔽川原新流集溝洫徘徊顧衡宇僮僕邀我食卧覽床頭書睡看機中織想見明膏煎中夜起喞喞

釣魚灣

垂釣綠灣春春深杏花亂潭淸疑水淺荷動知魚散日暮待情人維舟綠楊岸

鴛鴦藤

得從軒墀下殊勝松柏林生枝逐架遠吐葉向門深何許答君子簷前朝暝陰

田家雜興八首

春至鶬鶊鳴薄言向田墅不能自力作黽勉娶鄰女既念生子孫方思廣田圃閑時相顧笑喜說好禾黍夜夜登嘯臺南望洞庭渚百草被霜露秋山響砧杵却羨故年時中情無所取

衆人恥貧賤相與尚膏腴我情既浩蕩所樂在畋漁山澤時晦暝歸家暫閑居滿園植葵藿繞屋樹桑榆禽雀知我閑翔集依我廬所願在優游州縣莫相呼日與南山老兀然傾一壺

逍遥阡陌上遠近無相識落日照秋山千巖同一色綢繆饒深
葬鷹鸇始輕翼獵馬既如風奔獸莫敢息駐旗滄海上犒士吳
宮側
楚國有夫人性情本貞直鮮禽徒自致終歲竟不食
田家趨壠畝當晝掩虛關鄰里無烟火兒童共幽閑桔槔懸空
圃雞犬滿桑間時來農事隙採藥遊名山但言所採多不念路
險難人生如蜉蝣一往不可攀君看西王母千載美容顏
平生養性情不復計憂樂去家行賣畚留滯南陽郭秋至黍苗
黃無人可刈穫孺子朝未飯把竿逐鳥雀忽見梁將軍乘車出
墟落意氣軼道路光輝滿墟落安知負薪者咥咥笑輕薄
燕山有高士梁國有遺老築室既相鄰向田復同道糗糒常共
飯兒孫每更抱忘此耕耨勞愧彼風雨好蟪蛄鳴空澤鶗鴂傷
秋草日夕寒風來衣裳苦不早

梧桐蔭我門薜荔網我屋超超兩夫婦朝出暮還宿稼穡既自
種牛羊還自牧日旰懶耕鋤登高望川陸空山足禽獸墟落多
喬木白馬誰家兒聯翩相馳逐
種桑百餘樹種黍三十畝衣食既有餘時時會親友夏來菰米
飯秋至菊花酒孺人喜逢迎稚子解趨走日暮閑園裏團團蔭
榆柳酩酊乘夜歸涼風吹戶牖清淺望河漢低昂看北斗數甕
猶未開明朝能飲否

田家即事

蒲葉日已長杏花日已滋老農要看此貴不違天時迎晨起飯
牛雙駕耕東菑蚯蚓土中出田烏隨我飛羣合亂啄噪嗷嗷如
道饑我心多惻隱顧此兩傷悲撥食與田烏日暮空筐歸親戚
更相誚我心終不移

同諸公登慈恩寺塔

金祠起眞宇直上青雲垂地靜我亦閑登之秋清時蒼蕪宜春苑片碧昆明池誰道天漢高逍遙方在茲虛形賓太極攜手行翠微雷雨傍杳冥鬼神中躨跜靈變在倏忽莫能窮天涯冠上闔閭開履下鴻雁飛宮室低邐迤羣山小參差俯仰宇宙空庶隨了義歸則劳非大廈久居亦以危

新豐作貽殷四校書

漢皇思舊邑秦地作新豐南出華陽路西分長樂宮安知天地久不與昔年同雞犬暮聲合城池秋霽空紛吾從此去望極咸陽中不見芸香閣徒思文雅雄

使過彈箏峽作

鳥雀知天雪羣飛復羣鳴原田無遺粟日暮滿空城達士憂世

務鄙夫念王程晨過彈箏峽馬足淩兢行雙壁隱霰曙莫能知
晦明皚皚堅冰白漫漫陰雲平始信古人言苦節不可貞

夜到洛口入黄河

河洲多青草朝暮增客愁客愁惜朝暮枉渚暫停舟中宵大川
靜解纜逐歸流浦溆既清曠沿洄非阻修登艫望落月擊楫悲
新秋倘遇乘槎客永言星漢游

雜詩二首錄一

秋氣肅天地太行高崔嵬猿狖清夜吟其聲一何哀寂寞掩圭
蓽夢寐遊蓬萊琪樹遶亭亭玉堂雲中開洪崖吹蕭管素女飄
飆來雨師既先後道路無纖埃鄙哉楚襄王獨好陽雲臺

酬綦毋潛校書夢遊耶溪見贈之作

校文在仙掖每有滄洲心況此北窗下夢遊清溪陰春看湖口

漫夜入迴塘深往往纜蕃葛出舟望前林山人松下飯釣客蘆
中吟小隱何足貴長年固可尋還車首東道惠言若南金以我
採薇意傳之天姥吟

昭聖觀

主家隱溪口微路入花源數日朝青閣彩雲猶在門雙樓夾一
殿玉女侍玄元扶檐畫蟠木步欄多畫幡新松引天闕小柏繞
山樊坐弄竹陰遠行隱溪水喧石激辨春色林獸知人言未逐
鳳凰去眞宫在此原

游茅山五首

十年别鄉縣西去入皇州此意在觀國不言空遠遊九衢平若
水利往無輕舟北洛反初路東江還故邱青山多秀木碧澗盡
清流不見子桑扈當從方外求

世業傳儒行行成非不學其如懷獨善況以聞長生家近華陽洞早年深此情巾車雲路入理棹溪行天地朗光滿江山春色明王庭有軒冕此日方知輕

平生非作者望古懷清芬心以道爲隣行將時不羣茲山在人境靈貺久傳聞逶迤一峯出近形千嶂分冬春有茂草朝暮多鮮雲此去亦何極但言西日曛

昔賢居柱下今我去人間良以直心曠兼之外視閑彌綸非鄙國好學異希顏落日登高嶼悠然望遠山谿流碧水去雲帶清陰還想見中林士巖扉長不關

名嶽徵仙事清都訪道書山門入松柏天路涵空虛南極見朝象西潭聞夜漁遠心尚雲宿浪跡出林居爲已存實際忘形闊化初此行良已矣不樂復何如

薔薇篇

裊裊長數尋青青不作林一莖獨秀當庭心數枝分作滿庭陰春日遲遲欲將半庭影離離正堪玩枝上鶯嬌不畏人葉底蛾飛自相亂秦家女兒愛芳菲畵眉相伴采威蕤高處紅鬚欲就手低邊綠刺已牽衣葡萄架上朝光滿楊柳園中暝鳥飛連袂踏歌從此去風吹香氣逐人歸

同張侍御宴北樓

今之太守古諸侯出入雙旗垂七旒朝覽干戈時聽訟暮延賓客復登樓西山漠漠崦嵫色北渚沉沉江漢流良宵清淨方高會繡服光輝聯皂蓋魚龍恍惚堦墀下雲霧杳冥窗戶外水靈慷慨行泣珠游女飄颻思解佩眷眷低月半遥城落落疎星滿太清不分開襟悲楚奏願言吹笛退邊兵軒后青邱埋揳㺄周

王白羽掃欃槍斯君武節朝能闕亏亦翱翔歸玉京

登戲馬臺

君不見宋公杖鉞誅燕後英雄踴躍爭趨走小會衣冠呂梁壑
大微甲卒碻磝口天門神武樹元勲九日茱萸亭六軍泛泛樓
船遊極浦搖搖歌吹動浮雲居人滿目市朝變霸業猶存齊楚
甸泗水南流桐柏川沂山北走瑯琊縣滄海沉沉晨霧開彭城
烈烈秋風來少年自言未得意日暮蕭條登古臺

新豐主人

新豐主人新酒熟舊客還歸舊堂宿滿酌香含北砌花盈樽色
泛南軒竹雲散天高秋月明東家少女解秦箏醉來忘却巴陵
道夢中疑似洛陽城

題慎言法師故房

精廬不住子自有無生鄉過客知何道徘徊雁子堂浮雲歸故
嶺落月還西方日夕虛空裏時時聞異香

石龕寺

遙山起真宇西向盡花林下見宮殿小上看廊廡深苑花落池
水天語聞松音君子又知我焚香期化心

題陸山人樓

蛩聲雜初雁夜色涵早秋獨見海中月照君池上樓山雲拂高
棟天漢入雲流不惜朝光滿其如千里遊

題虬上人房

禪宮分兩地稱子一爲心人道無來去清言見古今江寒池水
綠山暝竹園深別有中天月遙遙散夕陰

雪後貽馬十二巽

高天風雨散清氣在園林況我夜初靜嵩軒鳴緑琴雲開北堂
月庭滿南山陰不見長裾者空歌遊子吟

尋徐山人遇馬舍人

泊舟伊川右正見野人歸日暮春山緑我心清且微巖聲風雨
度水氣雲霞飛復有金門客來參蘿薜衣

題山中流泉

山中有流水借問不知名映地爲天色飛空作雨聲轉來深澗
滿分出小池平恬澹無人見年年長自清

漢陽即事

楚國千里遠孰知方寸違春遊歡有客夕寢賦無衣江水帶冰
緑桃花隨雨飛九歌有深意捐佩乃言歸

張谷田舍

縣官清且儉深谷有人家一徑入寒竹小橋穿野花碓喧春澗滿梯倚綠桑斜自說年來稔前村酒可賒

田家即事

桑柘悠悠水蘸堤晚風晴景不妨犁高機猶織卧蠶子下坂饑逢餉饁妻杏色滿林羊酪熟麥凉浮壠雉媒低生時樂死皆由命事在旻天迥不迷

大酺得長字韻時任安宜尉

大道啟元命時人居太康中朝發元澤下國被天光明詔始端午初筵當履霜鼓聲迎爽氣羽籥映新陽太守即元國淮夷成葆疆小臣慚下位拜手頌靈長

同張侍御鼎和京兆蕭兵曹華歲晚南園

公府傳休沐私庭效陸沉方知從大隱非復在幽林闕下忠貞

志人間孝友心既將冠蓋雅仍與薜蘿深寒變中園柳春歸上
苑禽池涵青草色山帶白雲陰端居閑居賦纔期流水琴一經
當自足何用滿籝金

江南曲

綠紅深見底高浪直翻空慣是湖邊住舟輕不畏風
逐流牽荇葉緣岸摘蘆苗爲惜鴛鴦鳥輕輕動畫橈
日暮長江裏相邀歸渡頭落花如有意來去逐船流
隔江看樹色沿月聽歌聲不是長干住那從此路行

洛陽道獻呂四郎中五首錄三

洛水春冰開洛城春樹綠朝看大道上落花亂馬足
大道直如髮春日佳氣多五陵貴公子雙雙鳴玉珂
春風三月時道傍柳堪把上枝覆官閣下枝拂車馬

玉真公主山居

山北天泉苑山西鳳女家不言沁園好獨隱武陵花

同金壇令武平一遊湖五首錄二

花潭竹嶼傍幽蹊畫楫浮空入夜溪芰荷覆水船難進歌舞留人月易低

朝來仙閣聽弦歌暝入花亭見綺羅池邊命酒憐風月浦口回船惜芰荷

寄孫山人 山人邑人失其名

新林二月孤舟還小滿清江木滿山借問故園隱君子時時來往住人間

題茅山華陽洞

華陽洞口片雲飛細雨濛濛欲濕衣玉簫遍滿仙壇上應是茅

家兄弟歸

明妃曲四首錄二

日暮驚沙亂雪飛傍人相勸易羅衣强來前帳看歌舞共待單于夜獵歸

胡王知妾不勝悲樂府皆傳漢國辭朝來馬上箜篌引稍似宫中閑夜時

設　曲阿人登開元二十一年進士官長淵尉

清谿館作

推途清谿裏左右惟深林雲蔽望鄉處雨愁爲客心遇人多物役聽鳥對幽音何必滄浪水庶茲浣塵襟

張　潮　曲阿人大歷中處士詩五首

江風行　一作長干行

壻貧如珠玉壻富如埃塵貧時不忘舊富日多寵新妾本富家
女與君爲偶匹意好一何深中門不曾出妾有繡衣裳裁縫金
縷光念君貧且賤易此從遠方遠方三千里思君心未已日暮
情更來空望去時水孟夏麥始秀江上多南風商賈歸欲盡君
今尚巴東巴東有巫山窈窕神女顏常恐遊此方果然不知還

襄陽行

玉盤轉明珠君心無定準昨見襄陽客剩說襄陽好無盡襄陽
水峴山西漢水東流風北吹只言一世長嬌寵那悟今朝見別
離君渡淸漾渚知人獨不語妾見烏棲林憶君相思深莫作雲
間鴻離聲顧儔侶尚如匣中劍分形會同處是君婦識君情悲
君恨君爲此行下牀一寤不可寐況乃萬里襄陽城襄陽傳近
大堤北君到襄陽莫回惑大堤諸女兒憐錢不憐德

長干行 一作李白一作李益 顧陶類詩作張潮作

憶昔深閨裏烟塵不曾識嫁與長干人沙頭候風色五月南風興思君下巴陵八月西風起想君發揚子去來悲如何見少離别多相澶幾日到妾夢越風波昨夜狂風度吹折江頭樹淼淼暗無邊行人在何處北客真王公朱衣滿江中薄暮來投宿數朝不肯東好乘浮雲驄佳期蘭渚東鴛鴦綠浦上翡翠錦屏中自憐十五餘顏色桃花紅那作商人婦愁水復愁風

采蓮詞

朝出沙頭日正紅晚來雲起半江中賴逢鄰女曾相識並著蓮舟不畏風

江南行

茨菰葉爛别西灣蓮子花開猶未還妾夢不離江水上人傳郎

在鳳皇山

周瑀 曲阿人官至吏部常選詩三首

潘武馬別業

門對青山近汀牽綠草長興深包晚橘風緊落垂楊湖畔聞漁唱天邊數雁行蕭然有高士清思滿書堂

送潘三入京

故人嗟此別相送出烟垧柳色分官路荷香入水亭離歌未盡曲酌酒共忘形把手河橋上孤山日暮青

臨川山行

朝見青山雲暮見青山雲雲山無斷絕秋思日紛紛

蕭穎士字茂挺梁鄱陽王恢七世孫四歲屬文十歲補太學生性耆書通百家譜系書籀學開元二十三年進士對策第一天寶初補祕書正字名播天下召上多執弟子禮號蕭夫子遷集賢校理調廣陵錄參軍事乃起漢茫淯

編年依春秋義類爲傳百篇復著汉宋史譜並宋六朝興廢論客死汝南逆旅門人私謚曰文元有集十卷又嘗粱紀諸三卷　穎士推引數十人皆爲名士嘗兄事元德秀而友殷寅顏眞卿柳芳陸據李華邵軫趙驊時人語曰殷顏柳陸李蕭邵趙以能全其交也所與遊者獨華與齊名世號蕭李嘗與華據游龍門讀路旁碑穎士即誦華再閱據三乃能盡記聞者謂三人高下此其分也

菊榮并序

菊榮酬贈申志也久寓大邑賢宰宋侯惠而好予賦鳴蝉以况别有懷相規脩厥卒章於以報焉

采采者菊芬其榮斯紫英黃萼照灼丹墀愷悌君子佩服攸宜王國是維六君是毗貽爾子孫百禄萃之

采采者菊于邑之城舊根新莖布葉垂英彼美淑人應家之禎有茲既鳴我政則平宜爾棟梁必復其慶

采采者菊于邦之府陰槐翳柳邇近檻宇彼勞者子喧卑是處

嘅其莫知藴結誰語企彼高人色斯退舉
采采者菊于賓之館旣低其枝又弱其幹有腓君子是焉披翫
良辰旨酒宴飲無算愴其仳離終焉永歎
歲方晏矣霜露殘促誰其榮斯有英者菊豈徵春華懿此貞色
人之侮我混于薪棘詩人有言好是正直

江有楓一篇并序

江有楓思陸鄭二友與會舊遊且疾讒也臣寓於尹府以直方不偶見逼讒佞惟古之賢者有避色避言之義嬌然去之二室之間有楓樹焉與江南楓形實類憇於其下而作是詩以貽夫二三子焉

江有楓其葉蒙蒙我友自東于以遊從山有楓其葉漠漠我友徂北于以體息想彼楓矣亦類其風剔伊懷人而忘其東東可

遊矣會之邱矣于山于水于廟于寺于亭于里君子遊焉于以宴喜其樂亹亹粤東可居彼吳之墟有田有廬有朋有書有芋有魚君子居焉惟以宴醑其樂徐徐我朋在矣彼陸之子如松如杞淑問不已我友于征彼鄭之子如琇如瑱德音孔明我思震澤蓼茇藹藹寤寐如覿我思剡溪杉篠萋萋寤寐無迷有鳥有鳥粤鷗與鷺浮湍戲渚浩然潔素忘其猜妬彼何人斯曾足傷懼此懼惟何懼賓于羅彼驕者子讒言孔多我聞先師體命委和公伯之愬則如予何悵然山河惟以嘯歌

涼雨一章　并序

涼雨志楊侯樂賓僚也

習習涼風泠泠浮飇君子樂胥于其賓僚有女斯天式歌且謠欲言終宥惟以招邀于胥樂兮

有竹一篇 并序

有竹懿李新後閣而宴親友也

有竹斯竿于閣之前君子秉心惟其貞堅兮有竿斯竹于閣之側君子秉操惟其正直兮彼蔚者竹蕭其森矣有閣者閣宛其深矣迴簷幽砌如翼如齒冬之宵霰雪斯瀌我有金爐熺其以敲夏之日炎景斯鬱我有珍簟凄其以栗彼紛者務體其操矣有旨者酒歡其且矣友僚萃止跗萼載韡彼美公之姓兮那歟應積慶兮期子惟去之柄兮

蒙山作

東蒙鎮海沂合沓百餘里清秋淨氛霽崖嵉隱天起予役常往還息徒憩攀躋將窮絕遊處偶以寘心理雲氣雜虹霓松聲亂風水微明綠林際杳窱丹洞裏仙蹤時可聞羽人邈難視此事

多深邃賢達昔所秘予尚捐俗紛季隨躡遐軌蘊眞道彌曠與古情未已白鹿凡幾游黃精復奚似顧予尚牽纏家業互書史少學務從師壯年貴趨仕方馳桂林譽未暇桃林美歲暮期再尋幽哉羨門子

山莊月夜作

獻嘗嘆棄置疲拙歸田園且事計然策將符公冶言桑榆清晏景雞犬應遙村蠶罷里閭宴麥秋田野喧潤聲連枕席岑勢入堦軒未奏東山妓先傾北海樽隴瓜青早熟庭果落初繁更愜野人意農談朝竟昏

遊馬耳山

茲山表東服遠近瞻其名合沓盡滇濊洋洋連太清我來疑初伏幽路無炎精流水出溪盡覆蘿搖風輕高深變氣候俯仰蔭

天晴入谷烟雨潤登崖雲日明乾坤正含養種植總滋榮草樹皆秀色雛鷇亂新聲攀巖挹桂髓洞穴拾瑶英此地隱微逕何人得長生宿心尚甚許彌願棲遲瀛姚太息宦名路遲廻忘孝情還丹昧遠術養素慚幽貞安得從此去悠然昇玉京

早春過七嶺寄題峽石裴丞廳壁

石峽寄趣少晚行偏憶君依然向來處官路溪邊雲茲路豈不劇能無俗累紛槐陰永未合泉聲細猶聞彌歎看罷酒幸車從此分登高望城入斜陽半風薰

仰答韋司業二首五首錄二

神龜在南國曳尾湘川陰遊止蓮葉上歲時嘉樹林毒蟲且不近斤斧何由尋借落負奇文榮燿丹金江上萬里餘浮海阻且深獨抱貞素質不為寒暑侵一逢聖明代應見通靈心

關西一公子年貌獨青春被褐來上京黯然聲未振中郎何爲惜倒屣驚坐賓詞賦豈不佳盛名亦相因爲君奏此曲此曲多苦辛千載不可誣孰謂今無人

舟中遇陸棣兄西歸數日得廣陵二三子書知遲晚次沙墊西岸作

林烏遙岸鳴早知東方曙波上風雨歇舟人叫將去蒼蒼前洲日的的同沙鶩水氣清曉陰灘聲隱川霧蓄山勞寬想憶人阻洄泝信宿千里餘佳期曷由遇前程入楚鄉與棹問維揚但見土音異始知程路長寥寥曉空靜漫漫風淮涼雲景信可美風瀾殊未央故人江皋上永日念容光中路枉尺書謂余瓊樹芳深期結晤語竟夕恨相望寢廟崇朝饗吾其一葦航

羽山

九山方蕩潏三老佇良材夏祖何屯圮遷延此山隈空餘下泉客誰復辨黃能

越江秋曙

扁舟東路遠曉月下江濆潋灔信潮上蒼茫孤嶼分林聲寒動葉水氣曙連雲巘日浪中出榜歌天際聞伯鸞常去國安道惜離羣延首剡溪近詠言懷數君

過河濱和文學張志尹

隆古日以遠舉世喪其淳慷慨懷黃虞化理何由臻步出城西門徘徊見河濱當其側陋時河水清且潾滄桑一以變莽然翳荊榛至化無苦窳宇宙將陶甄太息感悲泉人往跡未湮瑟瑟寒原暮冷風吹衣巾顧我謝芬質希聖未有因且盡登臨意斗酒歡相親

留別二三子得韻字

二紀尚雌伏徒然忝先進英英兩衆賢名實鬱雙擬殘春惜將別清洛行不近相與愛後時無令孤逸韻

答鄭家先

桂枝常共擢茅茨豈同薦一命何阻修載馳各川縣壯圖悲歲月明代耻貧賤同首無津梁祇令二毛變

元日陪元魯山登北城留別二首

綿邈深川迴杳渺鴉路深彭澤興不淺臨風動歸心誰謂鶯棲羽坐歎清夜月中歎悄有違行子念明發

張翬一作暈曲阿人登開元二十三年進士與蕭穎士爲同年生官校書郎詩二首

遊棲霞寺

躋險入幽林翠微含竹殿泉聲無休歇山色時隱見潮來雜風

雨梅落成霜霰一從方外遊寧覺塵心變

絶句

茫茫烟水上日暮陰雲飛孤坐正愁緒湖南誰擣衣

蕭至忠 德言曾孫少爲畿尉以清謹稱神龍初自吏部員外擢御史中丞遷吏部侍郎掌選事請謁杜絶尋遷中書侍郎兼中書令睿宗立出爲晉州刺史先天二年復爲中書令與竇懷貞魏知古崔湜陸象先徐堅等撰姓族系譜二百卷書成加爵後因附太平公主連坐詩九首

奉和九日幸臨渭亭登高應制得餘字

鑾輦三秋暮登高九日初朱旗巡漢苑翠帟俯秦虛寵極萸房邇恩深菊酎餘承歡何以荅萬億奉宸居

奉和九月九日登慈恩寺浮圖應制

天驛三乘啟星輿六轡行登高凌寶塔極目遍王城神衛空中遶仙歌雲外清重陽千萬壽率舞頌昇平

陪幸長寧公主林亭

公主林亭地清晨降玉輿畫橋飛渡水仙閣迥臨虛新晴看蛺
蝶早夏摘芙蕖文酒娛遊盛忻叨侍從餘

奉和幸安樂公主山莊應制

西郊窈窕鳳凰臺北渚平明法駕來匝地金聲初度曲周堂玉
溜好傳杯灣路分遊畫舟轉岸門相向碧亭開微臣此時承宴
樂髣髴疑從星漢迴

送張亶赴朔方應制

命將擇耆年圖功勝必全光輝萬乘餞威武二庭宣中衢橫鼓
角曠野蔽旌旃推食天廚至投醪御酒傳涼風過雁苑殺氣下
雞田分閫恩何極臨岐動睿篇

陪幸五王宅

北斗樞機任西京肺腑親疇昔王門下今茲制幸晨恩來山水被聖作管弦新遶屋藂紅藥當軒暗綠筠摘荷纔早夏聽鳥尚餘春行漏金徒曉風烟是觀津

三會寺應制

岧嶤倉史臺敞朗紺園開戒旦壺人警翻霜羽騎來下輦登三襲襃旒望九垓林披館陶牓水浸昆明灰網戶飛花綴帆竿度鳥廻豫遊仙唱動瀟灑出塵埃

薦福寺應制

地靈傳景福天駕儼鈎陳佳哉藩邸舊赫矣梵宮新香塔魚山下禪堂雁水濱珠幡映白日鏡殿寫青春甚懽延故吏大覺拯生人幸承歌頌末長奉屬車塵

陪遊上苑遇雪

龍驂曉入望春宮正逢春雪舞春風花光併在天文上寒氣行銷御酒中

包　佶字幼正融之子登天寶六年進士累官諫議大夫貶嶺南劉晏奏起爲汴東兩稅使晏罷以佶充諸道鹽鐵輕貨錢物使遷刑部侍郎改秘書監封丹陽郡公

對酒贈故人

扶起離披菊霜輕喜意開醉中驚老去笑裏覺愁來月送人無盡風吹浪不回感時將有寄詩思澀難裁

同李吏部伏日口號呈元庶子路中丞

火炎逢六月金伏過三庚幾度衣裳汗誰家枕簟清頒冰無下位裁扇有高名吏部還開讌殷勤二客情

酬兵部李侍郎晚過東廳之作

酒醴慙先祭刑書已曠官詔馳黃紙速身在絳紗安聖位登堂

靜生徙蹝席寒庭槐暫搖落幸爲人春看

秋日過徐氏園林

回塘分越水古樹積吳烟掃竹催鋪席垂蘿待繫船鳥窺新鑪粟甌上半畝蓮屢人忘歸地長嗟俗事牽

雙山過信公所居

遥禮前朝塔微聞後夜鐘人間第四祖雲裏一雙峯積雨封苔徑多年亞石松傳心不傳法誰可繼高蹤

奉和柳相公中書言懷

運籌時所貴前席禮偏深羸駕歸貧宅欹冠出禁林鳳巢方得地牛喘最關心雅望期三入東山未可尋

客自江南話過亡友朱司議故宅

交質多相共風流憶此人海翻移里巷書蠹積埃塵奉佛棲禪

久辭官上疏頻故衆分全宅惟是舊交親

發襄陽後却寄公安人

揮淚送迴人將書報所親晚年多疾病中路有風塵王粲頻徵楚君恩許入秦還同星火去馬上刖江春

立春後休沐

心與青春背新年亦掩扉漸窮無困學惟避不材譏積疾攻難愈衡恩報轉微定知書課日優詔許辭歸

答竇拾遺臥病見寄

今春扶病移滄海幾度承恩對白花送客屢聞簾外鵲銷愁已辨酒中蛇瓶開枸杞懸泉水鼎鍊芙蓉伏火砂誤入塵埃牽吏役羞將簿領到君家

宿廬山贈白鶴觀劉尊師

蒼蒼五老霧中壇杳杳三山洞裏官手護崑崙象牙簡心推厚
歷覽枝盤春飛雪粉黏臺潤曉漱瓊膏冰齒寒漸恨流年筋力
少惟思露冕事星冠

嶺下臥疾寄劉長卿員外

惟有貧兼病能令親愛疎歲時供放逐身世付空虛脛弱秋添
絮頭風曉廢梳波瀾喧衆口藜藿靜吾廬喪馬思開卦占鴞嬾
發書十年江海隔離恨子知予

尚書宗兄使過詩以奉獻

洛下交親滿歸閑意有餘翱翔舊坐宅邦駕所懸車腹飽山僧
供頭輕侍婢梳上官唯揖讓半祿代耕鉏兩散三秋别風傳一
字書勝遊如可繼還欲並園廬

送日本國聘賀使晁巨卿東歸

上才生下國東海是西鄰九譯蕃君使千年聖主臣野情偏得
禮木性本含眞錦帆乘風轉金裝照地新孤城開蜃閣曉日上
朱輪早識來朝歲塗山玉帛均

元日觀百僚朝會

萬國賀唐堯清晨會百僚花冠蕭相府繡服霍嫖姚壽色凝丹
檻歡聲徹九霄御爐分獸炭仙管弄雲韶日照金鷄動風吹玉
珮揺都城獻賦者不得共趨朝

奉和常閣老晚秋集賢院内事寄贈徐薛二侍郎

秘殿掖垣西書樓苑樹齊秋烟凝縹帙晚色上琉題門接承明
近池連太液低疏鐘文馬駐繁葉綵禽栖職美綸將綍榮深組
及珪九霄偏眷顧三事早提攜對案臨青玉窺書捧紫泥始歡
新遇重還惜舊遊暌左宦登輿岫分家渡越溪賦中頻嘆鵩卜

處幾聽雞望闕應多戀臨津不用迷柏梁恩和曲朝夕候金閨

酬于侍郎湖南見寄十四韻

桂嶺千崖斷湘流一派通長沙今賈傳東海舊于公章甫經殊俗離騷繼雅風金閨文作字玉匣氣成虹翰墨時招侶丹青夙在公（一作工）王恩留左掖人望積南宮巧拙循名異浮沉顧位同九遷歸上署三已契愚衷責謝庭中吏悲寛塞上翁楚材欣有適燕石愧無功山曉重嵐外林春苦霧中雪花翻海鶴波影倒江楓去札頻逢信回帆早挂空避賢方有日非敢愛微躬

朝拜元陵

宮前石馬對中峯雲裏金鋪閉幾重不見露盤迎曉日唯聞木斧扣寒松

觀壁畫九想圖

一世榮枯無異同百年哀樂又歸空夜闌烏鵲相爭處林下眞僧在定中

再過金陵

五樹歌終王氣收雁行高送石城秋江山不管興亡事一任斜陽伴客愁

曲阿詩綜卷之三終

丹陽後學劉會恩時菴輯

唐

包　何字幼嗣潤州延陵人登天寶七年進士大曆中官起居舍人與弟佶齊名世稱二包

送泉州李使君之任

傍海皆荒服分符重漢臣雲山百越路市井十洲人執玉來朝遠還珠入貢頻連年不見雪到處即行春

和孟虔州閑齋即事

古郡鄰江嶺公庭半薜蘿府寮閒不入山鳥靜偏過睥睨臨花柳闌干枕芰荷麥秋今欲至君聽兩岐歌

同李郎中淨律院看梡子樹

木梡稀難識沙門種則生葉殊經寫字子爲佛稱名濾水澆[illegible]

長燃燈暖更榮亭亭無別意只是勸修行

同余弟佶班韋二員外秋苔對之成詠

每看苔色無如向薄暮閑幽思纏芳樹高情寄遠山雨痕連地綠日色出林斑郄笑興公賦臨危滑石間

送王汝宰江陰

郡北乘流去花間覓日行海魚朝滿市江鳥夜喧城止酒非關病援琴不在聲應緣五斗米數日滯淵明

和苗員外寓直中書

朝列稱多士君家有二難貞爲臺裏柏芳作省中蘭夜宿分曹潤晨趨接武歡每憐雙闕下雁序入鴛鸞

江上田家

近海川原薄人家本自稀黍苗期臘酒霜葉是寒衣市井誰相

識漁樵夜始歸不須騎馬問恐畏狎鷗飛

送韋侍郎奉使江嶺諸道催青苗錢

遠近從王事南行處處經手持霜簡白心在夏苗青迴雁書應報愁猿夜屢聽因君使絕域方物盡來庭

裴端公使院賦得隔簾見春雨

細雨未成霖垂簾但覺陰惟看上砌濕不遣入簷深度隙霑霜簡因風潤綺琴須移戶外簷溜夜相侵

發州留別鄭使君

西掖馳名久東陽出守時江山婺女分風月隱侯詩別恨雙溪急留歡五馬遲迴舟映沙嶼未遠剩相思

賦得秤送孟孺卿

願以金秤錙因君贈別離鉤懸新月吐衡舉衆星隨掌握須平

執鑰錄必盡知由來投分審莫放弄權移

和程員外春日東郊即事三韻

郎官休浣憐遲日野老歡娛爲有年幾處折花驚蝶夢數家留葉待蠶眠直到閑關朝謁去鶯聲不散柳含烟

同閻伯均宿道士觀有述

南國佳人去不迴洛陽才子更須媒綺琴白雪無心弄羅幌清風到曉開冉冉修篁依戶牖迢迢列宿映樓臺縱令奔月成仙去且作行雲入夢來

闕下芙蓉

一人理國致昇平萬物呈祥助聖明天上河從闕下過江南花向殿前生應雲布蕊開難落湛露爲珠滿不傾更對樂懸張宴處歌工欲奏采蓮聲

相里使君第七男生日

娶妻生子復生男獨有君家衆所誇荀氏八龍唯欠一桓山四鳳已過三他時幹蠱聲名著今日懸弧宴樂酣誰道衆賢能繼體須知箇箇出於藍

長安曉望寄崔補闕 一作司空曙

迢遞山河擁帝京參差宫殿接雲平風吹曉漏經長樂柳帶晴烟出禁城天淨笙歌臨路發日高車馬隔塵行自憐久滯諸生列未得金閨籍姓名

同諸公尋李方直不遇

聞說到揚州吹簫憶舊遊人來多未見莫是上迷樓

送烏程王明府貶巴江

一片孤帆無四鄰北風吹過五湖濱相看盡是江南客獨有君

爲鎮上人

寄楊侍御一作包佶

一官何幸得同時十載無媒獨見遺今日不論腰下組請君看取鬢邊絲

殷遥潤州曲阿人天寶間忠王府曹參軍卒王維以詩哭之殷璠丹陽集以爲句容人其實由曲阿齊陵外遷句容亦猶之蔡也

山行

寂歷青山曉山行趣不稀野花成子落江燕引雛飛暗草薰苔徑晴楊拂石磯俗人猶語此余亦轉忘歸

塞上

萬里隤城在三邊敵氣衰沙塡孤嶂角燒斷故關碑馬色經寒慘雕聲帶晚悲將軍正閑暇留客換歌辭

送友人下第歸省

君此卜行日高堂應夢歸直將和氏淚滴著老萊衣嶽雨連河細田禽出麥飛到家調膳後吟好送斜暉

送桂士歸楚州覲省

風流與才思俱似晉時人淮月歸心促江花入興新雲深滄海暮柳暗白門春若道官猶小憐君孝養親

友人山亭

故人雖薄宦往往涉清溪鑿牖對山月褰裳吸澗霓遊魚逐水上宿鳥向風棲一見桃花發能令秦漢迷

皇甫曾字孝常冉母弟也登天寶十二年進士歷侍御史坐事徙舒州司馬陽翟令詩名與冉相上下當時比張氏景陽孟陽云

遇風雨作 一作權德輿詩

草草理衣裝涉江又登陸望路殊未窮指期今已促傳呼戒徒馭振轡轉林麓陰雲擁巖岵霖雨當山腹震雷如在耳飛電來照目獸跡不敢窺馬蹄惟務速虔心若齋禱濡體如沐浴萬竅相怒號百泉暗奔瀑危梁處足跌峻坂憂車覆問我何以然前日愛微祿轉知人代事纓組乃羈束向若家居時安枕春夢熟邅迍務已近候吏來相續曉霽心始安林端見初旭

錫杖歌送明楚上人歸佛川　一作權德輿詩

上人遠自西天至頭陀行遍南朝寺口翻貝葉古字經手持金錫聲泠泠護法護身惟振錫石瀨雲溪深寂寂乍來松徑風露寒遙映霜天月成魄後夜空山禪誦詩寥寥挂在枯樹枝真法嘗傳心不住東西南北隨緣路佛川此去何時廻應眞莫便遊天台

奉陪韋中丞使君遊鶴林寺

古寺傳燈久層城閉閣閑香花同法侶旌旆入深山寒磬虛空裏孤雲起滅間謝公憶高臥徒御欲忘還

奉送杜中丞還京

罷戰回龍節朝天上鳳池寒生五湖道春入萬年枝郡化多遺愛官清已畏知懷恩偏感別隨淚向旌麾

酬鄭侍御秋夜見寄

搖落空林夜河陽興已生未辭公府步知結遠山情高柳風難定寒泉月助明袁公方臥雪尺素及柴荊

送菁上人還陽羨 一作皇甫冉詩

花宮難久別道者憶千燈殘雪入林路暮山歸寺僧日光依嫩草泉響滴春冰何用求方便看心是一乘

送李中丞歸本道

上將宜分閫雙旌復出秦關河三晉路賓從五原人孤戍雲通海平沙雪度春酬恩看玉劍何處有烟塵

和謝舍人雪夜寓直

禁省夜沉沉春風雪滿林滄洲歸客夢青瑣近臣心揮翰宜鳴玉承恩在賜金建章寒漏起更助掖垣深

尋劉處士

幾年人不見林下掩柴關留客當清夜逢僧話舊山隔城雲杵急帶月早鴻還南陌雖相近其如隱者閑

哭陸處士

從此無期見柴門對雪開二毛逢世難萬恨掩泉臺返照空堂夕孤城弔客迴漢家偏訪道猶畏鶴書來

烏程水樓留別

悠悠千里去惜此一尊同客散高樓上帆飛細雨中山程隨遠水楚思在青楓共說前期易滄波處處通

題贈吳門邕上人

春山惟一室獨坐草萋萋身寂心成道花開鳥自啼細泉松徑裏返景竹林西晚與門人別依依出虎溪

送陸鴻漸山人採茶

千峯待逋客香茗復叢生採摘知深處煙霞羨獨行幽期山寺遠野飯石泉清寂寂燃燈夜相思磬一聲

寄劉員外長卿

南憶新安郡千山帶夕陽斷猿知夜久秋草助江長疎髮應成素青松獨耐霜愛才稱漢主題柱待劉郎

寄張仲甫

悲風生舊浦雲積隔東田伏臘同雞黍柴門閉雪天孤村明夜火稚子候歸船靜者心相憶離居畏度年

送元侍御充使湖南

雲夢南行盡三湘萬里流山川重分手徒御亦悲秋白簡勞王事清猨助客愁離羣復多病歲晚憶滄洲

晚至華陰

臘盡促歸心行人及華陰雲霞仙掌出松柏古祠深野渡冰生岸寒川燒隔林温泉香漸近宫樹晚沉沉

送孔徵士

谷口山多處君歸不可尋家貧青史在身老白雲深掃雪開松徑疏泉過竹林餘生負歸策相送亦何心

秋興

流螢與落葉，秋晚共紛紛。返照城中盡，寒砧雨外聞。離人見衰鬢，獨鶴暮何羣。楚客在千里，相思看碧雲。

送歸中丞使新羅

南幰銜恩去，東夷泛海行。天遥辭上國，水盡到孤城。已變炎涼氣，仍愁浩淼程。雲濤不可極，來往見雙旌。

送少微上人東南遊

石梁人不到，獨往更迢迢。乞食山家少，尋鐘野寺遥。松門風自掃，瀑布雪難消。秋夜聞清梵，餘音逐海潮。

送韋判官赴閩中

孤棹閩中客，雙旌海上軍。路人從北少，海水向南分。野鶴傷秋別，林猿忌夜聞。漢家崇亞相，知子遠邀勲。

過劉員外長卿别墅

謝客開山後郊扉積水通江湖千里别衰老一樽同返照寒川滿平田暮雪空滄洲自有趣不便哭途窮

送著公歸越

誰能愁此别到越會相逢長憶雲門寺門前千萬峯石床埋積雪山路倒枯松莫學白衣士無人知去蹤

同杜相公對山僧

吏散重門掩僧來閑閣閑遠心馳北闕春興寄東山草長風光裏鶯啼靜默間芳晨不可住惆悵暮禽還

國子柳博士兼領太常博士輒申賀贈

博士本秦官求才帖職難臨風曲臺靜對月碧池寒講學分陰重齋祠曉漏殘朝衣辨色處雙綬更宜看

早朝日寄所知

長安雪夜見歸鴻紫禁朝天拜舞同曙色漸分雙月下漏聲遥在百花中爐烟乍起開仙仗玉珮纔成引上公共荷發生同雨露不應黄葉久隨風

秋夕寄懷契上人

已見槿花朝委露獨悲孤鶴在人羣眞僧出世心無事靜夜名香手自焚窗臨絶澗聞流水客至孤峯掃白雲更想淸晨誦經處獨看松上雪紛紛

張彥見訪郊居作

林中雨散早凉生已有迎秋促織聲三徑荒蕪羞對客十年衰老愧稱兄愁心自惜江蘺晚世事方看木槿榮君若罷官攜手日尋山莫算白雲程

曲阿詩綜

春寄中書王舍人

腰金載筆謁承明至道安禪得此生西掖幾年綸綍貴東山遙夜薜蘿情風傳刻漏星河曙月上梧桐雨露清聖主好文誰為薦閒門空賦子虛成

送商州杜中丞赴任

安康地理接商於帝命專城總賦輿夕拜忽辭青瑣闥晨裝獨捧紫泥書深山古驛分騶騎芳草閒雲逐隼旟綺皓清風千古在因君一為謝巖居

贈鑒上人

律儀傳教誘僧臘老烟霄樹色依禪誦泉聲入寂寥寶龕經末刼畫壁見南朝深竹風開合寒潭月動搖息心歸靜理愛道坐中宵更欲尋真去乘船過海潮

送湯中丞和番

繼好中司出天心外國知已傳堯雨露更說漢威儀隴上應同首河源復載驅孤峯問徒御空磧見旌麾春草鄉愁起邊城旅夢移莫嗟行遠地此去答恩私

送和西蕃使

白簡初分命黄金已在腰恩華通外國徒御發中朝雨雪從邊起旌旗上隴遥暮天沙漠漠空磧馬蕭蕭塞路隨河水關城見柳條和戎先罷戰知勝霍嫖姚

送王相公赴幽州

台衮兼戎律勤憂秉化元鳳池東掖龍節北方尊長路山河轉前驅鼓角喧人安布時令地遠答君恩暮日平沙迥秋風大旆翻漁陽在天末戀別信陵門

山下泉

漾漾帶山光澄澄倒林影那知石上喧却憶山中靜

酬竇拾遺秋日見呈　時此公自江陰令除諫官

孤城永巷時相見衰柳閑門日半斜欲送近臣朝魏闕猶憐殘菊在陶家

韋使君宅海榴詠

淮陽臥理有清風臘月榴花帶雪紅閉閣寂寥常對此江湖心在數枝中

芳貴四望

漢家仙仗在咸陽洛水東流出建章野老至今猶望幸離宮秋樹獨蒼蒼

皇甫冉字茂政潤州丹陽人晉元晏先生謐之後十歲能屬文張九齡深器之登天寶十五年進士對策第一歸

事蕭穎士文名益盛授無錫尉避難居陽羨大歷中爲王縉掌書記後爲右金吾衛兵曹參軍遷右補闕奉使江南因省家卒冉詩天機獨得遠出情外有集三卷名列大歷十子中

巫山高

巫峽見巴東迢迢出半空雲藏神女館雨到楚王宮朝暮泉聲落寒暗樹色同清猿不可聽偏在九秋中此詩白樂天極賞不敢下筆

婕妤怨

由來咏團扇今已值秋風事逐人皆在恩無日再中早鴻聞上苑寒露下深宮顏色年年謝相如賦豈工

寄高雲

南徐風日好悵望昆陵道昆陵有故人一見恨無因獨戀青山久惟令白髮新每嫌持手板時見着頭巾烟景臨寒食農桑接仲春家貧仍嗜酒生事今何有芳草遍江南勞心憶攜手

會東遊以詩寄之

出郭離言多廻車始知遠寂然層城暮更念前山轉總轡越城皐浮舟背梁苑朝朝勞延首往往若在眼落日孤雲還邊愁迷楚關知何極花發復對遊子顏古寺杉栝裏連檣洲渚間烟生海西岸雲見吳南山驚風掃蘆荻翻浪連天白正是揚帆時偏逢江上客由來許佳句況乃愜所適嵯峨天姥峯翠色春更碧氣凄湖上雨月淨剡中夕釣艇或相逢江蘺又堪摘迢迢始寧野蕪沒謝公宅朱槿列摧墉蒼苔徧幽石顧予任疎懶期爾振羽翮滄洲未可行須售金門策

題裴二十一新園

東郭訪先生西郊無隱路久為江南客自有雲陽樹已得閒雲心不知公府步開門白日晚倚杖青山暮果熟任霜封籬疎從

水渡窮年常牽縈往事惜淪涸惟見偶耕人朝朝自來去

雜言月洲歌送趙冽還襄陽

漢之廣矣中有洲洲如月兮水環流流聒聒兮湍與瀨草青青兮春復秋苦竹林香風樾樹樵子罛師幾家住萬山飛雨一川來巴客歸船傍洲去歸人不可遲芳杜滿洲時無限風烟皆自悲莫辭貧賤阻心期家住洲頭知近遠朝泛輕橈暮當返不能隨爾臥芳洲自念天機一何淺

江草歌送盧判官

江皋兮春早江上兮芳草雜蘼蕪兮杜蘅作叢秀兮復羅生被遥隰兮經長衍雨中深兮烟中淺日渺渺兮增愁步遲遲兮堪搴澧之浦兮湖之濆思夫君兮送美人吴州曲兮楚鄉路遠孤城兮依獨戍新月能分裛露時夕陽照見連天處問君行邁終

何之淹泊沿洄風日遲處處汀洲有芳草王孫詎肯念歸期

灃水送鄭豐鄠縣讀書

麥秋中夏涼風起送君西郊及灃水孤烟遠樹動離心隔岸江流若千里早年江海寄浮名此去雲山愜爾情上古金經皆在口秦人如見濟南生

酬李司直冬夜見寄

江城聞鼓角旅宿復何如寒月此宵半春風舊歲餘徒云資薄祿未必勝閑居見欲扁舟去誰能畏簡書

送鄭員外入茅山居

但見全家去寧知幾日還白雲迎谷口流水出人間冠冕情遺世神仙事滿山其中應有物豈貴一身閑

送田濟揚州赴選

家貧不自給求祿爲荒年調補無高位卑棲屈此賢江山欲霜雪吳楚接風烟相去誠非遠離心亦渺然

酬崔侍御期蘇道士不至

一心求妙道幾歲候真師丹竈今何處白雲無定期崐崘烟景絕汗漫往來遲君但焚香待人間別有時

送鄭判官赴徐州

從軍非隴頭師在古徐州氣動三河卒功多萬里侯元戎閫外令才子幄中籌莫聽關山曲還生出塞愁

送陸潛夫延陵尋友

登山自補履訪友不齎糧坐歇青松晚行吟白日長人烟隔水見草氣入林香誰作招尋侶清齋宿紫陽

送韓司直

遊吳還適越來往任風波復送王孫去其如芳草何岸明殘雪
在潮滿夕陽多季子留遺廟停舟試一過

送康判官往新安

不向新安去那知江路長猿聲近廬霍水色勝瀟湘驛路收殘
雨漁家帶夕陽何須愁旅泊使者有輝光

奉和王相公早春登徐州城

落日憑危堞春風似故鄉川流通楚塞山色遶徐方壁壘依寒
草旌旗動夕陽元戎資上策南畝起耕桑

歸渡洛水

暝色赴春愁歸人南渡頭渚烟空翠合灘月碎光流澧浦饒芳
草滄浪有釣舟誰知放歌處此意正悠悠

秋夜宿嚴維宅

昔聞裴度宅門向會稽峯君任東湖下清風繼舊蹤秋深臨水月夜半隔山鐘世故多離别良宵詎可逢

酬裴十四

淮海名聯翩三年方一見素心終不移元髮何須變舊國想平陵春山滿陽羨鄉雞莫遽鳴共惜良夜燕

潤州南郊留别

縈廻楓葉岸留滯木蘭橈吳岫新經雨江天正落潮野人勞見愛行子自無聊君問前程事孤雲入剡遥

送延陵陳法師赴上元

延陵初罷講建業去隨緣翻譯惟多學壇場最少年浣衣逢野水乞食向人烟遍禮南朝寺焚香古像前

送元晟還歸潛山所居

深山秋事早君去復何如裛露收新稼迎霜葺舊廬題詩即招
隱作賦是閑居别後空相憶稽康懶寄書

送林員外往江南

分務江南道留懽幕下榮楓林緣楚澤水驛到湓城岸草知春
曉沙禽好夜驚風帆幾處泊處處暮潮淸

温湯即事

天仗星辰轉霜風景氣和樹含温液潤山入繚垣多丞相金錢
賜平陽玉輦過曾儒求一謁無路獨如何

送節度赴朔方

故壘烟塵後新軍河塞間金貂寵唐將玉節度蕭關散漫沙中
雪依稀漢口山人知竇車騎計日勒銘還

途中送權曙兄歸

淮海風濤起江關幽思長同悲鵲繞樹獨作雁隨陽山晚雲初
雪汀寒月映霜由來濯纓處漁父愛滄浪

雨雪

風沙悲久戍雨雪更勞師絶漠無人境將軍苦戰時山川迷向
背氛霧失旌旗徒念天涯事年年芳草期

九日寄鄭愕

重陽秋已晚千里信仍稀何處登高望知君正憶歸還當采時
菊應未投寒衣欲識離居恨郊園晝掩扉

送柳八員外赴江西

岐路多無極長江九派分行人隨旅雁楚樹入湘雲久在征南
役何殊薊北勲離心不可問歲暮雪紛紛

送蕭獻士

惆悵烟郊晚依然此送君長河隔旅夢浮客伴孤雲淇上春山直黎陽大道分西陵儻一弔應有士衡文

贈普門上人

支公身欲老長在沃洲多慧力堪持教禪功久伏魔山雲隨坐處江草伴頭陀借問廻心後賢愚去幾何

送盧山人歸林慮山

無論行遠近歸向舊烟林寥落人家少青冥鳥道深白雲長滿目芳草自知心山色連東海相思何處尋

題昭上人房

沃洲傳教後百衲老空林慮盡朝昏磬禪隨坐臥心鶴飛湖草迥門掩海雲深地與天台接中峯早晚尋

丹陽東去新亭記

姑蘇東望海林間幾度裁書信未還常在府中持白簡豈知天半有青山人歸極浦寒沙廣雁下平蕪秋野閒舊日新亭更攜手他鄉風景亦相同

秋日東郊作

閒看秋水心無事坐對寒松手自栽廬岳高僧留偈別茅山道士寄書來燕知秋日辭巢去菊爲重陽冒雨開淺薄將何稱獻納臨岐終日獨遲回

三月三日義興李明府後亭泛舟

江南煙景復何如聞道新亭更可過處處挑蘭春補綠萋萋藉草遠山多壺觴須就陶彭澤風俗猶傳晉永和更使輕橈徐轉去微風落日水增波

春思

鶯啼燕語報新年馬邑龍堆路幾千家住層城憐漢苑心隨明
月到胡天機中錦字論長恨樓上花枝笑獨眠爲問元戎竇車
騎何時返旆勒燕然

送李鍊師赴饒州

北人南去雪紛紛雁叫汀洲不可聞積水長天隨遠客荒城極
浦足寒雲山從建業千峯出江至潯陽九派分借問督郵幾弱
冠府中年少不如君

同溫丹徒登萬歲樓

高樓獨上思依依極浦遥山合翠微江客不堪頻北望塞鴻何
事復南飛丹陽古渡寒烟積瓜步空洲遠樹稀聞道王師猶轉
戰誰能談笑解重圍

宿淮陰南樓酬常伯能

淮陰日落上南樓喬木荒涼古渡頭浦外野風初入戸窗中海月早知秋滄波一望通千里畫角三聲起百憂行士首分絶來客頻君去履忽相求

酬李補闕

十年歸客但心傷三逕無人日已荒夕宿靈臺伴烟月晨趨建禮逐衣裳偶因麋鹿隨豊草謬荷鵷鸞借末行縱有諫書猶未獻春風拂地日空長

送錢塘路少府赴制舉

公車待詔赴長安客裏新正阻舊歡遲日未能消野雪晴花偏自犯江寒東溟道路通秦塞北闕威儀擁漢官共許郄生工射策恩榮請向一枝春

招隱寺送閻判官還江州

離別那逢秋氣悲東林更作上方期共知客路浮雲外暫愛僧房墮葉時長江九派人歸少寒嶺千重雁度遲借問潯陽在何處每看潮落一相思

送歸中丞使新羅

詔使殊方遠朝儀舊典存浮天無盡處望日計前程暫喜孤山出長愁積水縈野風飄叠鼓海雨濕危旌異俗知文教通儒有令名還將大戴禮方外授諸生

宿嚴維宅送包七

江湖同避地分手自依依盡室今爲客經秋空念歸歲儲無別墅寒服羨鄰機草色村橋晚蟬聲江樹稀夜涼宜共醉時難惜相違何事隨陽侶汀洲忽背飛

東郊迎春

曉見蒼龍駕東郊春已迎彩雲天仗合元象泰階平佳氣山川
秀和風政令行鈞陳霜騎肅御道雨師清律向韶陽變人隨草
木榮遥瞻上林苑今日遇遷鶯

河南鄭少尹城南亭送鄭判官還河東

使臣懷餞席亞尹有前溪客是仙舟裏途從御苑西泉聲喧暗
竹草色引長堤故絳青山在新田綠樹齊天秋聞別鵠關曉候
鳴雞應嘆沉冥者年年津路迷

送從弟豫貶遠州

何事成遷客思歸不見鄉遊吳經萬里弔屈過三湘水與荆巫
接山通鄢郢長名嗟黃綬繫身是白眉長獨結南枝恨應思北
雁行憂來沽楚酒元鬢莫凝霜

送李萬州赴饒州省覲

前程觀拜慶舊館惜招攜荀氏風流目胡家清白齊川廻異岫
夾壑闕楚雲低舉目親魚鳥驚心怯鼓鼙人稀漁浦外灘淺定
山西無限青青草王孫去不迷

奉和獨孤中丞遊法華寺

謝君臨郡府越國舊山川訪道三千界當仁五百年巖空騎馭
響樹密旆旌連閣影凌空壁松聲助亂泉開門得初地伏檻接
諸天向背春光滿樓臺古製全群峯爭綵翠百谷會風烟香象
隨僧久祥烏報客先清心乘暇日稽首慕良緣法證無生偈詩
成大雅篇蒼生望已久廻駕獨依然

婕妤怨

花枝出建章鳳管發昭陽借問承恩者雙蛾幾許長

送王翁信還剡中舊居

海岸耕殘雪溪沙釣夕陽家中何所有春色漸看長

秋怨

長信多秋氣昭陽借月華那堪閑永巷聞道選良家

送客

西塞雲山遠他鄉近海門移家南渡久童稚解方言

山館

山館長寂寂閑雲朝夕來空庭復何有落日照青苔

送王司直

西塞雲山遠東風道路長人心勝潮水相送過潯陽

賦得送客一絶送陸鴻漸赴越

行隨新樹深夢隔重江遠迢遞風日間蒼茫洲渚晚

淮口寄趙員外

欲逐淮潮上暫停魚子灣相望知不見終是屢回頭

和王給事雑禁夜梨花詠

巧解逆人笑偏能亂蝶飛春風時入戶幾片落朝衣

遠山

少室盡西峯鳴臯隱南面柴門縱復關終日窗中見

送鄭二之茅山

水流絕澗終日草長深山暮春犬吠雞鳴幾處條桑種杏何人

小江懷靈一上人

江上年年春草津頭日日人行借問山陰道遠猶聞薄暮鐘聲

同李萬晚望南岳寺懷普門上人

釋子身心無垢紛獨將衣鉢去人羣相思晚望松林寺惟有鐘聲出白雲

北固山晚眺荅張繼

悵望南徐登北固迢遥西塞阻東關落日臨川問音信寒潮惟帶夕陽還

送陸鄷郭郎

纔見吳洲百草春已聞燕雁一聲新秋風何處催年急偏逐山行水宿人

蕭昕 字中明梁鄱陽王恢七世孫頴士從弟移居河南中博學宏詞科徳宗朝以太子太師致仕

洛出書

海内昔凋瘵天綱斯浡潏龜靈啟聖圖龍馬負書出大哉明徳盛遠矣彝倫秩地敷作乂功人免爲魚恤既彰千國理豈止百川溢永賴至於今疇庸未云畢

臨風舒錦

麗錦疋云終襜襜展向風花開翻覆翠色亂動搖紅纈散悠揚裹支廻照灼中低吾疑步障吹起作晴虹旣與卑遲夢孫知卓氏功還鄉將製服從此表亨通

朱放 字長通本襄州人隱於越之剡溪嗣曹王皋鎮江西辟爲節度參謀貞元初召爲拾遺不就與丹陽皇甫兄弟揖善復移居丹陽以終劉長卿有送朱放詩

剡溪行郤寄新別者

潺湲寒溪上自此成離別回首望歸人移舟逢暮雪頻行識草樹漸老傷年鬢惟有白雲心爲向東山月

早發龍且館舟中寄東海李司倉司戶

沙禽相呼曙色分漁浦鳴榔十里聞正當秋風度楚水而值遠傷離羣津頭郤望後湖岸別處已隔東山雲停艫目送北歸翼惜無瑤草持寄君

九日陪劉中丞宴昌樂寺送梁廷評

獨坐三臺妙重陽百越間水心觀遠俗霜氣入秋山不棄遺簪舊寧辭落帽還仍聞西山客咫尺謁天顏

經故賀賓客鏡湖道士觀

已得歸鄉里逍遙一外臣那隨流水去不待鏡湖春雪裏登山屐林間漉酒巾空餘道士觀誰道學仙人

秣陵送客入京

秣陵春已至君去學歸鴻綠水琴聲切青袍草色同鳥喧金谷樹花滿洛陽宮日日相思處江邊楊柳風

雲門寺贈靈一上人

所思勞旦夕惆悵去湖東禪客知何在春山幾處同獨行殘雪裏相見暮雲中請在東林寺窮年事遠公

江上送別

浦邊新見柳搖時北客相逢只自悲惆悵空知思後會艱難不敢料前期行看漢月愁征戰共折江花怨別離向夕孤城分首處寂寥橫笛爲君吹

歸桐廬舊居寄嚴長史

昨辭天子棹歸舟家在桐廬憶舊丘三月暖時花競發兩溪分處水爭流近聞江老傳鄉語遙見家山減旅愁或在醉中逢夜雪懷賢應向剡川遊

銅雀妓

恨唱歌聲咽愁翻舞袖遲西陵日欲暮是妾斷腸時

題鶴林寺

歲月人間促烟霞此地多殷勤鶴林寺能得幾迴過

揚子津送人

今朝揚子津忽見五溪人老病無餘事丹砂乞五斤

山中謁皇甫曾

尋源路已盡笑入白雲間不解乘軺客那知有此山

剡溪舟行

月在沃洲山上人歸剡縣溪邊漠漠黄花覆水時時白鷺驚船

新安所居苔相訪人

謝公見我多愁病爲我開門對碧山君若欲來看猿鳥不須爭把桂枝攀

九日與楊凝崔淑期登江上山會有故不得往因贈之

欲從攜手登高去一别門前意已無那得更將頭上髮學他年少插茱萸

亂後經淮陰碑

荒村古岸誰家住野水浮雲處處愁惟有河邊衰柳樹蟬聲相送到揚州

送張山人

知君住處足風烟古寺荒村在眼前便欲移家逐君去只愁未有買山錢

別李季蘭

古岸新花開一枝岸傍花下有分離莫將羅袖拂花去便是行人腸斷時

遊石澗寺

聞道幽深石澗寺不逢流水亦難知莫道山僧無伴侶獮猴長在古松枝

送魏校書

長恨江南足別離無廻相送復相隨揚花撩亂撲流水愁殺行人知不知

送温台

渺渺天台君去時浮雲流水自相隨人生一世長如客何必今朝是別離

蕭祐字祐之潁士族人以處士徵拜拾遺元和初歷御史中丞桂管防禦觀察使爲人閑淡貞退善鼓琴賦詩精妙書畫遊心林壑名人高士多與之遊

遊石堂觀

西山高高何所如上有古昔真人居嶺崖巨石自成室其下磅礴含清虚我來斯邑訪遺迹乃遇沈生號書籍沈生爲政哀惸嫠又能索隱探靈奇欣然向我話佳境與我崎嶇到山頂甘瓜

剖瓠出美泉碧甌浮花酌春茗嚼瓜啜茗身清涼汗消翛翛加迎霜胡爲空山百草花條爾籩豆肆我旁始驚知周無小大力寡多方驗斯在妙用騰身冠蓋間勝遊恣意烟霞外故碑石傑凡幾年雲鬱雨霏生綠烟我知遊此多靈仙縹縹月中飛下天天風微微夕露委松梢颼颼曉聲起鳳去空遺簫管音星斗寥落銀河水勸君學道此時來結茅獨宿何遼哉齋心元默感靈衛必見鸞鶴相徘徊我愛崇山雙劍北峯如人首柱天𡸣俗呼爲人頭山羣仙侶儼勢奔走狀如歸尊趨有德半巖有洞頂有池出入靈怪濟蛟螭我去不得晝夜思夢遊會信南風吹南風吹我到林嶺故國不見秦天迴山花名異撲地香月色泉聲洞心冷蔭松散髮逢異人寂寞曠然口不言道陵公遠莫能識髮短身長誰獨存司農驚覺忽惆悵可惜所遊俱是妄蘊懷耿耿誰與言

直至　今來意適形神閑雖傳文假斜陽催一邱人
境尙堪戀何況海上金銀臺

奉陪武元衡相公西亭夜宴陸郎中

客閣陳芳宴佳賓此會難交逢貴日重聲得少時歡舒黛凝歌
思求音足筆端一聞清佩動珠玉夜珊珊

劉太沖本宣城人與弟太眞師事蕭穎士遂同移居丹陽天寶末登進士後太眞居丹陽卒葬延陵洋西里太沖歸葬於宣城柘塘神市顏魯公有送劉太沖叙太沖神道碑裴度撰蔣適書

送蕭穎士夫子赴東亭得淺字

吾師繼微言貧迹存墳典寸祿聊自資平生宦情鮮遠邈東州
路春草生復茲日遠夫子門中心曷由展

劉太眞太沖弟與兄登天寶末進士拜起居郎歷臺閣自中書舍人轉工部刑部二侍郎坐事貶信州刺史貞元四年重九賜宴曲江亭帝製詩序賜羣寮各一本命簡文詞之士應制同用清字明日於延英殿門進之於是朝臣

邢和上自考定以太眞李紓等爲士等集三十卷今存詩三首　後學東澧覺墳譁

宣州東峯亭各賦一物得古砦壁同賦袁傪崔何王緯高僚李岑蘇寓袁邕郭澹

苒苒溫寒泉綿綿古危壁光含孤翠動色與暮雲寂淡淡松月閑幽人自登歷

顧十二况左遷過韋蘇州房杭州韋睦州三使君皆有郡中讌集詩辭章高麗鄙夫之所仰慕顧生旣至留連笑語因亦成篇以繼三君之風

龍至乃不驚罪及非無由奔迸歷長途緬邈赴偏陬牧此彫弊所屬當賦斂秋夙與諒無補旬暇焉敢休前日懷友生獨登山上樓迢迢西北望遠思不可收今日草騎來曠然銷人憂晨迎東齋飯晚度南溪遊以我碧流水泊君青翰舟莫將遷客程不爲勝境留飛札謝三守斯篇希見酬

貢院寄前主司蕭尚書聽

獨坐貢闈裏愁心芳草生山公昨夜事應見此時情

曲阿詩綜卷之四終

曲阿詩綜卷之五

丹陽後學劉會恩時庵輯

唐

權德輿字載元皐之子皐天水畧陽人徙居潤州之丹徒至德輿遂移居丹陽練湖之濱四歲能詩未冠卽以文章稱杜佑裴冑等交辟之德宗聞其材召爲太常博士累官禮部侍郎三典貢舉元和中以禮部尚書同平章事會李吉甫再秉政言論不合罷歸德輿遂隱居湖濱有結茅嘗占練湖春之句至今號爲權里後吉甫罷政復起以刑部尚書出爲山南西道節度使二年以病乞還卒於道贈左僕射謚曰文有文集五十卷　德輿積思經術無不貫綜其文雅正贍縟動止無外飾而醖藉風流自然可慕爲貞元元和間縉紳羽儀

奉和聖製中春麟德殿百寮觀新樂

仲春藹芳景內庭晏羣臣森森列干戚濟濟趨鈎陳大樂本天地中和序人倫五聲蕩咸濩易象含羲文玉俎映朝服金鈿明舞茵韶光雪初霽聖藻風自薰時泰恩澤溥功成行綴新賡歌

御昭回竊比華封人

臥病喜惠上人李鍊師茅處士見訪因以贈

沉疴結繁慮臥見書窗曙外方三賢人惠然來相親整巾起更策喜非車馬客支郎有佳文新句凌碧雲霓裳何飄飄浩志凌紫氛復有沉冥士遠係三茅君客言麋鹿性不與簪纓群清言出象繫曠踪逃元纁心源湛澄寂世故方紛紛終當逐師輩巖桂香氤芬

感寓

凌雨倦欹枕病中時序分林蟲與秋葉一夜隔窗聞虛堂對搖落晤言無與羣冥心試觀〻化世故如絲棼但看鳶戾天豈見山中雲下里徒擊節朱弦秘南薰梧桐秀朝陽上有威鳳文終待九成奏來儀瑞吾君

竹徑偶然作

退朝此休沐閉戶無塵氛杖策入幽逕清風隨此君琴鶴恣偃仰蘭蕙相氤氳幽賞方自適林西煙景曛

拜昭陵過咸陽墅

季子之二頃楊雄才一廛予子此南畝數已踰前賢頃歲尋明命銘勲鏤貞堅遂茲操書志內顧增佚然乃葺場圃事迨今三四年適因昭陵拜得抵咸陽田田夫競致辭鄉耆來爭前村盤既羅列雞黍皆珍鮮古稱祿代耕人以食爲天自慚廩給厚諒使井稅先塗塗溝塍霧冥冥桑柘煙荒湲湲古木精舍臨林泉樊籠豈所安樵牧乃所便終當解纓絡田里諧因緣

書紳詩

和靜有眞質斯人稱晨賢咸物感天性觸理紛多名禍機生隱

微知著鑒未形敗禮因近習喆人自居貞當今念慮端謬嫚不能萌苟非不踰距焉得遂性情謹之在事初動用各有程千里起步武慧雲自纖莖心源一流放駭浪奔長鯨淵本苟端深枝流則貞清和理通性術悠久方昭　明先師留中庸可以導長生

侍從遊後湖讌生

絶境殊不遠湖塘直吾廬煙霞旦夕生泛覽誠可娛慈顏俯見喻輟爾詩與書清旭理輕舟嬉遊散煩劬宿雨蕩殘燠惠風與之俱心靈一開曠機巧恥已疎中流有荷花花實相芬敷田田綠葉映艷艷紅姿舒繁香好風結淨質清露濡舟霞無容輝嫚色亦踟躕穠芳射水木欲葉遊龜魚化工若有情生植皆不如輕舟任沿泝畢景乃躊躇家人亦恬曠稚齒皆忻愉素弦激凄清旨酒盈罇壺壽觴既頻獻樂極隨[illegible]歌呼圓月初出海澄輝來

滿湖清光照酒酣頹傾百慮無以兹心目暢敵彼名利途輕肥何爲者樊籠自有餘願銷區中累保此湖上居無用誠自適年年翫芙蕖

酬二十二兄主簿馬跡山見寄 并序

族內兄暢純靜而深直方而文與予同偶居丹陽丹陽郭北四十里所有馬跡山山有奇峯怪石且多昔賢眞仙之所游踐方外士般渙然通易經老莊之旨居於山下從舅原均探異好古亦往來棲息其間貞元元年兄以典校秘書調補江陵松滋主簿以地遠不就職予以環衛冗族罷濟輓從事且久家居食貧里巷相接其明年兄命駕遊此山予以疾故不克偕往旣而猥辱鍾陵徽召兄自山中以詩一首見貽理精辭達清滌心府三

復其支如至山下終篇則戲以出處之跡見誚故予復
之於此章仍加十六字以就全數

杳杳塵外想悠悠區中緣如何戰未勝會是教所牽遠郊有靈
峯夙昔棲真仙鸞聲去已久馬跡空依然丹崖轉初旭碧落凝
秋烟松風共蕭颯蘿月想嬋娟丙兄蘊遐心嘉遯心所便不能
後枳棘且復探雲泉中有冥寂人閑讀逍遥篇聯袂共支策摳
衣嘗絕編徐行石上苔静韻風中弦烟霞溼儒服日月生寥天
新詩來起予璀璨六義全能書合寫意轉令山水鮮若聞笙鶴
聲宛在耳目前登攀陪新賞愁絕空懷賢出處豈異途心冥即
真筌遐從西府檄終臥東菑田不嫌予步蹇但恐君行邅如能
固曠懷谷口期窮年

古離別

人生天地間曾若六轡施天壽既常數奈何生別離跡當中人
域正性日已衰是非千萬境杳靄清塵滋出門事何常暫別亦
難期冉冉歎流景悠悠限山陂盡此一夕歡共樽會前墀雞鳴
東方曙夙駕迎通逵欲出强移步欲留難致辭兩情不得已念
此留何爲天明去已遠寂然居人歸入門復上堂悅悅生驚疑
經履復遊處猶言當相隨覽物或臨鏡潮怪來何遲乃知前日
歡本爲今日悲持此別後心寧及未見時則知交疏分久久勸
易持報君未別後別後當自知

嚴陵釣臺下作

絕頂聳蒼翠清湍石磷磷先生晦其中天子不得臣心靈栖顥
氣纓冕猶緇塵不樂禁中臥却歸江上春潛驅東漢風日使薄
者醇焉用佐天子特此報故人始知大賢心不獨私其身魂蒸

有深致耕釣閣天眞奈何淸風後擾擾論屈伸交情同市道利
欲相紛綸我行訪遺臺仰古懷遺民猶緣鴻鵠遠雪霜松桂新
江流去不窮山色凌秋旻人世自今古淸輝照無垠

豐城劍池驛感題

龍劍昔未發泥沙相晦藏向非張茂先孰辨斗牛光神物不自
達聖賢亦彷徨我行豐城野慷慨心内傷

晚渡揚子江却寄江南親故

返照滿寒流輕舟任搖漾支顧見千里烟景非一狀遠岫有無
中片帆風水上天淸去鳥滅浦迴吳沙漲樹晚疊秋嵐江空翻
宿浪胸中千萬慮對此一淸曠回首望雲深佳人不可望

與沈十九拾遺同游棲霞寺上方於亮工上人院會宿二十
首

攝山標勝絕暇日諧想矚縈紆松路深縈繞靈巖曲重樓迴樹杪古像鑿山腹人遠水木清地深蘭桂馥層崖聳金碧絕頂摩淨綠下界誠可悲南朝紛在目焚香入古殿待月出深竹稍覺天籟清自傷人世促宗雷此相遇偃放從所欲清論月輪低閑吟茗花熟一生如土梗萬慮相桎梏永願事禪師窮年此棲宿偶來入境外心賞幸隨君古殿烟霞夕深山松桂薰巖花豔寒溜石磴掃春雲清淨諳天近喧塵下界分名僧康寶月上客沈休文共宿東林夜清猿徹曙聞

新月與兒女夜坐聽琴舉酒

泥泥露凝葉騷騷風入林以茲皓月圓不厭良夜深列坐屏輕箑放懷茲素琴兒女各冠笄孫孩蓮衣襟乃知大隱趣宛若滄洲心方結偕老期豈憚華髮侵笑語向蘭室風流傳玉音愧君

袖中字價重雙南金

古意

家人强進酒酒復能忘情持杯未飲時衆感紛已盈明月照我傍庭柯振秋聲空階白露下枕席凉風生所思萬里餘水潤山縱横佳期憑夢想未曉愁雞鳴願得一心人當年懽樂并長違映玉俎素指彈秦箏曼睇呈巧笑惠音激淒清此願良未果永懷空如酲

寄侍御從舅

靡靡南軒蕙迎風轉芬滋落落幽澗松百尺無附枝世物自多故達人心不羈偶陳幕中畫永負林間期感恩從慰薦循性難縶維野鶴無俗質孤雲多異姿清泠松露泣照灼巖花遲終賞挽塵駕未就東山嬉

省中春晚忽憶江南舊居戲書所懷因寄兩浙親故雜言

前年冠獬豸戎府隨賓介去年簪進賢贊導法官前今兹戴武弁趨列金門彦問我何所能頭冠忽三變野性慣疎閒晨趨與暮還花時限清禁夢役愛南山晚景支頤對尊酒舊遊憶在江湖久廢樓柳寺共開襟楓岸烟塘幾攜手結廬嘗占練湖春猶寄藜牀與幅巾疲羸只欲思三徑憩直那堪倚七人更想東南多竹箭懸圃琅玕共蒐得裁書且附雙鯉魚偏恨相思未相見

雜言同用離騷體送評事襄陽覲省

顯離堂兮日晚儼壺觴兮送遠遠水霽兮微明杜蘅秀兮白芷生波泫泫兮烟羃羃凝蒼色兮空碧紛離念兮隨君泝九江兮經七澤君之去兮不可留五采裳兮木蘭舟

奉和張僕射朝天行

元侯重寄貞師律三郡四封今靜謐丹轂常思闕下來紫泥忽自天中出軍裝喜氣倍趨程千騎鳴珂入鳳城周王致理稱申甫今日賢臣見明主拜恩稽首紛無已凝旒前席皇情喜逢時自是山出雲獻可還同石投水昔歲褰衣梁甫吟當時已有致君心專城一鼓妖氛靜擁旆十年天澤深日日投誠奉昌運王人識路傳清問仙醞賞分玉堂濃御閑更轂金羈駿元正前殿朝君臣一人負扆百福新宮懸綵仗儼然合瑞氣爐烟相與春萬年枝上東風早珮玉晨趨光景好塗山已見首諸侯麟閣終當畫元老溫室沉沉漏刻移退朝賓侶每相隨雄詞卓識波濤濶曠度交歡雲霧姿自古全才貴文武懦夫只解冠章甫見公抽匣百鍊光試欲磨鉛諒無取

和李中丞慈恩寺清上人院牡丹花歌

澹蕩韶光三月中牡丹偏自占春風時過寶地尋香徑已見新花出故叢曲水亭西杏園北濃芳深院紅霞色擢秀全勝珠樹林結根幸在青蓮域艷蘂鮮房次第開含烟洗露照蒼苔龐眉倚杖禪僧起輕翅縈枝舞蝶來獨坐南臺時共美閑行古剎情何已花間一曲奏陽春應爲芬芳比君子

馬秀才草書歌

伯英草聖稱絕倫後來學者無其人白眉年少未弱冠落紙紛紛運纖腕初聞之子十歲餘當時時輩皆不如猶輕昔日墨池學未許前賢團扇書艷彩芳姿相點綴水映荷花風轉蕙三春併向指下生萬象爭分筆端勢有時當暑如清秋滿堂風雨寒颼飀乍疑崩崖瀑水落又見古木饑鼯愁變化縱橫出新意眼看一字千金貴憶昔謝安問獻之時人雖見那得知

薄命篇

昔住邯鄲年尙少只是嬌羞弄花鳥青樓碧紗大道邊綠楊日暮風裊裊嬋娟玉貌二八餘自憐顏色花不如麗質全勝秦氏女藁砧寧用專城居歲去年來年漸長青蛾紅粉全堪賞玉樓珠箔但閑居南陌東城詎來往韶光日日看漸遲摽梅旣落行有時寧知燕趙娉婷子翻嫁幽并遊俠兒年年結束青絲騎出門一去何時至秋月空懸翡翠簾春幃懶卧鴛鴦被沙塞經時不寄書深閨愁獨意何如花前拭淚情無限月下調琴恨有餘離别苦多相見少洞房愁夢何由曉閑看雙燕淚霏霏靜對空牀[illegible]悄悄鏡裏紅顏不自禁陌頭香騎動春心爲問佳期早晚是人人總解有黃金

桃源篇

小年嘗讀桃源記忽覩良工施繪事巖逕初欣繚繞通溪風轉覺芬芳異一路鮮雲雜彩霞漁舟遠遠逐桃花漸入空濛迷鳥道寧知掩映有人家麗眉秀骨爭迎客鑿井耕田人世隔不知漢代有衣冠猶說秦家變阡陌石髓雲英甘且香仙翁留飯出青囊相逢自是松喬侶良會應殊劉阮郎內子閑吟倚瑤瑟觴此沉沉銷永日忽聞麗曲金玉聲便使老夫思閣筆

秋閨月

三五二八光如練海上天涯人共見不知何處玉樓前乍入深閨玳瑁筵露濃香徑知愁座風動羅帷照獨眠初見珠簾看不足斜抱箜篌未成曲稍應粧臺臨綺窗遙知不語淚雙雙此時愁望知何極萬里秋天同一色靄靄遙分陌上光迢迢對此閨中憶早晚歸來歡讌同可憐歌吹月明中此夜不堪腸斷絕願

隨流水到遼東

古樂府

光風澹蕩百花紅樓上朝朝學歌舞身年二八壻侍中幼妹承恩兄尚主綠窗珠箔繡鴛鴦侍婢先焚百和香鶯啼日出不知曙寂寂羅幃春夢長

春遊茅山酬杜評事見寄

喜得賞心處春山豈計程連溪芳草合半嶺白雲晴絕澗漱冰碧仙壇挹顥清懷君在人境不共此時情

湖上晚眺呈惠上人

湖上烟景好鳥飛雲自還幸因居止近日覺性情閑獨酌乍臨水清機常見山此時何所憶淨侶話元關

自揚子江歸丹陽初遂閑居聊呈惠公

移疾喜無事卷簾松竹寒稍知名是累日與靜相歡蹇淺逢機少迂踈應物難只思閑夜月共向沃州看

送少清赴潤州參軍因思練塘舊居得銷字

二紀樂簞瓢烟霞暮與朝因君宦遊去記得春江湖遠別更搔首初官方折腰青門望離袂寃為阿連銷

送王錬師赴王屋洞

稔歲在芝田歸程入洞天白雲辭上國青鳥會羣仙自以棋銷日寧資藥駐年相看語離合風馭忽泠然

送三十叔赴任晋陵得心字 自註德輿舊居在丹陽去晋陵百里

春雲結暮陰侍坐捧離襟黃綬輕裝去青門芳草深十年塵右職三徑寄遐心便道停橈處應過舊竹林

送鄭秀才貢舉

西去意如何知隨貢舉科吟詩向月露驅馬出烟蘿晚色平蕪遠秋聲候雁多自憐歸未得相送一勞歌

渭水

呂叟年八十皤然持釣鈎意在靜天下豈惟食營邱師臣有家法小白猶尊周日暮駐征策愛茲清渭流

月夜江行

扣舷不得寐浩露清衣襟彌傷孤舟夜遠結萬里心幽興惜瑶草素懷寄鳴琴三奏月初上寂寞寒江深

江城夜泊寄所思

客程殊未極艤櫂泊廻塘水宿知寒早愁眠覺夜長遠鐘和暗杵曙月照清霜此夕相思意摇摇不暫忘

過隱者湖上所居

蝸舍映平湖皤然一翁儒惟將酒作聖不厭俗名愚兵法窺黃石天官辨白揄行看軟輪起未可號潛夫

初秋月夜中書省直呈楊閣老

攲枕直廬眠風蟬近早秋沉沉玉堂夕皎皎金波流對掌喜新命分曹偕舊遊相思覩華彩因咸庾公樓

和司門殷員外早秋省中書直夜寄荆南衛象端公

共嗟王粲滯荆州才子爲郎憶舊遊凉夜偏宜粉署直清言遠待玉人酬風生北渚烟波潤露下南宫星漢秋早晚得爲同舍侶知君兩地結離憂

待漏假寐夢歸江東舊居因寄惠闍黎茅處士

千年江浦卧郊園閑夜分明結夢魂舍下烟蘿通古寺湖中雲雨到前軒南宗長老知心法東郭先生識化源覺後忽聞清漏

曉又隨醫珮入君門

惠上人房宴別

方袍相別到龍華支策開襟路不賒法味已同香積會禮容疑在少施家逸民羽客期皆至踈竹青苔景半斜究竟相依何處好匡山古社足烟霞

晚秋陪崔閣老張秘監閻老苗考功同遊昊天觀時楊閣老新直未滿以詩見寄斐然酬和有愧蕪音

方駕遊何許仙源去似歸縈迴留勝賞蕭灑出塵機泛菊仙人至燒丹姹女飛步虛清曉籟隱几吸晨暉竹逕琅玕合芝田沆瀣晞銀鈎三洞字瑶笥六銖衣麗句翻紅葉佳期限紫薇徒然一相望郢曲和應稀

嶺上逢久別者又別

十年會一別征路此相逢馬首向何處夕陽千萬峰

敷水驛

空見水名敷秦樓昔事無臨風駐征騎聊復捋髭鬚

玉臺體錄十首

隱映羅衫薄輕盈玉腕圓相逢不肯語微笑畫屏前

知向遼東去由來幾許愁破顏君莫怪嬌小不禁羞

樓上吹簫罷閨中刺繡闌佳期不可見盡日淚潺潺

淚盡珊瑚枕魂銷玳瑁牀羅衣不忍着羞見繡鴛鴦

君去期花時花時君不至簷前雙燕飛落我相思淚

空閨滅燭後羅幌獨眠時淚盡腸欲斷心知人不知

秋風一夜至吹盡後庭花莫作經時別西鄰是宋家

獨自披衣坐更深月露寒隔簾腸欲斷爭敢下堦看

昨夜裙帶解今朝蟢子飛鉛華不可棄莫是藁砧歸
萬里行人至深閨夜未眠雙眉燈下掃不待鏡臺前

荅章秀才寄

中峯雲暗雨霏霏水漲花塘未得歸心憶瓊枝望不見幾回虛濕薜蘿衣

戲贈張鍊師

月帔飄飄摘杏花相邀洞日勸流霞半酣乍奏雲和曲疑是龜山阿母家

戲贈天竺靈隱二寺寺主

石路泉流兩寺分尋常鐘磬隔山聞山僧半在中峯住共占青巒與白雲

題柳郎中茅山故居

下馬荒堦日欲曛潺潺石溜靜中聞鳥啼花落人聲絕寂寞山窓掩白雲

舟行夜泊

蕭蕭落葉送殘秋寂寞寒波急暝流今夜不知何處泊斷猿晴月引孤舟

題崔山人草堂

竹徑茅堂接洞天閒時麈尾激春泉世人車馬不知處時有白雲到枕前

斗子灘

斗子灘頭夜已深月華偏照此時心春江風水連天濶歸夢悠揚何處尋

蕭　建　穎士族登進士第而年次失考終禮部侍郎詩一首

代書問費徵君九華亭

見說九華峯上寺日宮猶在下方開其中幽境客難到請為詩中圖畫來

張祐 字承吉本清河人以曲阿地古澹有南朝風遂於曲阿橫塘築室種植而家焉長慶中以宮詞得名令狐楚薦奏為元稹所阻性猾介不容物辟諸侯府多不合自劾去老死丹陽隱舍 陸龜蒙云祐作宮體小詩詞曲艷發及老大稍變建安風格諫諷怨譎時與六義相左右杜牧之嘗贈以詩云何人得似張公子千首詩輕萬戶侯亦誠可以為傾倒極矣故小詩為唐人之最

上巳樂

猩猩血綵繫頭標天上齊聲舉畫橈却是內人爭意切六宮羅袖一時招

穆護砂 犯角

玉管朝朝弄清歌日日新折花當驛路寄與隴頭人

思歸樂 商調曲後一曲犯角

晚日催弦管春風入綺羅落花如有意偏落舞衫多

萬里春應盡三江雁亦稀連天漢水廣孤客未言歸

金殿樂

入夜秋砧動千門起四鄰不緣樓上月應爲隴頭人

胡渭州 商調曲

亭亭孤月照行舟寂寂長江萬里流鄉國不知何處是雲山漫
漫使人愁

墻頭花

蟋蟀鳴洞房梧桐落金井爲君裁舞衣天寒剪刀冷

妾有羅衣裳秦皇在時作爲舞春風多秋來不堪著

采桑 羽調曲

自古多征戰，由來尚甲兵。長驅千里去，一舉兩蕃平。按劍從沙漠，歌謠滿帝京。寄言天下將，須立武功名。

大酺樂 商調曲

車駕東來値太平，大酺三日洛陽城。小兒一伎竿頭絕，天下傳呼萬歲聲。

紫陌酺歸日欲斜，紅塵開路薛王家。雙鬟前說樓前鼓，兩伎爭輪好結花。

千秋樂 開元十七年八月癸亥，明皇誕日，宴百僚於花萼樓下，百寮表請以每年八月五日爲千秋節

八月平時花萼樓，萬方同樂奏千秋。傾城人看長竿出，一伎初成趙解愁。

熱戲樂 凡戲輒分兩朋，以競勇，謂之熱戲

熱戲爭心劇火燒，銅槌暗執不相饒。上皇失喜寧王笑，百尺幢

竿果動搖

春鶯囀 大春鶯囀又有小春鶯囀皆商調曲

興慶池南柳未開太眞先把一枝梅內人已唱春鶯囀花下傞傞軟舞來

雨霖鈴 明皇幸蜀南人斜谷屬霖雨彌旬於棧道中聞鈴聲與山相應因本其聲爲雨霖鈴曲時獨梨園善觱篥工張徽從至蜀以其曲授之後入法部

雨霖鈴夜却歸秦猶是張徽一曲新長說上皇垂淚教月明南內更無人

桂花曲

可憐天上桂花孤試問姮娥更要無月宮幸有閑田地何不中央種兩株

柳枝辭

莫折宮前楊柳枝元宗曾向笛中吹傷心日暮烟霞起無限春
愁生翠眉
凝碧池邊斂翠眉景陽臺下綰青絲那勝妃子朝元閣玉手和
烟弄一枝

李夫人歌

延年不語望三星莫說夫人上涕零爭奈世間惆悵在甘泉宮
夜看圖形

蘇小小歌

車輪不可遮馬足不可絆長怨十字街使郎心四散
新人千里去故人千里來剪刀橫眼底方覺淚難裁
登山不愁峻涉海不愁深中擘庭前棗教郎見赤心
入關

都城連百二雄險北回環地勢逼尊岳河流側讓關秦皇會虎視漢祖亦龍顔何事梟兕輩干戈自不閑

提搦歌

門上關墻上棘窓中女子聲唧唧洛陽大道徒自直女子心在婆舍側嗚嗚籠鳥觸四隅養男男娶婦養女女嫁夫阿婆六十翁七十不知女子長日泣從他嫁去無悒悒

白鼻騧

為底胡姬酒長來白鼻騧摘蓮地水上郎意在浮花

從軍行

少年金紫就光輝直指邊城虎翼飛一卷旌收千騎虜萬全身出百重圍黃雲斷塞尋鷹去白草連天射雁歸白首漢庭刀筆吏丈夫功業本相依

莫愁樂

儂居石城下郎到石城遊自郎石城出長在石城頭

宮詞

故國三千里深宮十二年一聲河滿子雙淚落君前

自倚能歌曲先皇掌上憐新聲何處唱腸斷李延年

集靈臺

虢國夫人承主恩平明騎馬入宮門却嫌脂粉汙顏色淡掃蛾眉朝至尊

日光斜照集靈臺紅樹花迎曉露開昨夜上皇新授籙太真含笑入簾來

阿觴湯

月照宮城紅樹芳綠窗燈影在雕梁金輿未到長生殿妃子偷

舒阿僞湯

昭君怨

萬里邊城遠千山行路難舉頭惟見日何處是長安

漢廷無大議戎虜幾先和莫羡傾城色昭君恨最多

車遥遥

東方曨曨車軋軋地色不分新去轍閨門半掩牀半空斑斑枕

花殘淚紅君心若車千萬轉妾身若轍遺見遠碧川迢迢山宛

宛馬蹄在耳輪在眼桑間兒女情不淺莫道野蠶能作繭

塞下曲

二十逐嫖姚分兵遠戍遼雪迷經塞夜氷壯渡河朝新促鵰難

下生騎馬未調小儒何足問看取劍横腰

玉樹後庭花

輕車何草草猶唱後庭花玉座誰爲主徒悲張麗華

雉朝飛操

朝陽隴東泛暖景雙啄雙飛雙顧影朱冠錦襦聊日整漠漠霧中如衣聚傷心盧女弦七十老翁長獨眠雄飛在草雌在田衰腸結憤氣徹天聖人在上心不偏翁得女妻甚可憐

羽林行

朝出羽林宮入參雲臺議獨請萬里行不奏和親事

貴家郎

二十便封侯名居第一流綠鬟深小院清管下高樓醉把金船擲閑敲玉鐙遊帶盤紅纓鼠袍砑紫犀牛錦袋歸調鸚羅鞋起擬毬眼前長貴盛那信有春愁

邠王小管

虢國潛行韓國隨宜春深院映花枝金輿遠幸無人見偷把邠王小管吹

孟才人

偶因歌態詠嬌嚬傳唱宮中十二春却為一聲河滿子下泉須弔孟才人

華清宮二首

天闕沉沉夜未央碧雲仙曲舞霓裳一聲玉笛向空盡月滿驪山宮漏長

紅樹蕭蕭閣半開上皇曾幸此宮來至今風俗驪山下村笛猶吹阿濫堆

金山寺

一宿金山寺微茫水國分僧歸夜船月龍入曉堂雲樹影中流

見鐘聲兩岸間因愁在塵市終日醉醺醺
古今斯島絕南北大江分水濶吞滄海亭高宿斷雲返潮千澗落啼鳥半空聞此日登臨處歸航酒半醺

題杭州孤山亭

樓臺聳碧岑一徑入湖心不雨山常濶無雲水自陰斷橋花合空院落花深猶憶西窓夜鐘聲出北林

晚夏歸別業

古岸扁舟晚荒園一徑微鳥啼新菓熟花落故人稀宿潤侵苔襲斜陽照竹扉相逢盡鄉老無復話時機

題樟亭

曉露㓂虛檻雲山四望通地盤江岸絕天映海門空樹色連秋靄潮聲入夜風年年此光景催盡白頭翁

題松汀驛

山色曉含空蒼茫澤國東海明先見日江白逈聞風鳥道高原去人烟小徑通那知舊遺逸不在五湖中

憶雲陽宅

一别雲陽宅深愁度歲華翠濃春檻柳紅滿夜庭花鳥影吾纖竹魚行踐淺沙聊當因寤寐歸思浩無涯

題丹陽永泰寺練湖亭

小檻俯澄鮮龍宫浸浩然孤光懸夜月一片割秋天淺泒殘沙草餘波漂岸船聊當因滄畝披拂坐潺湲

訪許用晦

遶郭日曛曛停橈一訪君小橋通野水高樹入江雲酒興曾無敵詩情舊逸羣怪來音信少五十我無聞

登廣武原

廣武原西北華夷此浩然地盤山入海河遶國連天遠樹千門色高檣萬里船鄉心日云暮猶在楚城邊

送沈下賢謫尉南康

秋風江上草先是客心摧萬里故人去一行新雁來山高雲緒斷浦迴日波頹莫怪南康遠相思不可裁

題潤州甘露寺

千重構橫險高步出塵埃日月光先到江山勢盡來冷雲歸水石清露滴樓臺況值東溟上平生意一開

招隱寺

千年戴顒宅佛廟此崇修古寺人名在清泉鹿跡幽竹光寒閉院小隱夜藏樓未得高僧旨烟霞空暫遊

寄靈徹上人

老僧何處寺秋夢遶江濱獨樹月中鶴孤舟雲外人榮華長指幻衰病久觀身應笑無成者滄洲垂一綸

溪行寄道侶

白日長多事清溪偶獨尋雲歸秋水濶月出夜山深坐想天涯去行悲澤畔吟東郊故人在應笑未抽簪

秋夜登潤州慈和寺上方

清夜浮埃歇井鄽塔輪金照露華鮮人行中路月生海鶴語上方星滿天樓影半連深岸水鐘聲寒徹遠林烟僧房閉盡下山去一半夢竟離世緣

醉中聞甘州慢

老聽笙歌亦解愁醉中因遣合甘州行追赤嶺千山外坐想黃

河一曲流日暮豈堪征婦怨路傍能結旅人愁左綿刺史心先
死淚滿朱絃催白頭

書憤

三十未封侯顛狂遍九州平生鏌鋣劍不報小人仇

江南逢故人

河洛多塵事江山半舊遊春風故人夜又醉白蘋洲

贈內人

禁門宮樹月痕過媚眼惟看宿鷺窠斜拔玉釵燈影畔剔開紅
焰救飛蛾

題金陵渡

金陵津渡小山樓一宿行人自欲愁潮落夜江斜月裏兩三星
火是瓜州

鶴林寺

古寺名僧多異時道情虛遣俗情悲千年鶴在市朝變來去舊山人不知

游淮南　人生二句說者以爲詩讖蓋祜殁於丹陽而丹陽亦揚州分野之地也

十里長街市井連月明橋上看神仙人生只合揚州死禪智山光好墓田

聽箏

十指纖纖玉筍紅雁行輕遏翠絃中分明似說長城苦水咽寒雲一夜風

瓜州聞曉角

寒耿稀星照碧霄月樓吹角夜江遥五更人起烟霜靜一曲殘聲遍落湖

蕭　績　大中時望江縣令

前望江翹令頌德

政績雖殊道且同無辭買石紀前功誰論重德光青史過里猶歌卧轍風

權　審　字子詢德輿族卑官至常侍　外有得郎高歌絶句因涉太俗未録

題山院

萬葉風聲利一山秋氣寒曉霜浮碧瓦落日度朱欄

許　渾　字用晦丹陽人故相國紹之後登太和六年進士爲當塗太平二縣令暨潤州司馬大中三年爲監察御史歷虞部員外郎睦郢二州刺史渾家丹陽之北陵有丁卯橋别墅在潤州東南五里故其集名丁卯渾詩雄傑而烹鍊洗伐之功最深在晩唐五七律可稱獨步陸游有讀許渾詩云裴相功名冠四朝許渾身世老漁樵若論風月江山主丁卯橋應勝午橋杜牧寄許渾云江南仲蔚多清調帳望青雲幾首詩韋莊讀許渾詩云江南才子許渾詩字字清新句句奇十斛明珠量不盡惠休空作碧雲詩其推重如此

送南陵李少府

高人亦未閒來往楚雲間劍在心猶壯書窮鬢已斑落帆秋水寺驅馬夕陽山明日南昌尉空齋又掩關

將歸塗口宿鬱林寺道元上人院

春尋采藥翁歸路宿禪宫雲起客眠處月殘僧定中藤花深洞水槲葉滿山風清境不能住朝朝懶遠公

送客歸湘楚

無辭一杯酒昔日與君陳秋色換歸鬢曙光生別心桂花山廟冷楓樹水樓陰此路千餘里應勞楚客吟

夜歸丁卯橋村舍

月涼風靜夜歸客自巖前橋響犬遥吠庭空人散眠紫蒲低水檻紅葉半江船自有還家計南湖二頃田

下第寓居崇聖寺

懐玉泣京華舊山歸路賒靜依禪客院幽學野人家林晚鳥爭樹園春蝶護花東門有閒地誰種邵平瓜

灞東司馬郊園

楚翁秦塞客苦事李輕車白社愁思楠青門老種瓜讀書三徑草沽酒一籬花更欲尋芝术商山便寄家

韋處士莊

劚藥去還歸家人半掩扉山風鰷子落溪雨豆花肥寺遠僧來少橋危客過稀不聞砧杵動應解製荷衣

示弟

自爾出門去淚痕長滿衣家貧爲客早路遠得書稀文字何人賞烟波幾日歸秋風正搖落孤雁又南飛

將赴京師留題孫處士山居二首

草堂近西郭遥對敬亭開枕膩海雲起簟涼山雨來高歌懷地
肺遠賦憶天台應學相如志終須駟馬回

西巖有高館路僻幾人知松蔭花開晚山寒酒熟遲遊優隨野
鶴休息過靈龜長見鄰翁說容華似舊時

送客歸蘭溪

花下送歸客路長應過秋暮隨江鳥宿寒共嶺猿愁衆水喧嚴
瀨羣峯抱沈樓因君幾南望曾向此中遊

秋日赴闕題潼關驛樓

紅葉晚蕭蕭長亭酒一瓢殘雲歸太華踈雨過中條樹色隨關
迥河聲入海遥帝鄉明日到猶自夢漁樵

聞兩河用兵因貽友人

故人日已違身世與誰論性拙難趨世心孤易感恩秋悲憐宋
玉夜舞笑劉琨徒有干時策青山尚掩門

嚴陵釣臺泊貽行宮

故人天下定歸釣碧巖幽舊迹隨苔古高名寄水流鳥喧羣木
晚蟬噪衆山秋更待新安月憑君暫駐舟

京口津亭送張崔二侍御

愛樹滿津亭津亭墮淚頻素車應度洛珠履更歸秦水接三湘
暮山通五嶺春傷離與懷舊明月白頭吟

晚泊七里灘

天晚日沉沉孤舟繫柳陰江村平見寺山郭遠聞砧樹密猿聲
響波澄雁影深榮華暫時事誰識子陵心

早秋

遥夜汎清瑟西風生翠蘿殘螢栖玉露早雁拂金河高樹曉還密遠山晴更多淮南一葉下自覺洞庭波

潼關蘭若

來往幾經過前軒枕大河遠帆春水闊高寺夕陽多蝶影下紅藥鳥聲喧綠蘿故山歸未得徒詠采芝歌

送僧歸金山寺

老歸江上寺不忘舊師恩駐錫逢山色停杯見浪痕秋濤吞楚驛曉月上荆門爲訪題詩處莓苔幾字存

送從兄

名高猶素衣窮巷掩荆扉漸老故人少久貧豪客稀寒雲橫劍望山色抱琴歸幾日藍溪醉藤花拂釣磯

登樟亭

鱸膾與蓴羮西風片帆輕潮同孤島晚雲斂衆山晴丹羽下高閣黄花垂古城因秋倍多感鄉樹接咸京

行次潼關題驛後軒

飛閣極層臺終童此路回山形朝闕去河勢抱關來雁過秋風急蟬鳴宿霧開平生無限意驅馬任塵埃

旅中別姪暐

相見又南北中宵淚滿襟旅游知世薄貧別覺情深歌管一樽酒山川萬里心此身多在路休誦異鄉吟

將赴京師蒜山津送客還荆渚

樽前萬里愁楚塞與皇州雲識瀟湘雨風知鄠杜秋潮平猶倚棹月上更登樓他日滄浪水漁歌對白鷗

秋晚雲陽驛西亭蓮池

心憶蓮池秉燭遊葉殘花散尚維舟煙開翠扇清風曉水泛紅衣白露秋神女暫來雲易散仙人初去月難留空懷遠道無持贈醉倚闌干盡日愁

重遊練湖懷舊

西風渺渺月連天同醉蘭舟未十年鵩鳥賦成人已没嘉魚詩在世空傳榮枯盡寄浮雲外哀樂猶驚逝水前日暮長堤更回首一聲鄰笛舊山川

送王總下第歸丹陽 王總丹陽人登會昌五年進士

春憂心斷楚江湄繫馬春風酒一卮汴水月明東下疾練塘花發北來遲青蕪定没安貧處黃葉應催獻賦時憑寄家書爲回報舊居還有故人知

秋日早朝

宵衣應待絕更籌環珮鏘鏘月下樓井轉轆轤千樹曉鎖開閶闔萬山秋龍旗盡列趨金殿雉尾纔分拜玉旒虛載鐵冠無一事滄溟歸去老漁舟

咸陽城東樓

一上高樓萬里愁蒹葭楊柳以汀州溪雲初起日沉閣山雨欲來風滿樓鳥下綠蕪秦苑夕蟬鳴黃葉漢宮秋行人莫問當年事故國東來渭水流

懷丹陽舊居

兵書一篋老無功故國荆扉在夢中藤蔓覆梨張谷暗草花侵菊庾園空朱門跡忝登龍客白屋心期失馬翁楚水吳山何處是北窗殘月照屏風

登故洛陽城

禾黍離離半野蒿昔人城此豈知勞水聲東去市朝變山勢北來宮殿高鴉噪暮雲歸古堞雁迷寒雨下空壕可憐緱嶺登仙子猶自吹笙醉碧桃

卧病

寒窗燈盡月斜暉珮馬朝天獨掩扉清露已凋秦塞柳白雲空長越山薇病中送客難爲別夢裡還家不當歸惟有舊書書未得卧聞燕雁向南飛

京口間寄

吳門烟月昔同游楓葉蘆花並客舟聚散有期雲北去浮沉無計水東流一尊酒盡青山暮千里書迴碧樹秋何處相思不相見鳳城宮闕楚江樓

潁州從事西湖亭讌餞

西湖清讌不知同一曲離歌酒一杯城帶夕陽聞鼓角寺臨秋水見樓臺蘭堂客散蟬猶噪桂檝人稀鳥自來獨想征帆去輦洛此中霜菊繞潭開

凌歊臺

宋祖凌歊樂未同三千歌舞宿層臺湘潭雲盡暮山出巴蜀雪消春水來行殿有基荒薺合寢園無主野棠開百年便作萬年計岩畔古碑空綠苔

送王上人

貰酒攜琴訪我頻始知城下有閒人君臣藥在寧憂病子母錢成豈患貧年長每勞推甲子夜寒初共守庚申近來聞說燒丹處玉洞桃花萬樹春

金陵懷古

玉樹歌殘王氣終景陽兵合戍樓空楸梧遠近千官塚禾黍高低六代宮石燕拂雲晴亦雨江豚吹浪夜還風英雄一去豪華盡惟有青山似洛中

題崔處士山居

坐窮今古掩書堂三頃湖田一半荒荆樹有花兄弟樂橘林無實子孫忙龍歸曉洞雲猶濕麝過春山草自香向夜欲歸心萬里故園松月更蒼蒼

題衛將軍廟有序

將軍名遯陽羨人高祖始建義旗遯以勇藝進備行列洎擒竇建德遯時挾槍劍前後突翼太宗奇之天下定錄其功拜將軍宿衛以母老乞歸侍許之及卒邑人懷其賢立廟於荆溪以平生弓甲懸廟下歲時祠祭而國

史闕書其人因題詩於廟

武牢關下護龍旗挾槊彎弓上馬飛漢業未興王霸在秦軍總散魯連歸竝穿大澤埋金劍廟枕長溪挂鐵衣欲奠忠魂何處問葦花楓葉雨霏霏

謝病東歸王秀才見寄今潘秀才南棹奉酬

酷似牢之玉不如落星上下白雲居春耕旋搆金門谷夜學兼修玉府書風掃白雲迎鷺鳥水還滄海養嘉魚莫將年少輕時節王氏家風在石渠

晨起白雲樓寄龍興江準上人兼呈寶秀才

茲樓今是望鄉臺鄉信全稀曉雁哀山翠萬重當檻出水光千里抱城來東巖月在僧初定南浦花殘客未回欲弔靈均能賦否秋風還有木蘭開

滄浪峽

纓帶流塵鬢半霜獨銷殘月下滄浪一聲溪鳥暗雲散萬片野花流水香昔日未知方外樂暮年初信夢中忙紅蝦青鯽紫芹脆歸去不辭來路長

鶴林寺中秋翫月

待月中林月正圓廣庭無樹草無烟中秋雲淨出滄海半夜露寒當碧天輪彩漸移金殿外鏡光猶挂玉樓前莫辭達曙殷勤望一墮西巖又隔年

晚自朝臺至韋隱君郊園

秋深鳧雁下方塘繫馬朝臺步夕陽村逕遶山松葉暗柴門臨水稻花香雲連海氣琴書潤風帶潮聲枕簟涼西去璠溪猶萬里可能垂白待文王

村舍

向平多累自歸難一日身閒一日安山徑晚雲收獵網水門涼月掛漁竿花間酒氣春風遠竹裏棋聲夜雨寒三頃水田秋更熟北窗誰掃舊塵冠

贈茅山高拾遺

諫獵歸來綺季歌大茅峯影滿秋波山齋留客掃紅葉野艇送僧披綠莎長覆舊圖棋勢盡遍添新品藥名多雲中黃鵠目千里自宿自飛無網羅

靈山寺

西巖一逕不通樵八十持杯未覺遙龍卧石潭聞夜雨雁移沙渚見秋潮經函露溼文多暗香印風吹字半銷應笑東歸又南去越山無路水迢迢

飛泉觀

西巖泉落水容寬靈物蜿蜒黑處蟠松葉正秋琴韻響裊花初曉鏡光寒雲開新月浮山殿雨過風雷繞石壇仙客不歸龍亦去稍畦長滿此池乾

送蕭處士歸緱嶺別業

醉斜烏帽髮如絲曾見仙人一局棋賓館有魚爲客久鄉書無雁到家遲緱山住近吹笙廟湘水行逢鼓瑟祠今夜月明何處宿九疑雲盡綠參差

再遊姑蘇玉芝觀

高梧一葉下秋初迢遞重廊舊寄居月過碧窗今夜酒雨昏紅壁去年書玉壇露冷芙蓉淺金井烟分薜荔疎明日挂帆更東去仙翁只道爲鱸魚

蒜山亭觀發軍

羽檄徵兵急，轅門選將雄。犬羊憂破竹，貔虎極飛蓬。定繫猖狂冠，何須矍鑠翁。更操黃石畧，重振黑山公。别馬嘶營柳，驚烏散井桐。低星連寶劍，殘日讓琱弓。浪曉戈鋋裡，山晴鼓角中。甲開魚照水，旌颺虎拏風。去想金河遠，行聞玉塞空。漢廷應有問，師吉在元戎。

送從兄别駕歸蜀川

聞與湘南令，童年侍玉墀。家留秦塞曲，官謫障江湄。道直奸臣嫉，寬深聖主知。逝川東去疾，雷澤北來遲。清漢龍將絕，蒼岑馬欲移。風凄吹笛處，月冷罷琴時。客路黃公廟，鄉關白帝祠。巴稱鸚鵡賦，寧誦鶺鴒詩。[illegible]道書難達，長亭酒莫持。當還蜀江水，萬里寄相思。

雨後懷湖上舊居

前山風雨涼歇馬坐垂楊何處芙蓉落南渠秋水香

塞下曲

夜戰桑乾雪秦兵半不歸朝來有鄉信猶自寄寒衣

早春憶江南

雲月有歸處故山清洛雨如何一花發春夢滿江潭

學仙

心期仙訣意無窮采盡雲車起壽宮聞有三山未知處茂陵松柏滿西風

秋思

琪樹秋風枕簟秋楚雲湖水憶同遊高歌一曲掩明鏡昨日少年今白頭

練湖鷺鷥

西風澹澹水悠悠雪照絲飄帶雨愁何事歸心倚前閣綠蒲紅蓼繞塘秋

謝亭送别

勞歌一曲解行舟紅葉青山水急流日暮酒醒人已遠滿天風雨下西樓

題段太尉廟

靜想追兵緩翠華古碑荒廟閉松花紀生不向滎陽死怎有山河屬漢家

客有卜居不遂薄遊汧隴者因題

海燕西風白日斜天門遥望五侯家樓臺深鎖無人到落盡東風第一花

重別曾主簿

淚沿紅粉溼羅巾，重繫蘭舟勸酒頻。留郤一枝河畔柳，明朝猶有遠行人。

途經秦始皇墓

龍盤虎踞自層層，勢入浮雲亦足崩。一種青山秋草裏，路人惟拜漢文陵。

寄桐江隱者

潮去潮來洲渚春，山花如繡草如茵。嚴陵臺下桐江水，解釣鱸魚有幾人。

送宋處士歸山

賣藥修琴歸去遲，山風吹盡桂花枝。世間甲子須臾事，逢著仙人莫看棋。

楚宮怨

十二峯晴花盡開楚宮雙闕對陽臺細腰爭舞君王醉白日秦兵天上來

紫籐

綠蔓獵陰紫袖低客來留坐小堂西醉中挽瑟無人會家近江南罨畫溪

經山廟

王子求仙月滿臺玉簫清轉鶴徘徊曲終飛去不知處山下碧桃春自開

四皓廟二首錄一

峩峩商嶺采芝人雪頂霜髯寄虎豹茵山酒一壺歌一曲漢家天子忌功臣

記夢本事詩云渾嘗夢登山有宮室凌雲人云此崑崙既入見數人方飲招之至暮而罷渾賦詩云云他日復夢至其處飛瓊曰子何故顯余姓名於人間座上即改為天風吹下步虛聲曰善

曉入瑤臺露氣清座中惟有許飛瓊塵心未淨俗緣在十里下山空月明

三十六灣

縹緲臨風思美人荻花楓葉帶離聲夜深吹笛移船去三十六灣秋月明

李延陵延陵人李氏失其世次名字舊本遂作李延陵曆時人

自紫陽觀至華陽洞宿侯尊師草堂簡同遊

石林媚烟景何幽盤江甸南向佳氣濃峯峯遥隱見漸踈華陽口微路入葱蒨七曜懸洞宮五雲抱山殿銀函意誰發金液徒堪薦千載桃花春秦人深不見東溪喜相逢貞白如會面青鳥

來去閑紅霞朝夕變一從化眞骨萬里來飛電蘿月延步虛松花醉閑宴幽人即長往茂宰應交戰明發歸琴堂知君類爲縣

南唐

沈彬 字子文本高安人隱居丹陽雲陽山好神仙喜賦詩句法清美與僧虛中齊己爲友唐末應進士不第後僞吳烈祖辟授秘書郎未幾乞罷年八十餘以吏部郎中致仕李璟以舊恩召見賜粟官其子 彬居沈山今廣孝寺郎彬居址寺北石壁千仞環若翠屏下有沈彬墓相傳開壙時得古墓燈光熒熒銅碑篆文云佳城今已開雖開不葬埋漆燈猶未滅留待沈彬來遂塟其旁

憶仙謠

自榆風颭九天秋王母朝回宴玉樓日月漸長雙鳳睡桑田欲變六鰲愁雲翻簫管相隨去星觸旌幢各自流詩酒近來狂不得騎龍却憶上清遊

入塞

欲爲皇王服遠戎萬人金甲鼓聲中陣雲暗塞三邊黑兵血愁天一片紅半夜翻營旗攪月深秋防戍劍磨風誇書未及明君爇臥骨將軍已殁功

年少辭鄉事冠軍戍樓閒上望星文生希國澤分偏將死奪河源答聖君鳶覘敗兵眠血草馬驚邊鬼哭陰雲功多地遠無人紀漢闕笙歌日又曛

塞下

塞葉聲悲秋欲霜寒山數點下牛羊映霞旅雁隨疎雨向磧行人帶夕陽邊騎不來沙路失國恩深後海城荒健兒向化新成長猶自千回問漢王

貴主和親殺氣沉燕山閒獵鼓聲音旗分雪草偷邊馬箭入寒雲落塞禽隴月盡牽鄉思動戰衣誰寄淚痕深金釵漫作封侯

別劈破佳人萬里心
月冷榆關過雁行將軍羌笛老思鄉貳師骨恨千夫壯李廣寃
飛一劍長戍爲就沙催落日陰雲分磧護飛霜誰知漢武輕中
國閑奪天山草木荒

題蘇仙山

眼穿林罅見郴州井里交連側局楸味道不來閒處坐勞生更
欲幾時休蘇仙宅古烟霞老義帝墳荒草木愁千古是非無問
處夕陽西去水東流

納省卷贈爲首劉象第三舉

曾應大中天子舉四朝風月鬢蕭疏不隨世祖重攜劍却爲文
皇再讀書十載戰塵銷舊業滿城春雨壞貧居一枝何事於君
借仙桂年年幸有餘

秋日

秋舍砧杵搗斜陽笛引西風顥氣凉薜荔惹烟籠蟋蟀芰荷翻雨潑鴛鴦當年酒賤何妨醉今日時難不易狂腸斷舊遊從一別潘安惆悵滿頭霜

金陵雜題

王氣生秦四百年晋元東渡浪花船正慚海内皆塗地來保江南一片天古樹著行臨遠岸春山相亞出微烟千征萬戰英雄盡落日牛羊食野田

暮潮聲落草光沉賈客來帆宿岸陰一笛月明何處酒滿城秋色幾家砧時清曾惡桓温盛山翠長牽謝傅心今日到來何物在碧烟和雨鎖寒林

麻姑山

紺殿松蘿太古岩，仙人曾此話桑田。閑傾雲液十分日，已過浮生一萬年。花洞路中逢鶴信，水簾巖底見龍眠。我來遊禮醒心願，欲共怡神契自然。

贈王定保

定保光化中及第，吳子華侍郎以子妻之。子華郎世，定保南遊湘，無北歸意。吳女假緇服自長安來謁，白於馬殷，令引見於佛寺，吳隔簾詰之。

仙徒曾攀第一枝，薄遊湘水阻佳期。皁橋已失齊眉願，蕭寺行逢落髮師。廢苑霜寒蘭寂寞，升堂雲斷鳳參差。聞公已有平生約，謝絕女蘿依兎絲。

結客少年塲行

重義輕生一劍知，白虹貫日報仇歸。片心惆悵清平世，酒市無人問布衣。

陽朔碧蓮峯

陶潛彭澤五株柳潘岳河陽一縣花兩處爭如陽朔好碧蓮峯裏住人家

都門送別

岸柳蕭疎野荻秋都門行客莫回頭一條灞水清如劍不爲離人割斷愁

弔邊人

殺聲沉後野風悲漢月高時望不歸白骨已枯沙上草家人猶自寄寒衣

釋僧鳳 延陵人蕭氏子工文翰師象大師爲僧貞觀中召主普集與定水二寺詩一首

書遺文後

苦哉黑闇女樂矣功德天智者俱不受愚夫納二邊我常能仁教歸依彌勒前願聞摩訶衍成就那羅延

曲阿詩綜卷之五終

曲阿詩綜卷之六

丹陽後學劉會恩時菴輯

宋

吳　淑字正儀仕南唐爲內史從李煜歸宋薦試學士院授大理評事預修太平御覽文苑英華等書累遷起居舍人預修太宗實錄再遷職方員外郎淑幼俊爽屬文敏速韓熙載潘佑深器重之善筆札工篆隸有集十卷嘗獻事類賦百篇并注三十卷爲太宗所賞又撰說文五義三卷江淮異人錄三卷秘閣閒談五卷

贈荊南朱昂只有二句

漢殿夜京初閣筆渚宮秋晚得懸車詩話總龜云荊南朱昂晚以工詩乞骸骨真宗賜坐寵詔留候秋涼還故里吳淑贈詩云云

張　泌字子澄唐張祐族人仕南唐爲內史舍人歸宋官虞部郎中後遷居常州

春江雨

雨溟溟風冷冷老松瘦竹臨烟汀空江冷落野雲重村中鬼火

微如星夜鶩溪上漁人起滴瀝篷聲滿愁耳子規叫斷獨未眠
罨岸春濤打船尾

春曉謡

雨微微烟霏霏小庭半折紅薔薇細筝斜倚畫屏曲零落幾行
金雁飛蕭關夢斷無尋處萬叠春波起南浦凌亂楊花撲繡臺
曉窗時有流鶯語

洞庭阻風

空江浩蕩景蕭然盡日菰蒲泊釣船青草浪高三月渡綠楊花
撲一溪烟情多莫舉傷春目愁極兼無買酒錢猶有漁人數家
住不成村落夕陽邊

晚次湘源縣

烟郭遥聞向晚雞水平丹靜浪聲齊高林帶雨楊梅熟曲岸籠

雲謝豹啼二女廟荒汀樹老九嶷山碧楚天低湘南自古多離
怨莫動哀吟易慘悽

秋晚過洞庭

征帆初挂酒初酣暮景離情兩不堪千里晚霞雲夢北一洲霜
橘洞庭南溪風送雨過秋寺磵石驚灘落夜潭莫把羈魂弔湘
魄九嶷愁絶鎖烟嵐

題華嚴寺木塔

六街晴色動秋光雨霽憑高只自傷一曲晚烟浮渭水半橋斜
日照咸陽休將無路悲塵事莫指雲山認故鄉回首漢宫樓閣
暮數聲鐘鼓自蒼茫

邊上

戍樓吹角起征鴻獵獵寒旌背晚風千里暮雲愁不盡一川秋

草思無窮山河慘澹關城閉人物蕭條市井空只此旅魂招不得那堪回首夕陽中

長安道上早行

客離孤館一燈殘牢落星河欲曙天雞唱未沉函谷月雁聲新度灞陵烟浮生已悟莊周夢壯志仍輸祖逖鞭何日悠悠策羸馬此中辛苦過流年

寄人二首

別夢依依到謝家小廊迴合曲闌斜多情只有春庭月猶爲離人照落花

酷憐風月爲多情還到春時別恨生倚柱尋思倍惆悵一場春夢不分明

惜花

蝶散鶯啼尚數枝日斜風定更離披看多記得傷心事金谷樓前委地時

葛　宮 字公雅大中祥符元年進士仕至工部侍郎立方之曾伯祖著有青陽集　按葛姓本居丹陽占籍江陰惟葛思漸隸籍丹陽

句

翩翩燕子朱門靜狼藉梨花小院閑 出韻語陽秋

葛通議 立方之曾祖失其名

贈蔡君謨赴漳南幕 君謨娶通議妹

藻思舊傳青管夢哲科新試碧雞才乍依平仲蓮花幕更下溫郎玉鏡臺 韻語陽秋云蔡君謨娶余祖姑清源君已而赴漳南幕余曾祖通議云云可謂佳句矣

石延年 字曼卿一字安仁其先幽州人後家於宋州之宋城眞宗朝三舉進士爲三班奉職歷太子中允秘閣校理卒於京師歐陽文忠修爲表其墓　按曼卿寓居丹陽五月卽逢范堯夫麥舟之贈遂歸葬其三喪似不得在流

寓之列明末府學鄉賢誤收入祀康熙二十一年石立圻
遂呈請丹陽鄉賢亦為崇祀 歐公詩話曼卿卒後其故
人有見之者云恍惚如夢中言我今為鬼仙也所主芙蓉
城欲呼故人往遊不得忿然騎一素騾去如飛其後又云
降於亳州一舉子家又呼舉子去不得因留詩一篇與之
余亦畧記其一聯云鶯聲不逐春光老花影長隨日脚流
神仙事怪不可知其詩頗類曼卿平日語舉子不能道也
詩林廣記石曼卿詩如饑鷹作歸迅速不可言 隱居
詩話石延年長韻律詩善叙事其他無他好處籌筆驛銅
雀臺留侯廟詩為一集之冠五言小詩如海雲含雨重江
樹帶蟬疎平蕪遠更綠斜日寒無蟬者幾矣 桐江云草
屈金鉤綠未同遂作早春詩一篇句日方成日鶯啼水筋
晴先滿草屈金鉤綠未同其不逮先得之句遠甚詩
云樂意相關禽對語生香不斷樹交花尤為佳句也

送劉潛歸陶邱

丈夫未大用身與仁義閑可宜更聚散風塵摧厥顏君今歸柯
澤路出梁宋間芒碭有吾廬親老待我還羨子先諧願思親頭
鬢斑韶光苦不再溝水長潺湲

寄題上虞蘇簿凝虛館

越基擅巖壑虛館宅其尤丹甍煙孤飛靈景邀四周山高晴若陰洞寒夏如秋錦幄檻花發玉環渠水流聞臥直吏隱作登迺仙遊居之宜民思無爲茲宇羞

平陽代意一篇寄師魯

十年一夢花空委依舊山河損桃李雁聲北去燕西飛高樓日日春風裡眉比石州山對起嬌波淚落妝如洗汾河不斷天南流天色無情淡如水澠水燕談石曼卿天聖寶元間以歌詩豪於一時死後故人關詠夢曼卿曰生平作詩多矣獨自以爲平陽代意一首爲得意而世人罕稱之能令子此詩盛傳於世在永言耳詠覺增廣其詞隱度以迷神引聲韻於是天下爭歌之他日復夢曼卿來謝

題孫可久別墅

南北書河潤幽深在禁城登山貧遠意讓俸買閒名閉戶斷蛛網折花移鳥聲誰人識高趣朝隱石渠生青箱雜記仁宗朝內臣孫可久賦性恬淡

辛踰五十即乞致仕郤下有居第堂北有小圃城南有別墅
每良辰美景以小車載酒優遊自適曼鄉過其居題詩云云

瀑布

飛勢挂嶽頂無時向此傾玉虹垂地色銀漢落天聲萬丈寒雲
失千巖暑氣清滄浪不足羨就此濯塵纓

燈花

廻鱗抱雙帶倒鳳吐丹榮氷宇寒生暈風䟽動有聲燼垂金蕊
細影透玉荷清斗帳依東壁誰人夢不成

詠春

一氣回元運恩含萬物滎陰陽造端數天地發生心有信來還
逝無私古到今和風激遺暢南轉入薰琴

紅梅

梅好惟傷白今紅是絶奇認桃無綠葉辨杏有青枝烘笑從人

賠酡顔任笛吹未應嬌意急發赤怨春遲

文種墳

至忠惜甘死越塞一坏孤勾踐非王者陶朱亦丈夫碑經山燒斷樹帶海潮枯泉下伍員輩相逢相弔無

鷺

何處轉新棲間關出建章至清無奈玉更巧莫如簧谷口春寒甚花陰淑景長上林棲處隱愼勿近雕梁

下第偶成集句

一生不得文章力欲上青雲未有因聖主不勞千里召嫦娥何惜一枝春鳳皇詔下雖霑命豺虎叢中也立身啼得血流無用處著朱騎馬是何人

送人遊杭

瀲瀲雷風吹黑貂男兒醉别氣飄飄五湖載酒期吳客六代成詩倍楚橋水樹漸青含晚意江雲初白向春嬌前秋亦擬錢唐去共看龍山八月潮

古松 宋趙師旻刻石在四明府治

直氣森森趾屈盤鐵衣生澀紫鱗乾影摇千尺龍蛇動聲撼半天風雨寒蒼蘚静緣離石上緑蘿高附入雲端報言帝室掄材者便作明堂一柱看

金鄉張氏園亭

亭館連城敵謝家四時園色鬬明霞窗迎西渭封侯竹地接東陵隱士瓜樂意相關禽對語生香不斷樹交花縱遊會約無留事醉枕參横月落斜

首陽

夷齊在孟津諫伐紂而死於首陽其山在蒲蒲乃舜都也豈非二子之意何古之所不思哉

遜國同來訪聖謨適觀爭國誓師徒恥生湯武干文曰寧死唐虞揖讓區大義克身安是餓清寃有所未應無始終天地亡前後名骨雖雙此行孤

偶成

力振前文覺道孤恥同流輩論榮枯動非仁義何如靜得見機關不似無孔孟也宜輕管樂皐夔未必失唐虞俟王重問吾何有且自低心混世儒

詠梅

柔稍繁白玉鈿封忍盡嬌心恨幾重姑射真人氷作體廣寒仙子月為容江南春信香猶在樓上晨妝粉不供可惜東風晴未

暖洛川流雪更無蹤

送則師歸越

歸里懸心復苦形生涯簑笠伴銅瓶魚隨洗鉢銜遺粒龍倚移丹試諷經佛廟春遊潤樹暗神濤晴渡越峯青高才不獨江山助王謝風流舊有靈

牡丹

春風晴晝起浮光玉作肌膚羅作裳獨步世無吳苑艷渾身天與漢宮香一生多怨終羞語未剪相思已斷腸

蓮花

含情默默向層漪語語幽懷定未知洛浦微波長映步漢宮香水不濡肌心通幾點翡光藕腸結千回託亂絲

送鄭十學士戩通理越州

宸命陪分竹先資貴珥彤入辭中殿閣出貳左廉雄過楚前封近還吳舊業空江山復清思尊鱠起高風海潤悲秦望陵荒歎禹功樓澄鑑湖北地險雪濤東稽壑飛泉石台基下桂叢風流好吟醉王謝有餘宫

曹太尉西師

仁者雖無敵王師尚有征獨乘金廐馬都領鐵林兵殺氣關河慕屯烟部落晴旗光秋燒合甲色夜江横士喜擊中鼓虜疑聞後鉦無私乃時雨不殺是天聲濯濯前誰拒堂堂彼自傾寒踰博望塞春宴隗囂城外使戎心伏旁資帝道平公還如畫像爲贊學班生

籌筆驛

漢室虧皇象坤乾未即寧姦臣與逆子摇嶽復翻溟權表分江

域曹袁鬬夏坰虎奔咸遂逐龍臥獨冥冥從衆非無術欺孤迺
不懸惟忠恢正道直起復炎靈管樂韜方畧關徐駭觀聽一言
俄遇主三顧已忘形南既淸蠻土東期赤魏庭出師功自著治
國志誰銘歷劍兵如水臨秦策若瓴輿聲將潰虜橫勢欲逾涇
仲達駐巾幗辛毗嚴壁局可煩親細務遽見隕長星戰地悲陵
谷來賓賞德刑意中流水遠愁外舊山靑想像音徽在侵尋毛
骨醒遲留慕英氣沉歎撫靑萍中山詩話石曼卿獨行京師一豪士目之曰公幸過我同人委巷抵大第歌舞歡醉正書爲揮籌筆驛數詩以金帛數百千贈他日過諸塗又遺以白金數兩謂曰詩中意中流水遠愁外舊山靑最爲佳句　蘆浦筆記右驛在蜀中綿州石曼卿爲諸葛武侯設也寶元二年大書以遺朱復之後二年朱爲四明節度推官遂刻石於廳事

和樞密侍郎因看海棠憶楚苑此花最盛

君看海棠格羣花品詎同嬌嬈情自富蕭散豔非窮舊數班典

苑新羅碎蜀宮錦簇盃裏影繡段隟前烘心亂香無數莖柔動
滿叢意分歪峽雨腰繫漢臺風盛若霞藏日鮮於血洒空高低
千點赤深淺半開紅妝掐朱纔布膏唇檀更融色嬌無可壓體
瘦不成豐枝蘢輕浮外苞疎容間中難勝蜂不定易入蝶能通
杜甫句何畧薛能詩未工

潤州狠石

潤州甘露寺有石如羊名狠石相傳諸葛孔明與孫權
坐此以謀曹公

水光浮柱礎天影帶樓臺斷石雲孤起吹潮雨四來

贈人

六符搖斗極八座冠文章規憲存中府勳庸入太常

春陰

寒食少天色春風多柳花倚樓心目亂不覺見棲鴉

絶句

草白有時榮鬢白不再好人生不如春鬢白不如草

偶得

風勁香逾遠天寒色更鮮秋天買不斷無意學金錢

題萱花

移萱樹之背丹霞間金色我有憂民心對君忘不得

下第偶成

年去年來來去忙爲他人作嫁衣裳仰天大笑出門去獨對春風舞一場

南朝

南朝人物盡清賢不是風流卽放言三百年間都堪笑絶無人

可定中原

秋夕北樓

秋霽露華清帶水月明天色白蓮河夜闌澄景生微動琵琶屑颸上下波

小桃

生色深紅綬帶長宮簾閒在井欄香母家身上瑶池品先得春風半面妝

本分桃花寒食前小桃長是上春天二喬二謝俱傾國女弟嬌嫗意自先

真定懷古

光武經營業未典王郎兵革暫憑陵須卯後漢功臣力不及滹沱一片氷

詠柳

天下風流讓緑楊，一春生意別離鄉。柔根恐是離腸結，未折長條先斷腸。

思歸樂

疋馬馳驅事薄遊，異鄉觸目動牽愁。春禽勸我休歸去，爭奈功名未放休。

秋蝶

飛近素霜時滅没，去銜紅葉共悠揚。花心何處無休歇，秋蝶雙棚花樹荒。

七夕

雲意不交天更濶，星光不動漢空流。素娥青女曾無匹，霜月亭亭各自愁。

邵　亢　字興宗十歲日誦五千言賦詩豪縱見者偉之范仲淹舉茂才時布衣試召者十四人獨亢發策入等除建康軍節度推官仁宗繼嗣未立亢因集兩漢以來帝系承襲著興亡論十卷以上神宗朝歷樞密直學士知制封亢拜樞密副使以資政殿學士知越州潞鄭鄆亳三州卒贈吏部尚書賜以居宅謚安簡

寄吳處厚

流年直似隙中駒別後情懷嬾更疎天上又須新歷日床頭未荅故人書殷勤羨雁工書檄狼藉杯盤上客魚好在仲宣家萬里從軍苦樂定何如青箱雜記樞密邵公亢謂余詩似樂天熙寧中余倅定武帥幕公自鄆附所作詩一軸并寄余詩

邵　必　字不疑亢從父登寶元元年進士爲上元主簿召充直講進集賢校理同知太常禮院累官寶文閣直學士權三司使加龍圖閣學士知成都卒於道

題錢公輔衆樂亭

海邊民物鮮觀娛太守經營與衆俱園圃新陰多杞柳池塘生

意足魚蕭長空不礙高飛鵠淺水兼容短脛鳧自樂有誰知我
趣歸來紅旆日西晡

諸葛賡字君俞五舉鄉試皆第一累官御史中丞觀文殿學
士兼侍讀提舉崇福宮致仕贈太子少師謚簡敏熙
寧朝會賜第大華搆亭曰歸休自號熙貞
子丁巳無疾賦詩卒學士錢藻志其墓

乙休得旨謝恩

三疏陳情始放歸蕭蕭白髮解朝衣未嘗別業王官谷先駕扁
舟嚴子磯視草龍螭猶眷戀還家鷗鷺自光輝老臣恩遇知何
極夢到天門覲紫薇

歸休亭八首之三

小築危亭聚石淙清溪環繞不通江栽成傲骨梅千樹呼出栖
雲鶴一雙番釣艇乘新漲水攤書光借夕陽窗勳名事事皆堪
避只有詩情未肯降

日影初升竹半篙一天晴色讀離騷凴欄對客浮樽斝隔水聽人正桔槔拂去梁塵饞乳燕掃歸松栗煮秋濤柴門正對青青柳浪說新詩欲擬陶

水國微茫境不凡籜冠蘿帶芰荷衫雲歸洞口鹿常臥葉落巢門鳥自啣採藥道人過峭壁汲泉童子下層巖名山書卷封題處多少烟霞護玉函歸休亭在邑東門外七十里大華村今大華西橋龍興菴即是亭故址亭額蔡襄所書今尚存

秋日得王介甫書

數畝池塘一小亭從容書札戶常扃閒開松菊花三徑時貯蓑苓酒一瓶望去草痕青到水飛來鳧羽白連汀是誰日落吹長嘯猶有行人不忍聽自註書中稍涉新法數事

臨終君俞年八十有五無疾而卒卒之日大書於壁云云

上天下地極高深幻化無蹤何處尋山靜白雲歸洞口水清明月落波心

蘇　頌字子容紳之子本泉州南安人父紳葬潤城先徙居郡城次子京以蔭爲承務郎改知丹陽迎父就養因徙居丹陽登慶歷二年進士頌器局宏遠不與人校長短以禮法自持雖貴奉養如寒士自書契以來經史九流百家之說至於圖緯律呂星官筭法山經本草無所不通尤明典故朝廷有大制作必爲就正神宗朝歷集賢院學士知開封府哲宗即位累遷翰林學士拜右僕射兼中書門下侍郎罷爲集禧觀使徽宗立進太子太保累爵趙郡公卒贈司空魏國公有蘇魏公文集七十二卷今祀鄉賢

送朱郎中壽昌通判河中

邶風詠凱風以成孝子志鄭人復君母傳稱能錫類中郎常有懷生不識所恃登朝雖厚祿當食每忘饋念昔鞠育勞嗟今出處異倚門豈不待兩求終莫致乳烏思反哺哀鳴自晝翅百草摇春暉寧無謝生意灑血向窮壤解組出臺寺馳驅咸雍郊歷

訪經過地至行感神明精誠通夢寐悠悠大道旁親息忽相值紫綬拜北堂白頭歸長嗣悲忻叙契濶恍如隔生事四紀世路殊一朝版輿侍茲事昔未有聞者其驚喟帥守為之言詔趣還官次當年二千石寵名非所利仕或便鄉關安用竹符使蒲中母家近自屈為倅貳受命慰慈顏騰裝愜歸思旣徇報德心亦安效官習觴以萬壽薦衣成五綵戲無復與寒泉何須賦大隧令人及聖善孝慈兩不匱贈言述高風庶用激忠義

吹韻蔣顥叔同遊南屏見惠長篇

青山橫莽蒼萬石出南麓古刹表耆闍高岑聳臺玉居惟擇岡巒近靡數松竹郡郭路非遙遊人春不宿陟巘極躋攀循崖勞傴伏架筒引流泉跨嶺搆重屋講坐據妙峯禪堂對枯木幽尋難屢期將往誰能獨偶逢霜臺客暫駐驄馬足聯步訪叢林終

朝走郊牧相期方外遊頓忘河上曲夷路喜君騰高閣暫子東更聽名理言俯愜心中欲况已證眞常詎止齊寵辱願言挹清風可用警浮俗

暮春與諸同僚登鍾山望牛首

清明天氣和江南春色濃風物正繁富邦人競遊從官曹幸多暇交朋偶相逢并驅出東郊乘興遊北鍾陟險不蠟屐扶危靡措筇上登道林祠俯觀辟支峯亂山次阡陌長江迤提封蕭條舊井邑茂盛新杉松覽物思浩然懷古心顒顒念昔全盛時兹山衆所宗天都對雙闕霸業基盤龍六朝遞興廢百祀居要衝人情屢改易世事紛交攻當時佳麗地一旦空遺蹤惟有出岫雲古今無變容

贈同事閣使以下二首 使北時作

山路盡陂陁行人涉險多風欺沙磧暗日上雪霜初草淺鶯飛地氷流馬飲河平生畫圖見不料此經過

奚山路 出奚山路入中京界道旁店舍頗多人物亦衆

行盡奚山路更賒路旁時見百餘家風烟不改盧龍俗唐盧龍節度兼押奚契丹使塵土猶兼瀚海沙朱板刻旗村肆食食邸門挂木刻朱旗青氈通幰貴人車貴族之家車屋通以青氈覆之皇恩百歲加荒景物俗依稀亦慕華

和右僕射劉公莘老夜直中書省見寄之什

五年班綴望夔龍曾託帡幪庇雨風末路自憐黃髮老早時曾識黑頭公升沉不改交情見出處雖殊趣舍同謾叩無音吝高唱終慚下管應清宫

郎席獻文潞公

高燕初陪聽拊韺清談仍許奉揮犀自知伯起難逋峭不及淳

于善滑稽舞奏未終花十八酒行先困玉東西荷公德度容狂簡故敢忘懷去町畦邵埽編熙寧間蘇丞相奉使契丹道過北京時文潞公爲留守燕會欵洽文公因問魏收有逃峭雖爲之語何謂蘇公曰聞之宋元憲公蓋累上下任名取有曲折之義耳蘇公以文人多用近語而未及此乃用爲一詩紀席上事獻文公云

和題李公麟陽關圖

三尺氷綃一絕詩翩翩車馬送行時尊前懷古閑開卷看盡關山遠別離

春帖

璇霄一夕斗杓東瀲灧晨曦照九重和氣薰風摩蓋壤競消金甲事春農

王存 字正仲年十二辭親從師於江西五年始歸府學者方尚雕琢存獨爲古文登慶歷六年進士調嘉興主簿擢上虞令除密州推官治平中入爲國子監直講遷秘書省著作佐郎歷館閣校勘集賢校理史館檢討仰太常

嘗院累官龍圖閣直學士知開封府進樞密直學士改兵部尚書元祐中拜大中大夫尚書左丞加資政殿學士知揚州紹聖初提舉崇禧觀致仕卒贈左銀青光祿大夫與黨籍著有元豐九域志十卷王正仲集二十卷

過丹陽舊居

漂泊經故國繫舟款柴扉破屋他人居昔鄰今或非父老迎我歡祝我晝錦衣我謝父老言朴拙非所祈一官走塵土實迫寒與饑去鄉未幾載頗覺儔侶稀人事已可嗟況當白首歸泚泚練塘水綠楊蔭漁磯有田尚可耕誓將父老依

覆驗餘姚道中

一夫死非命覆驗更兩吏一囚坐法誅三覆與衆棄去年交趾賊殺戮無貴賤江淮屢歲眚積殍溝壑殣聖人於赤子愛重若彼至謹小以遺大誰其原帝意

登北固山有感

晚登北固頂俛視南徐城廢壘何茫茫山川迴縱横千載竟誰有六朝空戰塵豪氣不可問古墳人正耕

遊焦山

連山擁滄江峭絶視兹鮮田來一氣結殊不麗衆巘林深鳥聲悅境静人自遠方吾抱幽介對此萬慮遣

史院席上奉和首相吳公元韻

上聖論思著前言擴緒餘瓊筵初賜醴石室載抽書徽範貽來者功成念昔輿欲知開局盛門擁相君車

歸京口

倦宦歸來故國春北樓千尺絶飛塵江山雄偉增人氣城壁蕭條類此身眼底交遊隨物老樽前歌舞逐時新十年舊事無人問目送斜陽下廣津

郄客致假山石

乞得林官就道閒誅茅結宇郎成灣閉門自有林巒秀不用辛勤作假山

邵　忱字本忠卿貢進士

和

歐公頃歲守滁陽題記蒼顏入醉鄉賢守特將刋古篆舊碑不免棄山邱舊碑乃陳知明所書軒楹別搆如安屏筆札難通似面墻異日智仙來輦坐退蒙從此謝聲光退蒙乃知明字書醉翁亭記石刻篆

沈　括字存中本錢唐人登嘉祐八年進士編校昭文館書籍爲館閣校勘熙寧中遷翰林學士龍圖閣待制坐事謫均州團練副使徙秀州復光祿少卿分司南京居潤州朱方門外丹陽之夢溪著有長興集十九卷夢溪筆談二十九卷方輿勝覽沈存中宅在潤州朱方門外存中嘗夢至一處小山花如覆錦喬木覆其上山下有水夢中樂之後守宣州有道人無外者爲言京口山川之勝郡人有地求售以錢三十萬得之又六年坐邊議謫官廬於尋陽

元祐初道京口登所買地卽夢中所遊處遂築室焉名曰夢溪

海州觀放鶻搏兎不中而飛去

秋霜濯空林暮日在峯頂冥冥起長風稍稍絕遺影虓禽值猛搏俯取不待頃豈非求者乖矯翮成遠騁未能謝榛莽那用邊悻悻此心竟可憐得失未宜病

幽命

山木嘯兮雲幽幽秣我馬兮無爲久楚江䆮翔兮雨漫漫回予車兮水漸慍仲何爲兮中野季將羊兮疎駕日遊兮形留鬱逍遥兮日下鴐慕兮流觀舞節兮浩望駰黃昃兮靡騁旋吾輪兮爲徃不我虛兮斯辰思何爲兮鞅掌

江南曲

新秋拂水無行踪夜夜隨潮過江北西風卷雨上半天渡口微

吟翁晚碧城頭鼓響日脚垂天際籠烟鎖山色高樓索莫臨長
陌黃竹一聲無北客時平田苦少人耕惟有蘆花滿江白

畫圖歌

畫中最妙言山水摩詰峯巒面面起李成筆奪造化工荆浩開
圖論千里范寬石爛烟雲深枯木關仝極難比江南董源僧巨
然淡墨輕嵐爲一體宋迪長於遠與平王端善作寒江行克明
已往道即逝郭熙遂得新來名花竹翎毛不同等獨出徐熙入
神境趙昌設色古無如王友劉常亦堪並黃鑒居宋及譚宏鷗
鷺春葩蜀中景艾宣孔雀世絕倫羊仲甫雞皆妙品推有長安
易元吉豈止獐猿人不及鵰鷹飛動羨張涇番馬胡環岌然立
濠梁崔白及崔殼羣虎屏風供御幄海河徐易魚水科鱗鬣如
生頗難學金陵佛像王齊翰顧德謙名皆雅玩老曹替薩各精

神道士李劉俱偉觀星辰獨向孫知微盧氏楞伽亦爲伴勾龍爽筆勢飄飄錦里三人共輝煥西川女子分十眉宮妝撚纈周昉肥堯民擊壤鼓腹笑滕王蛺蝶相交飛居寧草蟲名浙台孤松韋偃稱世希韓幹能爲大宛馬包鼎虎有驚人威將軍曹霸善圖寫玉花驄並今傳之馭人相扶似偶語老杜詠入丹青詩少保薛稷偏攻鶴雛品皆奇怪石恪戴嵩韓滉能畫牛小景惠崇烟漠漠唐僧傳古精畫龍毫端相與精神通犁珠奮身奔海窟氣如飛火騰虛空忠恕樓臺眞有功山頭突出華淸宮用及象坤能畫鬼角啃鐵面頭蓬鬆侯翼曾爲五侯圖海山聚出風雲烏爾朱先生著儒服李翁碧眼長髭鬚愷之維摩失舊跡但見畧世令人摸探徵眞迹存一本甘露扳壁狻猊枯搽蛇惡鬼銜火獸鑿名道子傳注與僧繇殿龍點雙目即時便有雷霆驅

仙翁葛老度溪嶺瀟洒數幅名遷居輞川弄水垂捕魚長河飢
葦寒蹤跡予家所有將盈車高下百品難俱書相傳好古雅君
子觀書觀畫言無虛

望海樓

雨聲林外盡秋色望中探落日挂蹤柳遠江横暮簷因風疑有
意隨葉故爭簾爲問樓中客胡爲盡日淹

光化道中遇雨

望遠初翻葉隨風已結陰雨篷宜倦枕鄉夢入寒衾莎笠侵郎
俗溪山動越吟烟波千里去誰識魏牟心

潤州甘露寺

丞相高齋半草萊舊時風景滿亭臺地從日月生時見天到江
山盡處回三國是非春夢斷六朝城闕野花開心隨潮水漫漫

去流徧烟村半日來

丹陽樓

碧城西轉拂蒼烟日遠闌干一握天青草暮山歌扇底美人瑶瑟暝鴻邊吹聲隱隱江都月弄影翩翩建業船流盡古來東去水又將秋色過樓前

遊花山寺

經旬飄雨喜新晴病馬銜泥取次行老態只應隨日至春心無意與花爭山川滿目浮烟合樓閣侵天暮靄横嗟我有身無用還强攜樽酒入峥嵘

秀州秋日

草滿池塘霜送梅林疎野色近樓臺天圍故越侵雲盡潮上孤城帶月回客夢冷隨風葉斷愁心低逐雁聲來流年又喜經重

九可意黃花是處開

開元詞 侯鯖錄陸陵賞鑾此作

鸛鵲樓頭日暖蓬萊殿裏花香草綠烟迷步輦天高日近龍床樓上正臨宮外人間不見仙家寒食輕烟薄霧滿城明月梨花按舞驪山影裏回鑾渭水光中玉笛一天明月翠華滿陌東風殿後春旗簇仗樓前御隊穿花一片紅雲鬧處外人遙認官家

姑孰

新晴渡日百花香石子池頭鴨弄黃捲幔夕陽留不住好將風雨過梅塘

夜登金山

樓臺兩岸水相連江北江南鏡裏天蘆管玉簫齊送夜一聲飛斷月如烟

自嘆

爲覓少年心不得，當時感舊已潸然。情懷此日君休問，又老當時二十年。

延州詩

二郎山下雪紛紛，旋卓穹廬學塞人。化盡素衣冬未老，石烟都似洛陽塵。夢溪筆談：鄜州延州境內有石油，舊説高奴縣出脂水，即此也。生於水際沙石，土人以雉尾裛之，乃采入缶中，頗似淳漆，燃之如麻，但烟甚濃，所霑幄幕皆黑。予疑其烟可用，試掃其煤以爲墨，黑光如漆，松墨不及也。遂大爲之，其識文爲延州石液者是也。

嘗茶

誰把嫩香名雀舌，定來北客未曾嘗。不知靈草天然異，一夜風吹一寸長。夢溪筆談：茶牙謂之雀舌、麥顆，言其至嫩也。今茶之美者，新牙一發，便長寸餘，其細如針。唯牙長者爲上品，以其質幹土力皆有餘故也。北人不識，誤爲品題，如雀舌、麥顆，極下材耳。

陳丞相故宅

丞相旌旗久不歸虛堂寧止嘆伊威綠槐樓閣山蟬響青草池塘野燕飛夢溪筆談丞相陳秀公治第於潤州極爲閎壯池館綿亘數百步宅成公已疾甚惟肩輿一登西樓而已

歸計

住山人少說山多空只年年憶薜蘿不是自心應不信眼前歸計又蹉跎

漢東樓

野草黏天雨未休客心自冷不關秋塞西便是猿啼處滿目傷心悔上樓

鞦韆

香入熏爐禁火天芙蓉深苑鬬鞦韆身輕幾欲隨風去却恨恩深不得仙

仙都山

昔封華路上青山鶴馭遼天去不還惟有銀河秋月夜冏湖烟浪到人間

蘇小小墓

古木寒鴉噪夕陽六朝遺恨草茫茫水如香氣船如葉咫尺西陵不見郎

葛　蒨　字子發宮之弟官太常博士後遷居江陰

近造浮屠之悟空者覩君諆省王給事留題詩板列楣棟間粲然可誦因撫方袍之意成拙句以寄

昔年詩板著蓮宮筆力雄豪墨彩濃不日三階平國政山僧應待碧紗籠

翟　思　字子久本開封人徙居丹陽登熙寧三年進士自洪州教授除太常博士召爲御史起居郎知越州遷天

府

次祥卿焦山韻

窗影江光四面開虛空無處得生埃依依山頂雲飛去隱隱海門潮上來噴雪浪搥藏鶴塚落花風掃煉丹臺吸江亭上多時坐誰信茶甌勝酒盃

次董野迂焦山韻

四面江光不佳塵中流擁護有波神畫家點染圖多賡詩老形容語最真丹井泉來氷皴蘚石床雲臥浪摇身碧桃灣裏花狼藉一夜狂風斷送春

葛書思字進叔密之子登熙寧十八年進士官朝奉郎卒特謚清孝

喜子勝仲登第

廣場筆陣數千人喜汝穿楊箭鏃親慶緒綿長時幸會文科興

復亭還新昔年繼榜熙寧歲今寓同登紹聖春從此莫教書種
斷孫會亦復偁昌辰韻語陽秋

范寥字信中本范蜀公鎮之族客游丹陽遂居焉易東野助以資發和州張懷素逆謀授供備庫副使任潁昌府兵馬鈐轄坐不合收藏蘇軾詩文墨迹貶官紹興間起知邕州兼雍管安撫卒寥志尚卓犖屈身武弁志不得伸晚年遂以詩酒自放呂本中韓駒皆嘗與之唱酬

從庭堅城南晚望

此邦雖在牂牁南更遠不離天地間人生隨處皆可樂爲報中原只如昨京口耆舊傳寥謁庭堅庭堅已病嘗有詩云范侯來尋八桂路遠避俗人如脫兎爲寥作也寥亦有從庭堅晚望詩其間有云云亦以開釋庭堅遲暮之意

蔡肇字天啓一字文凱號紫薇舍人淵之子性高儁登元豐三年進士徽宗朝歷官戶部郎兼修國史中書舍人以顯謨閣待制知明州言者又論其與蘇軾往還包藏異議奪職提舉洞霄宮會赦復知睦州卒有遺文三十卷曰丹陽集王直方詩話夏畸道言蔡天啓訪見荆公公偶言及盧仝月蝕詩鮮有誦得者天啓誦之終篇遂爲荆

公所知　石林詩話王荆公在鍾山有馬甚惡蹄齧不可近一日兩校牽至庭下告公請鬻之天啓時在坐曰安有不可調之馬第久不騎驕耳即起提其鬃一躍而上不用銜勒馳數十里而還公大壯之即作集句詩贈之蔡子勇成癖能騎生馬駒復有身著青衫騎惡馬日行百里尚嫌遲心原落落堪爲將却是君王未備知士大夫自是盛傳荆公以將材許之云

題朱之純谷陽圖

陸機異時宅故物無復迹悠悠谷水陽野水凄餘碧我觀豪士賦文字豈不白一爲功名誤末路真可惜至今風雨夜哀鶴鳴不息千秋得吾人淨眼照阡陌結茅風雨際一悟世網窄古今一邱貉貴賤百年客閉門橙橘香隱几水凍釋我懈升斗祿矯首望八極人生勞佚間此殆天所懒鵬翔赤霄動鯨噴碧海坼爲爾具扁舟送此齒髮迫

次韻王彥昭昆仲題京口新居

我昔京口居屢爲南山遊古寺漪修竹平田漫清流四升崇邱望培塿見五州人生如埶田要待歲晚收內懼寡道力眇然侖前修六合不爲狹五畝亦爲謀何妨傍城邑心遠地自悠漕水應潮漲堂下可遭周葉落固有餘柿栗不外求生理如此足豈謝巖谷幽奈何不勇決一毫輒絆留余性本拙顛涉世易悔尤微官如溺鴨容易思罷休三龍亦馳騁詩好意則不

敬用旡咎學士年兄長韻上呈子方太僕

兩河郡縣淪西方西人思漢今未忘果園蕪沒白草芳靈州乃赫連勃勃果園旃裘戲馬譙家郎車箱峽口澗谷長旄頭倒挂回穹蒼王師西出討猾狂六花簇壘來堂堂前鋒銳頭臂兩槍伏轟讙索收生羌天聲隱轔搖姑臧奇兵繚臂斷饋糧決河有聲如壞岡城頭擊鐘聲殷牀萬甲幾欲漂無旁雖有伉健誰騰驤一夫不

敢陵彼墮馬首欲東傀歸裝緘䏿有策鬚眉揚歸來恍恍若有亡劬勞累日何由償戰鞍挂屋尋書囊日隨飛鴻思帝鄉彭城老將官橫行幕巾市市駿馭鸊鶘射堂兩部奏清商應弦破鏑如蜂房劉渭州射爲天下第一笑談斥土羈名王畫圖遣奏朝明光詔書留典眞乘黃錦韉玉勒春風香平池老柳高雲凉神駿在目豪吟觴聘下躞蹀驚梟翔皇居九衢天中央我時項背聊相望西城九月天隕霜夜談關塞評文章微言竊比惠與莊和詩禿筆覺我忙祝君翰養壽且祥功名有來成堵墻勿驚寒暑敗肉鬻龔弓箙矢用則張

寒江捕魚圖

海門山頭初日晴西津渡口寒潮生沙痕暗長島嶼沒但見漁舟縱復橫江烟漠漠飛鷗鷺着底寒魚冷難捕霜中漁父扣舷

歌明月蘆花不知處

申王畫馬圖

天寶諸王愛名馬千金爭致華軒下當時不獨玉花驄飛電流雪絕瀟灑兩坊岐薛寧與申憑陵內廐多清新肉騣汗血盡龍種紫袍玉帶真天人驪山射獵包原隰御前急召穿圍入揚鞭一蹙破霜蹄萬騎如風不能及雁飛兔走驚弦開翠華按轡從天回五家錦繡偏山谷百里烏弭遺塵埃青螺蜀棧西超忽高隼濃娥散荊棘苜蓿連天烏自飛五陵佳氣春蕭瑟苕溪漁隱叢話東坡集云申王畫馬圖詩乃蔡天啓作氣格有類東坡世因誤爲收入其後姑蘇居世英家刊東坡前後集遂刪去

冬日遊甘露寺

漕河膠舟水流咽水關著鍵行者歇大江伏槎臥長劍萬頃濕銀寒不結蓬萊諸仙亦避寒海門冥冥凍欲折翔風吹晚雁叫

空蓬卷松杉崖石裂道人丈室最高處地爐蒲團穩坐熱我來乘閑不問道方牀相對無言說

石排山渡行

中泠之西古石排狂波悍浪何能摧顛崖骨立不受土草木堅瘦知誰栽長蛇怒結花磥磈蒼隼饑嘯寒毰毸舟師雨汗渡洑水捩舵失手遭旋雷我行十月潮如落百仞屹立青瓊瑰天吳白鯨隱映沒貝闕珠宮空洞開沉沉窟宅閟奇鬼赤衣駕馬胡爲哉羣珠可燬不可照扶桑羲門歸去來

得奇石於峴山

州城西南五里間如渡鞏洛趨秦川土囊行盡跨山脊雲濤萬頃江掀天江南六月黃埃起嶺上行人多暍死車聲躑躅正煩寃石縫甘寒冽清泚茲山蟠伏信有靈窮幽訪遠恨未能山農

告異指南麓夜有虹氣如長繩朝擕長鑱剗草棘應手鏗然逢鉅石深藏疑有仙鬼護完好不受沙土蝕十夫募工挽使前舉身洶洶爭相傳置園輝澤被草木隅坐咫尺生雲烟自笑年來有師癖摩挲剔濯窮朝夕嵌形空洞出包藏玉質青温相靈璧沙痕洗盡圭角光卷崖透壑通中旁縷分淺黛泣微雨翠剥蒼蘚喻朝暘我昔扁舟臨古汴千金價市搜尋徧蘭皐西鑠蘄家園方丈瀛州眼中見君不聞米家硯山入禁中蕞爾卷石誰爲容乃知此亦有顯晦萬事默默由天公

和翟忠惠游焦山

吾聞海中之山名黛輿入紘九野水所輸沙痕蕝石記千古堯水滔天才一濡西瀦七澤並淮湖南傾百粤包荆舒孤根不畏波浪没正氣自有神明扶火輪纔升水鶴唳地籟所作江豚噓

佳氣鬱鬱崖不枯華堂五丈安方裾魚山清梵吼螺唄水師絕叫訶龜魚山靈護法踴車象石叟颭敵峻隈隅可憐蠻觸戰左右始信嬉姑勃空虛大千共此華藏海比邱無一鉢錢居君詩文采炳於菟我行稽留類賈胡何時妙語對竹榻清夜柏子燃銅爐卓錐之地雖亦無安用更求無價珠

烟江叠障圖

瓜洲東望西津山山平水濶生寒烟海門日出江霧破沿江山色寒蒼然五州京峴穹隆隱轔尚不見況乃鹿跑馬跡點滴之微泉中泠之南古浮玉鐘鼓下震蛟龍川樓臺明滅彩翠合海市仙山當目前輿來赤脚踏鰲背揮弄白日摩青天原松芊芊雪欲盡野氣鬱鬱春逾妍三更潮生月西落寒金萬斛流瓊田江山佳處心自省畫圖忽見猶當年有如遠作羡人別耿耿獨

記長眉娟雙瓶買魚晚渡立孤篷聽雨春灘眠篛林東坡知此
樂至今舟上漁子談蘇仙玉堂椽蠟照清夜葦間幽夢來延緣
山川信美歸未得送行看盡且作公子思歸篇

望海樓

城曉通霜白樓晴映霧殘玉蝀取噴薄鐵鳳舞高寒譏敢分丹
竈時能御馬鞍腐儒江海意燮莢得加餐

甘露寺遭火

聚壘魔宮殿毗嵐色界天劫灰迷狠石鉛水泣銅仙扁榜無佳
句華榱有勝緣大江春正碧白晝島夷船

登焦山二首

野曠天平入潮生海倒流帆餘闌嶠色雁帶玉關秋齋近鳥鳶
集漁殘網晷收雖云是吾土茲日始能遊

最鞍沽宿靄夕楫漾晴暉歲稔登新穀山寒御夾衣幽感廣嶽
角高遁故庵扉稍悔魚竿手頻年事鞅鞿

送錢濟玥倅蘇州二首

一尉東南屈指中雍容車騎舊兒童郎君扇枕家中晚侍史焚
香省戶空十里浮罘晴臥蝀一江春水淨磨銅三年官滿東吳
去爲具扁舟破浪風

洞庭飛雨打湘弦燕寢凝香思渺然四者難并知我老七言俱
賦爲君妍雜花遶徑迎籃轝春鳥喧洲起畫船聞道山公方啓
事重看一鶚在秋天

除夜宿垂虹亭

東南勝概未忘情老去扁舟復此行小邑歲除無市井下田水
落見農耕雪消西嶺層稜出春到重湖鱗甲生橋下霜蛟貪睡

美爲搥千鼓作雷聲

再至學省

平生擾擾復膠膠，學省重來歲又交。騎馬醉遭官長罵，讀書慚被學生嘲。何爲眷戀五斗米，便可經營一把茅。好買江千千箇竹，待看烟雨長春梢。

立春至焦山

歲爲茲山一再登，籃輿乘興驀溝塍。春生江海交流處，人在藤蘿最上層。畫鷁搶沙眠百賈，華鯨吼旦集千僧。（一作殘雪既能留野客，和風先與報山僧）道人邀上東巖宿，坐看冰輪半夜升。（一作更約同時命杖藤）

京口卽事和周開祖韻

模寫山川畫不如，送來我得卷還舒。廢興此郡多遺事，搜索因君得盡書。刼壞丹青無晉舊，地窮岡塹是秦餘。試參故楮來真

賞定有能知近代歟

送朱行中守潤

東南聞詔想風流竹馬津亭待去舟夾案曾爲新右史分符仍是古諸侯大江注海吞三島高閣臨城覽五州筆力自能迴造化鶴林神女謾來遊

寄京口新居

橘圃青黃星照屋竹林修竦翠攙雲千頭固不羨汝食一日可能無此君爲結茅齋依法露欲攜藤簟洗餘醺要來靜處回光座閱世眞如過目蚊

彭君宜江上新開軒

老至登臨興未窮扁舟幾欲拭秋風能開勝地留連我只在高人指顧中暮靄先昏瓜步巷寒潮猶打蒜山宮請君剩汲中冷

水客至何妨酒屢空

登多景樓

臥病江邊一釣舟江光晚色淨淹留山蟠京峴城隨仄水合中泠海共浮席有笙簫吹井陌齋餘鐘梵到林邛道人說合龍天出未暇燃犀照九幽

游浮玉三首

百川日夜赴淸濤此地朝宗見本心蒼鵠養雛歸絕壁老蛟伏卵護寒金江昏潭火何從起歲旱豪牛或可沉誰把孤根擲天外免令游客費閑吟

中濡南畔大叢林龍象初排四衆欽一月遍收銀色界兩山相擊海潮音安心已竟元無法舉意全抛莫浪尋且使後來誰措手樂天贏得掉頭吟

曾訪山中支遁林厭聞鐘鼓日欽欽百川赴海通三島萬籟逢
秋其一音折戰戰痕誰共弔浮杯足跡杳難尋魚峯梵唄隨曹
植試聽雲間鸞鳳吟

登城見古陵墓

諸豪衰季此并吞形勢當時苦未論不見江山開北戸竟隨王
驚走中原雄心尚記蒼崖石戰血今消折戟痕枯冢至今餘拱
木夾城風雨有孤黿

次韻周開祖九日登金山

恨不從公此日遊憑陵天塹擢黃頭江同巨浸吞三島雲破危
欄覽數州故事能追彭澤亮清談思對漆園周黃花白酒鱸魚
晚別有江南一段秋

北固山

一徑杉松馱晚烟漸看臺影入雲間江拖縞帶縈危堞地注青螺出遠山當日英雄無復見此時簫鼓有誰閒我來應被藤蘿笑塵滿衣冠盡厚顏

題畫授李伯時

鴻雁歸時水泊天平岡老木向寒烟付君餘地安餘艇乞我寒江聽雨眠

汎舟橫塘遇雨

平野風烟入夢思殷勤作畫更題詩扁舟臥聽橫塘雨恰遇江南歸雁時 墨莊漫錄天啓官京師日有藪澤之思常於尺素作平岡老木極有清思因授李伯時令於餘地加遠水歸雁扁舟以載天啓題詩云云伯時嬾不能竟他日王漁之取去以示宗子令詠卽取筆點染如詩中意天啓見之愛其佳俊天啓汎舟橫塘遇雨閉蓬而臥夜分不寢聞歸雁聲因復爲詩云云

從孫元忠乞貓

厨廪空虛鼠亦餓終宵齕齧近秋帷腐儒生計僅黄卷乞取銜蟬與護持

題李世南畫扇

野水潺潺平落澗秋風瑟瑟細吹林逢人抱甕知村近隔壁聞鐘覺寺深

過邢惇夫墓下作

人物于今歎渺然孤墳宿草已生烟日暮行人道旁歇應逢年少共談元

題李伯時照夜白馬圖

天上房星不下來連山芻粟飽駑駘龍姿逸駕飛騰盡賴爾毫端力挽回

送洞元法師歸茅山

絳節飄飄下蕊清更參隱訣制頹齡若逢方丈龐眉叟來受囊中赤甲經

一庵疇昔共嶔崟古木垂陰歲月深恐是三生房次律要隨籐杖去重尋

題三茅風雨圖

筆間雲氣生毫末紙上松聲聽有無收得三茅風雨樣高風六月是冰壺

吕山龍池在宜興有秃角白龍穴其中將雨則見

南山鼕鼕天作鼓號召諸龍盡行雨惟有秃角最先到潑墨雲中雪鱗舞

雨中游西庵

夾岸鳴鑾早渡同冥冥江色未全開西庵要看千峯碧更有江

南半月梅

大港郎事次韻

村落家家有酒沽黄童白叟醉相扶恨無韓滉丹青手更作豐年幾幅圖

野草追隨岸接籬紫荆門巷日平西自言今歲春耕早臘雪消來水一犁

送王左丞五絶

德星行斗牛人物東西夥太史告占書發春朝玉座

江左名父子風流適兹還而宗有勝韻覺在正始間

浮名渺吳會耿耿千里淮朔風吹高鴻安得與人借

三豎真得象九師遂亡羊寥寥千載餘煥發天地藏

歲宴風落木野陰水增波齋舲如傅翼一舉君謂何

補遺

沈括

在當塗

豹塘春水綠泱泱謝市烟深柳線長捲幔夕陽留不住好將風雨過橫塘

曲阿詩綜卷之六終

曲阿詩綜卷之七

丹陽後學劉會恩時菴輯

宋

陳　輔

字輔之其先自九江移居丹陽少負俊才不屑舉科舉文詞雄偉不蹈故常尤工於詩自號南郭子人因稱南郭先生與王介甫善介甫執政絶迹不通孤介寡合不仕不娶古獨行君子也一時名士蘇公軾鄒公浩蔡公肇沈公括皆與之游有集四十卷自治平至元祐二十卷爲前集自元祐抵政和二十卷爲後集

梁父吟

梁父吟梁父吟泰山之頂可理金噫嘻蜀道徒崎嶔南風來舜琴梁父吟梁父吟佳人未偶頻傷心四時有恨秋偏深綠絲空蒲簪

牛角歌

牛角歌牛角歌日暮寒雲滿碧陂騎牛下山歸曲阿湖烟濕我

裴牛角歌牛角歌浩浩者水魚弗過夷吾向說不我和嗚呼夷吾奈若何

悲昔遊

昔吟梁父思泰山又歌牛角悲其寒鮑徐英魂今何在嶺雲闗月何漫漫少强眼爲傷時切老大昏花心易急石崗題墨幾秋風入世功名杳無迹君不見漢千秋唐馬周元談徒步皆公侯賈生竟止梁王傅三世郎官虚白頭風雲自古雖傷偶用舍何嘗繫能否但知信足任平生計度不如多飲酒願將梁父吟變作杕守之聲音願將牛角歌轉調紫芝絃玉琴五陵石馬散黎軸惟有箕山青到今

湖上有作

平湖共天遠浸月坐寒光乘流溯荃壁棹舟尋葯房佳人折輕

荷隨風來珍杏顧盼但微笑眉宇何清揚日暮共携手遥指烟中湘

登北固山

古城龍頂直孤角雁行稀海月天懸鏡江雲地作衣楚封山或是秦鑿事遺非千古英雄恨漁人一笑微

題茅山

積金峯頂作屛遮寶閣横空叠彩霞鶴駕往來茅許宅龍耕交會郭楊家洞天有望人如玉塵世休觀事若麻我是右臺舊僚友盍尋歸路種雲芽

訪建康楊德逢題壁

北山松粉未飄花白下風輕麥脚斜身似舊時王謝燕一年一度到君家苕溪漁隱叢話楊德逢隱居金陵輔每清明上冢即過湖陰之居清談終日元豐間頻歲訪之不遇乃題

此詩楊歸見之吟賞不置嘗稱於荆公公笑曰此正戲君爲尋
常百姓耳楊亦大笑

過延陵

兩年一劍爲誰留古邑重來四十秋不是過辭元亮酒知公偏
愛赤松遊

下泊宮

咸陽龍虎此飛昇二弟東山道亦成不見棠梨司命宅空餘丹
井一泓淌

玉蘭軒

長史此軒多種竹隱君南洞少栽花藍橋西路青青處指得瑶
見似虎牙

山居

山中老樹秋還青山下漁舟傍晚汀一箇月明人不識自家吹

與自家聽

山腰石有千年古海眼泉無一日乾天下蒼生望霖雨不知龍在此中蟠

草堂自題

湖水如雲遶郭斜茂林修竹野人家宿醒過午無人問卧倚東風埽落花京口耆舊傳或誦此詩於安石安石云詩甚佳但落花無聲宜改聽爲倚

翟嗣宗字子續思從姪官臨淮尉

偶見蜘蛛因成四韻

織絲來往疾如梭長愛騰空作網羅害物身心雖甚小漫天綱紀亦無多林間宿鳥應嫌汝簾外飛蟲亦懼他莫學螳螂捕蟬勇須知黃雀奈君何復齋漫錄翟尉臨淮頗爲監司所窘遂於館驛題蜘蛛云云林子中時爲發運過而見之召而誚責且戒以毋爲浮薄因薦之於朝

邵緝 元之族神宗朝提舉淮南常平事

題長興吳城

高臺無地曲池平漂泊句吳宿古城一岸濕雲沉夜色四山涼葉下秋聲

蔡載 字天任淵之次子肇之弟詩句雅健似李長吉元豐中嘗爲晉陵薄尋以薦改承事郎靖康中李綱辟爲御營司建炎中董耘薦爲端明殿學士俱不就以壽終

題無錫錢甥伸仲溧塘村園亭四詠

遂初亭

結廬旁林泉偶與初心期佳處時自領未應魚鳥知

望雲亭

白雲來何時英英冠山椒西風莫吹去使我心搖搖

芳美亭

高人不借地自種無邊春莫隨流水去恐汙世間塵

遁惠亭

水行天地間萬派同一指胡爲穿石來要洗巢由耳

容齋三筆錢伸仲大夫於錫山所居漆塘村作四亭自其先人已有卜築之意而不克就故名曰遂初先壟在其上名曰望雲種桃數百千株名曰芳美鑿池通泉或以爲與惠山同味名曰遁惠求詩於一時名流自葛魯卿汪彥章孫仲益既各極其妙而毋舅蔡天任四絕獨擅場諸公自以爲弗及也庚溪詩話蔡天任頗工詩筆力窺陶謝之藩錢伸仲漆塘詩惟天任語簡而意遠諸公服其韻勝

題膠山寺繡佛

妙相本天眞針針巧人神幾多瞻佛者還想用心人

蔡居厚字寬夫熙寧御史廷熙之子登紹聖元年進士大觀初拜右正言累官徽猷閣待制著有詩話三卷

句

先生萬古名何用博士三年冗不治 爲大學博士和人韻

葛次仲字亞卿勝仲之兄兄弟皆爲大司成有集句詩三卷

崑山慧聚寺集句

全吳臨巨溟皮日休 青山天一隅李頎 靜境林麓好陸龜蒙 勝槩凌方壺李白 泓泓野泉潔韋應物 曖曖煙谷虛韋應物 攀雲造禪扃韋應物 躋險築幽居謝靈運 道人刺猛虎李白 復來薙榛蕪杜甫 咄嗟檀施同杜甫 以有此屋廬韓愈 側疊萬古石李白 功就豈斯須賈島 磥砢成廣殿陸龜蒙 鬼工不可圖皮日休 有窮者孟郊韓愈 過此亦躊躇孟郊 賦詩留巖扉李白 詞律響瓊琚錢起 我訪岑寂境陸龜蒙 幸與高士俱韋應物 時升翠微上李白 凉閣對紅蕖韋應物 岸幘偃東齋韋應物 果藥雜紛敷韋應物 上方風景清白居易 華敞綽有餘白居易 高窗瞰遠郊韋應物 萬壑明晴初霽已韋應物 賞愛未能去韋應物 頳霞照桑榆宋孝武 老僧道機熟柳宗元 閒持貝葉書柳宗元 秉心識本源杜甫 高談出有無李白 茗酌待幽

客（李頎）合煩抱（韋應物）儒道雖異門（孟浩然）意合不爲務（李白）抖擻

垢穢衣（白居易）惟有牟尼珠（杜甫）餘生願休止（賈島）投策謝歸塗（錢起）

葛勝仲（字魯卿書思之子鄉貢三試皆第一登紹聖四年進士第一名元符庚辰中宏詞科累權國子司業遷太常卿召續大常因革禮書增爲三百卷終華文閣待制卒謚文康著有丹陽集二十四卷丹陽詞　魯卿爲太學正帝幸學多獻頌者勝仲獨獻賦中書第其優劣勝仲爲第一）

題觀音院德雲堂

弱水無風到海山慈容親禮紫旃檀亭亭寶刹凌雲近湛湛清池潑玉寒橘瘦暗飄紅萬顆竹迷曾蒔綠千竿藕花不是南朝夢眞有殘香透畫闌

妙行堂

妙行堂前聳碧鮮壺中軒外疊巑岏山門靜對青霄潤佛殿寬闉碧玉寒躡屐喜隨談理客饋漿驚見字民官開山老衲存遺

像試問何如釋道安

翟汝文 字公巽思之子登元符三年進士除議禮編修官累官翰林學士改顯謨閣學士知越州兼浙東安撫司紹興元年召爲翰林學士同提舉修政局尋參知政事與秦檜不合罷去汝文風度翹楚好古博雅精於篆籀書畫政和時汝文爲中書舍人一時更制樂章勒銘彝器凡大制作皆出其手所著有東漢通史五十卷圖學五卷唐聞三卷八物志五卷忠惠集三十卷卒謚忠惠葬於邑之九靈山

北固山

山形鬱長虬掉尾趍平川迴峯聳巔巔厲殿凌雲巔登臨望八極天蓋垂空元鴻濛一氣亂鬼物半塗顛天風河漢響戶牖斗柄懸黃圖昔散漫赤伏竟徂遷淒涼霸氣歇旋倚平臺蔦山川宛如昔獨爲騷人妍江聲戰九地幽憤爲誰渝晴雷殷列缺電火搜蜿蜒裔皇故代物猛熾隨飛烟僧繇六花佛生面行差肩錦衣類帝網肉髻浮青蓮巍峩開元帝玉座猶高懸舊迸陸子

寫青猊戲芝田蕭梁遺巨鑊彷佛像姦鎢贊黄藝兩栢鬱屈蛟
龍纏空焚蕩灰刼涕視悲人天鏗鏘斧斤初千楹爇修椽蒼頭
封草樹佳氣封雲泉孤標危塔湧迴佛層陰堅滇翻塔影倒天
轉磬蟻旋谷嗟一彈指悲悟三生緣有生甚脆弱膏火消煩煎
喟彼昔夸奪修羅搆戈鋋吾將詣洪鐘須彌叫金仙

焦山

水輪依風負坤輿百川東流周灌輸掀巾之陂莽吞受沃焦之
山初不濡雲根終八插江湖狂瀾滔天隨卷舒空神迴標避突
兀海門排胥叟相扶僧居蠔山迷向背佛宇蜃氣成吹噓我游
元冬崖壑枯洪濤濺雨吹裳裾風來雋潮愁海若滇漲跋浪翻
鯨魚虞淵咸池相蕩潏月阿日窟漂方隅此身浮漚一緣聚四
大溼相彌空虛鉞鋒懸持妙喜佳歸睫坐睨焦螟居山中老禪

眠於苑香飯遺化分雕胡重淵吞涎舞蛟首方丈宴寢凝熏爐衣寒月上照濁水乞取壞衲摩尼珠

張綱 字彦正金壇人占籍丹陽故宋史直書丹陽人宋榜亦云丹陽以舉首貢辟雍試內舍上舍皆第一登政和四年進士高宗朝屢官吏部尚書參知政事以資政殿學士知婺州到任卒謚文定改賜章簡一云改謚文簡綱幼負文學盛名金國賀生辰使敬嗣暉入見奉詔館伴嗣暉謂其副曰我自幼聞此公姓名今尚在耶執禮甚恭令人推重如此所著有華陽集四十卷六經辨疑五卷確論五卷告歡集三卷聞見錄五卷瀛洲倡和詩八卷

次韻李公顯

士有鴻鵠志萬里一舉翮胸中自廊廟肯顧三畝宅李侯氣遒爽詞鋒凜霜戟老夫結晚交文會欣有繹劇談到時事唾手欲任責短褐天路高畎畝抱忠赤風雲惜變化泥蟠等蜥蜴結茅西山下樵爨走僮獲富貴會有時簞瓢豈不適世態翻覆手寧較黑與白興來時一杯南窗俯遥碧

讀周仲弼雪中友人過訪詩次其韻
騎馬走天關着破幾狐裘功名藐未涯日月去不留從來吾本疆游談媿伎鄉閉門有樂地安用兒女憂故人寄新詩卷軸紅牙頭飄飄然雪中作乘興將誰謀相與情未疎連夜飛輕舟此身一縷微豈待萬戶侯有酒且共樂貧交乃勝遊

次韻蘇養直破敵謠
旌旗千里照江紅學語小兒爭挽弓春風江岸草無際馬蹄踏偏青茸茸將軍面作石稜紫百萬敵人陣前死游魂假息渡長江京觀應慚望西淵蘇侯筆力壯三軍破敵長謠入眼驚何當更獻中興頌坐看萬國朝神京

次韻酬彥造
浮榮過眼風脫葉駕行無復淸景接柴門晝閉雀可羅寒日暉

暉弄蹀樾已匯芳蘭滋九畹更遣胎仙舞三疊李侯壯志亦可
人舉目萬里欲橫絶醉眼時看石稜紫吟髯半作霜棘折方今
聖王躬勤儉奏賦不須誇羽獵中興盛事要磨崖老手文字誰
踰結願君勉力上扶搖渺渺雲海出飛楫莫隨鍛翮卧窮巷謾
學啼螿弔寒月

次韻公顯木犀

鋪茸紫葵亂晴飔點金寒菊棲短籬木犀韻高陋凡枝蘭與葵
菊同堦墀香聞十里自絶奇造物豈偏雨露滋聞見層出珠琲
垂鵝黃靚粧宮樣宜烟銷紅日下薄帷宴坐幽窗風度時頗覺
飄飄蘭蕙姿着人不去催作詩李侯爲續離騷辭香草端從筆
下移花前把酒不停披何以酬君金屈巵

聞官軍掩殺城中羣寇次傳道韻一首

未復錢塘郡光收鐵甕城妖星隨月落殺氣逐參橫已築鯨鯢觀重新鼓角聲大江應好在流恨幾時平

賦隨恩詔免恩浹大江浮人少餘新市城荒到古邱瘡痍誰共理宵旰獨深憂莫上西樓望黃雲滿眼愁

秋日野望

秋雲來不斷野色浩無窮興逸煩襟外詩成醉眼中懷鄉看宿鳥轉物悟飛蓬何日江南去新鱸鱠筯紅

對月

蓬鬢秋風老柴門轍跡疎誰同今夜月望絕故人書止酒愁元亮何心賦子虛得詩還喜誦習氣未全除

讀書

却老慚無術驅愁頼有書披尋窮浩渺領畧造元虛窓日三竿

靜爐薰一炷餘倦來還自哂蠹簡類蟫魚

夜雨

夜雨妨清夢疎簷落細聲幽懷無客語偶坐有琴横水濶柴荆迥風高雁鶩驚感時思報主材薄媿平生

木落

木落秋聲迥山寒暮色連時危羞冕綬身老寄林泉濁酒杯孤憤清吟續短篇一枝吾已足鴻鵠謝哀憐

日暮

地偏車馬靜門閉水雲深野艇收晴網村舂續暮砧危腸逢酒怯病骨畏寒侵又見歸鴉盡誰賡梁甫吟

探梅

俗態多違性幽梅不近城詩書看長物林壑寄餘情傍驛尋梅

便衙寒過麴生一枝供細酌歸路見珍橫

九日陳少陽同戴國衡王虞章游大淸寺菊坡不蒙見約

次韻少陽

太邱道廣固難周自有良朋結勝遊莫使彈琴防性氣只堪尋竹占淸幽三篇解索詩償債一醉那無酒破愁料得淵明在環堵忍教空負菊花秋

書懷

紛紛兒輩護同時獨負權奇不受羈刻燭已驚詩句速飛觴肯放酒行遲平生白璧休三嘆萬事黃粱僅一炊誰向先賢得風度空令人笑虎頭癡

索仲弼和詩且邀奕

任言吐屑破春溫落落胸懷自不羣百萬買鄰輕去我十千沽

酒屢思君懶償詩債緑何事熟讀兵經要異聞挑戰會從今日始待嚴旗鼓送將軍

送春

滿眼鶯花自在春送春情緒怯愁新鼓琴不用藏安道行酒却須温太真晚歲深交能有幾相逢爛醉莫辭頻新條更有明年在重與東風作主人

歸鄉

窮巷歸來已白頭結茅何必傍休休好山當戶碧雲晚明月滿谿寒篝秋詩社縱添新句法醉鄉難覓舊交遊平生幸自無機械一棹夷猶去狎鷗

晚興

衰草連雲萬木風天高滅没見孤鴻夕陽人散酒旗下遠浦歸

船漁笛中兀兀松窓瀏蠹簡番番蓬鬢颯霜叢自憐世味諳來慣已覺忘辛似蓼蟲

老夫辭榮里居行年八十酒間謾成拙句述意而已不以示外也

莫笑樽前白髮翁曾騎竹馬戲元豐年彌八十癡頑在身荷三朝寵眷隆綠野敢將前哲比香山幸有老人同與來尚欲尋幽去收拾殘春杖屨中

庚午三月十日遊茅山

雨餘沙逕淨無泥杖策何妨過竹谿迎客野花隨處發勸沽幽鳥向人啼峯巒路轉攀躋倦樓觀烟深望眼迷疑是武陵仙地隔坐來還想舊桃蹊

上元

上元春色厭輕寒故事賓僚集晚筵合座看浮花裊娜捲簾風定月嬋娟閶闔盡道宜新歲燈火何妨減去年堪笑樽前窮太守只愁老病欲歸田

休官

乞得清朝一病身杖藜歸去老山村室廬旋築新居就松菊猶尋舊徑存慚喜有緣窮野興只慚無路報君恩百年來日知餘幾且把生涯付一樽

題喜歸亭

君恩賜我老菟裘旋築池亭野趣幽地勢曲連青嶂遶波光環匝翠烟浮興來樽酒隨時辦客散琴書盡日留爲問標題意何在一生心足是歸休

送曾孫省試

英髦雲集幾千人羣試爭看藝絶倫一鼓搴旗先作氣三場下筆要如神決科無失青氈舊拜賜重添綠綬新孫枝吾欲見夢寐已到上林春

見華陽舊題石刻

舊句人貞珉新題亦已陳光陰如許逝誰是百年人

夜坐

年少詩狂不自禁那堪客裏聽孤砧窓寒夜半月初上酒盡欲眠愁更深

題華陽南窓

擾擾何年斷俗緣從今便合老山間合將碧澗洗心淨坐看白雲終日閒

聞大帥勇決直趨北界喜而作此

牙旗動處擁貔貅直渡黃河塞草秋百萬敵人陣前死肯教衛霍獨封侯

弟姪三人同日受官實爲吾家盛事老懷不勝忻喜作四小詩見區區之意

恩光初自九天來玉樹三枝一日開造物無私人共慶那知陰德舊栽培

三世追榮荷聖恩諸孫仍見捧絲綸當年孝友家聲在流慶增光屬後人

恩袍新綠照新秋文雅鄉評早見收王謝故應人物勝芝蘭生處自風流

清時得謝老山村弟姪相過慶一門結綬滿庭青若若莫辭勤苦報君恩

寄宿隱靜東軒軒外竹引飛泉落池中隔窗聞之如秋雨
瀉簷聲

踏殘西日寄僧房一炷爐薰秋夜長誰作響泉喧客枕夢回欹聽雨淋浪

南洞即事

紫綬金章八十三衰殘不稱舊官銜煩君寫作歸田老野服翛然坐碧巖

洪興祖字慶善登政和八年進士賜上舍出身高宗朝召試授秘書省正字歷官提點江東刑獄知眞州饒州秦檜當國以怨望編管昭州卒興祖經學明甚議者謂其以此賈名譽晚以此買奇禍更化之後其子上書訟寃始加卹典所著有春秋本旨二十卷周易義二十卷古易考異二十卷古今易總志三卷論語說三卷左氏通解十卷孝經序贊一卷聖賢眼目一卷補註楚詞十七卷韓文辨證年譜各一卷註黃庭內外經二卷編次闕里譜二卷宋史儒林傳興祖知饒州初夢持六刀覺曰三刀爲益今倍之其饒乎已而果然

拂雲亭 在眞州東園

黃雲收盡綠針齊江北江南水拍隄野老扶携相告語兒童今始識鋤犂

吳致堯

字聖仁延陵人京口耆舊傳云延陵故地今隸丹陽因附於丹陽人傳末宣和間爲安化令以事忤當路即爲歸隱論次所爲文名歸愚集聖仁長於集古句作集句調笑甚工宣和間曾經御覽云

五盋山

紫盋修連延五峯似隨輀何如惠我民飛雪遍岡原

邵彪

字希文登宣和三年進士歷崑山主簿登州教授國子監丞知處州彪以文受知當世茁劉之誅李誠之流皆有紀載字畫端勁世其家學

丹陽懷古

故里詩人去湖山最寂寥草深張祜宅花暗許渾橋鳳髓何時續逢萍觸處飄鴻冥杳難及霜鬢雨蕭蕭

蘇庠

字養直，其先亦泉人，頌之族伯固之子。初嘗一就舉進取，中程以犯諱黜，由是悟得失有分，安貧守道，不復事。沉酣詩酒，寄傲江湖間。其爲詞發語出觔驚人。以病目自號眚翁，後徙居邑之後湖，更號後湖病民。紹興閒居廬山，與徐俯同召，不起，卒年八十餘。自後湖集鶴林玉露：紹興間，養直與徐師川同召，師川赴，養直辭。師川造朝，便道過養直，留飲甚歡。二公平日對奕，徐高於蘇，是日養直拈一子笑視師川曰：今日須還老夫下此一着。師川有愧色。

贈邑令章夏

絃歌武城宰，遺芳歎漢官。莫懷千載憂，且畢今日歡。亭午百吏散，曲肱謝喧煩。況看古錦句，落筆酬江山。

題塘坳山風漪軒

竹陰既疏朗，流泉復清駛。佳響聞山泉，凉風澹然至。幽人此安禪，閱世一遊戲。何必周八垠，是中有能事。

淸江曲

屬玉雙飛水滿塘菰蒲深處浴鴛鴦白蘋滿櫂歸來晚秋著蘆花兩岸霜扁舟繫岸依林樾蕭蕭兩鬢吹華髮萬事不理醉復醒長占烟波弄明月苕溪漁隱叢話東坡云此篇若置在太白集中誰復疑其非也

後清江曲

層波瀲瀲山蒼蒼輕霜隕木蓮葉黄呼兒極浦下答箵社甕欲熟浮蛆香輕帆浙瀝鳴秋雨日暮承流自相語一笛秋風萬事休白鳥翩翩落烟渚

贈王文孺耀菴

王郎耀菴摩詰詩烟花遶舍江遶籬石渠東觀了無夢筆牀茶竈行相期古人已往不可作甫里顧有今天隨東鄰蟹舍肯著我繭辦蓑笠懸牛衣中吳紀聞吳江王份字文孺自號耀菴嘗築圃於松江之側置樹作址計三百萬錢圃成極東南之盛蘇庠詩云云

送子經歸臨安

牛背行將老鷗沙盟已寒蓴鱸付張翰書札報任安古學飽胸次驚瀾翻筆端西湖千頃月留取醉時看

至湖上

沙晚水痕碧蕭蕭蒲葦秋鴻飛遵遠渚木落見滄洲藤杖吟還倚風帘行可休有懷誰與共暝色起林邱

宿飛來峯下

吳中未歷佳山水湖上懷思去惘然雲去雲歸兩峯寺鷗飛鷗沒夕陽天客愁官渡落花雨歸夢下湖春水船想得對床成夜話何須隴月向人圓

贈王文孺耀菴

笛弄松江明月蓑披笠澤歸雲若道青霄快活五侯何處如君

浮天閣

玉蟾飛入水晶宫萬頃琉璃碎晚風詩就雲歸不知去斷山零落有無中

秋落空江動碧虛黄蘆洲渚雁飛初我來欲訪鴟夷子為挂西風十幅蒲

平遠堂

郊外西風六幅蒲野塘睡鴨對春鋤何如唤得王摩詰畫作江南烟雨圖吳郡志羅菴在松江之濱邑人王份有超俗趣營此以居闔江湖以入圖故多桃塘花嶼景物秀野名聞四方一時名勝喜遊之士皆為題詩圖中有與閒平遠種德及山堂四堂烟雨觀橫秋閣凌風臺鬱蔥鉤雪灘琉璃沼羅翁澗竹聽龜巢雲閣纈林楓林等處而浮天閣為第一總謂之羅菴份字文儒以持恩補官嘗為大冶令歸休老焉

題張公洞

銅官之南山復山捫蘿絶壁苔蘚斑只今何處可容足乞我石

房雲一間

德友近山咫尺乃不相遇因成一詩

十日已吹梅信風絕憐未許一樽同喜君不減曾王簿媿我殊非龐德公

德友求薝蔔花栽戲作小詩代簡

問訊雲蘿小隱家煩將醉墨半欹斜酒餘落筆已殊絕發興不須薝蔔花鉄網珊瑚紹興中建安徐𦙍跋云蘇公隱丹徒五召不起周君德友王縣簿願從之遊文書往來委曲如瑣求之古人未易一二也

翟耆年字伯壽汝文子好古文介不苟合放浪山谷著書自娛范宗尹欲召之蘇庠曰翟子淸獨太明此張惠恕所以不能取容當世也

題米元章畫後

慣作無根樹能描朦朧山如今身貴也不肯與人間

陳序字彥育蘇庠學詩門人受知於浙江向伯恭邀與同行妻以愛姬姬迺葛公元孫也伯恭聞於朝授和州文學終刪定官有碧巖集後徙於句容之華陽山

游茅山和諸姪

山南細路半青霄今日同遊非俗交浮玉故鄉驚上國埋丹倩夢記中茅峯頭仙客歸黃鶴石面靈根走翠蛟見說西園淨草莽手栽寸柏已勝巢

遊鍾山題八功德水菴壁

寒騎瘦馬度山腰目斷清溪第一橋盡是帝王陵墓處野風荒草暝蕭蕭

十年塵土暗衣巾亂走江鄉一病身西第將軍成底事此朝開府是何人

葛立方字常之勝仲之子自號懶真子與弟立象同登紹興八年進士歷典閣官至吏部侍郎所著有西疇筆耕

方輿別志外制集毛晉云常之諸書其膾炙人口者莫如韻語陽秋前有小引以晉人褚裒自況託故人徐祚爲之序未果而裒復於夢中索之豈文人平生得力處至死未能已已耶其題草廬云歸愚識夷塗游宦泯捷徑故文集與詩餘俱名歸愚

余居吳興泛金溪上暇日率同志挐小舟載魚鼈蝦蟹命五比邱誦寶勝佛名若十二因緣法作梵唄捨之溪中坐中有請作詩以紀事者余輙爲書云

漁師竟日漁水族作斤賣小捐使鬼兄滿載獲鱗介鯢鯨未易羅所得亦殊態青蛙盡公私朱鮪兼小大霜鱸尚貫針土負或黏塊輪囷積文螺郭索走著蟹淫沫相呴濡自分者煮薑芥豈知惻隱人規作江湖貸因呼小青翰收留舞澎湃趺坐延黑衣號佛指清瀨經飛流水篇流水長者事見金光明經梵起魚山唄傾盆帶寒藻囷圉看于邁驚疑或依蒲喜躍或生喝快若鷹辭鞲歡如因破

械定非校人池恐是餘不派願汝藉佛力永脱鉤網債口腹耶爾耳香餌莫渠愛

九日洪慶善 名典祖次韻

眼前逢九日習氣自多生官今有閒趣花開無世情元亮何許足素澹第存名有感風狂似東籬且掇英

新城道中

已去日邊遠宜春程尚賒呼童秣征馬帶月趁啼鴉橋斷復揭水路窮還渡沙誰能飾厨傳畏飯野人家

喜子邲登弟

吾家五世十三人競埂丁枝擷月輪屢歷賢科開後奇隆典儒業繼前程泥金帖報家庭喜燒尾筵開帝里春從此傳芳應未艾桂香早已襲天倫

避地傷春

洛陽宫闕半成灰草草花枝濺淚開國色天香消息斷妝臺誰
奉紫金杯

石門連日動征鼙花柳無情自繞溪回首故園今好在杜鵑花
落子規啼

次韻洪慶善同飲道祖家賞梅

末上風光驚老眼斬新香韻老騷人霜清月淡虛庭裏玉骨幽
貞不嫁春

寒葩脈脈畫堂新同是巡檐索笑人獨把幽姿伴冰雪舒花結
蕋不因春

立盡黃昏賞玉肌月華無語上疎枝絶憐睡熟含章畔無限花
飛總不知

湯喬年字壽隆博學工文慷慨自負秦檜欲館致之使學官諭意喬年曰是主和議者吾方爲天下讐之又安能出其門下乎後以特恩授迪功郎韶州推官不赴老於家弟修年字壽貞登紹興二十四年進士亦能詩終揚州教授

梁寶寺

田舍風光逈僧房氣象深未窮千里目聊慰一時心遥樹輕烟入孤村落日侵自非眞靜者誰復有幽尋

陳東字少陽以貢入太學欽宗時率其徒伏闕上書論蔡京王黼等誤國姦狀又上書請留李綱高宗卽位召至行在上書乞罷黃潛善汪伯彥會有布衣歐陽澈亦上書言事遂以事激怒高宗與澈同斬於市越三年高宗感悟贈東承事郎紹興四年加朝奉郎秘閣修撰賜官田四十頃其弟南復輯遺文八卷名曰盡忠錄 戴埴鼠璞靖康中孫覿論太學生陳東誘衆伏闕爲亂建炎中黃潛善輩寘東極刑覿潛善不足道也張魏公亦奏胡珵筆削東書欲使布衣操進退大臣之權幾至召亂遂以飄狂生規撡國是將珵追勒編置或謂魏公乃潛善客呈明諭李綱客也因借此去之公亦爲一代人物宗主亦復有此失高宗特以靖康之鬭爲懼不欲伏闕邪不以言罪人他日贈東

官祭東墓贍其家一而官其後以身前布衣為身後法從棄亦無憾嘗曰朕即位聽用匪人至今痛恨之贈官推恩未足稱朕悔過之意死者不可復生追痛無已聖心惻怛如此予深為魏公惜之

詠桃花菊

潘郎甘望塵陶令亟避俗胸中定何如清濁在一矚河陽艷桃李彭澤醉秋菊所好邈如許二子殊品目詩人易評量忍使混衡斛當是水鑑磨要遺鬚眉爛勿容脂粉姿濫入珪璋錄神仙眞溯茫浪說武陵谷不如臨清潭飲水樂自足誰令春雨紅點污秋株綠寒根豈無知風霜怒膨蓄令尹作安仁腰帶肯輕束脫巾漉酒漿黃花泛新馥

尹舘作此覓酒召李順之飲

今日天色惡酒壺恰已空何來進童子挈榼問主翁主翁正對客兀坐書堂中諸生功課畢鼓瑟歌醉翁愛酒欲出門杖頭無

青銅春衣典又盡摟索計已窮酒與不可遏不免作詩呼進童空壺挈將納質庫爲我邦致饗厌紅得酒須尋愛酒伴更煩與召隴西公

太學大雪 在太學中作

飛廉强攪朔風起朔風凜凜酒中土雪花落地不肯消億萬蒼生受寒苦天公剛被陰雲遮那知世人凍死如亂麻人間愁歎之聲不忍聽誰肯採摭傳聞達太上地行賤臣無言責私憂過計如杞國摘雲直欲上天行首爲蒼生訟風伯倘信臣言憐世間開陰闔陽不作難便驅飛廉因下酆都獄急使飛雪作水流潺潺東方日出還照耀坐令和氣生人寰 孫雲翼云于湖月蝕詩自擬風伯須令先生此詩遂成三絶

謝温州黄仲達送鄂州瓜虀

貢夫子從汝上來三束瓜虀送風士應知我亦困虀鹽肯食沽
酒與市脯食肉者鄙無遠謀甲第紛紛何足數飯蔬飲水眞樂
哉千古風流想尼父

與虞章舜卿二表弟季明游兼勝亭有作三首錄二

危亭兼雅勝勝景足奇觀湖水涵天入山雲帶雨蟠千松偃夜
月萬竹撼春寒玉井汲甘冷塵緣那得干

野曠湖山遠林深松竹幽舊題看壁立前事逐萍浮苒苒荒三
逕依稀度九秋故人應念我雅會莫遲留

次韻同李冲壽夜坐

時引金杯拔劍看光芒高徹斗牛寒要令世事從心淡可謂人
情徹鼻酸經術豈應窮皓首文章何用苦雕肝吾徒行與功名
會莫作羈人日夜看

秋夜獨坐有感一章奉呈師説令尹春議光明王澹虞章

依依客館夜燃膏子夜羈愁無處逃閒爇爐香聽夜雨快斟杯酒讀離騷休驚時節云何速獨弔古今殊不遭一陣曉寒催畫角朝來爽氣碧山高

送黄仲達歸温州仍寄諸友

長安市上喜初逢傾蓋交情八要同幾載睽違勞夢思一樽邂逅寫離衷家山柑橘正酣霜江岸帆檣忽飽風歸去聲名詢舊友項髯方浪許芹宮自註三人名

詠雪二十首錄一

山岳遭埋没乾坤着蔽蒙已成堆積勢漸費掃除功孫雲翼云感慨時勢冲口而出痛之深矣

與士繇遊金山翌日分袂

早別金山恰晚鐘離帆分破一江風瓜州渡口波聲遠後夜相思明月中

京口瓜州一水間秋風重約到金山江山自爲離人好不爲離人數往還

題吳公輔卷

一徑縈廻屋數間我來聊欲寄清閒道人杖屨知何處空鎖烟霞萬疊山

潁川二絕

我家本出潁川住幾世不曾歸潁川今我暫來忽暫去太邱風流誰與傳

我來潁川何所見青青松柏古城旁知是荀陳親手植令人不覺淚行行

次韻邵予可彈琴

雷公徽玉粲明星照出師襄指下聲可憐此地無人識喚作新
來黑瘦箏

漫說朱絃太古清政無矇瞽在周庭高山流水本無事妄用區
區俚耳聽

茶

偏愛君家碧玉盤建溪雲脚未嘗乾書生自恨無金換聊以詩
章乞數團

跋黃魯直買米帖

廣文絃歌飯不足要是古來賢達人山谷有錢能買米比之魯
公殊未貧

和邵予可賣俸豆

休論斥鹵與膏腴豆藿連阡稻麥無舉世紛紛實魚目投人愼勿以明珠

張　堅字仲固綱之子郊恩補承務郎再登紹興二十四年進士除將作監丞通判常州累官直寶文閣知泉州兼提舉除戶部郎中四川總領

鶴廟松

誰種飛仙百尺梯風摧雨折昔人非憑誰寄語楊員外留取孫枝待令威

蔡必薦字嘉猷號菊軒肇之元孫蔭襲顯謨待制咸淳朝兩請貢補進士授丹陽縣本學校正

采薇圖

西山有薇美人不移西山無爲美人不歸采薇采薇山是人非薇滿西山不生夷齊

觀葵有感

昨日一花開今日一花開今日花正好昨日花已老始知人老不如花可惜落花君莫掃人生不得長少年莫負床頭沽酒錢得錢向酒家君不見戎葵花

寓意漫成

東鄰老翁富鉅萬每日閉門常獨飯西鄰少年居錢不滿百每日開筵延上客老翁回頭問少年君家賓客何駢闐少年荅曰翁不知人生許得幾何時翁看日月如流水牢鎖黃金與阿誰

周　孚 字信道濟南將家子遊亂南徙寓家於丹陽之呂城天資頴悟七歲通春秋過目成誦有鄧氏張書肆孚日往游焉因得盡閱天下書登乾道二年進士終眞州教授辛稼軒少壯時師事之卒後集其遺文三十卷名曰蠹齋鉛刀編

懷焦山祖師贈趙居士

鍾山一馬駒蹀躞九軌路才高難爲兄質妙不媿父頃嘗造其

室握手宛如故孤燈留我語碧眼照牕戶寒珠湛壺源朗日破
昏霧相期白蓮社此意何可負當時座間客子亦同此趣忽忽
不得見倏忽歲云暮衝風戰夜牕山氣想凝冱扁舟欲問訊恐
觸蛟鰐怒吾儕晚聞道歲月忽虛度聲名身外鵠文采性中蠹
當求一轉語共證十載誤春江兩涘平偕子稽首去

冬日予與六人者遊焦山謁閭禪師訪瘞鶴銘斷碣及焦
公丹臺愴然有感兼柬朱陳二友陳方病目而朱校易
未畢

平生紈綺場日食三斗艾江山豈宿緣老去尚餘愛茲晨幸休
暇共步青蓮界風漪湛如熨霜葉細可畫道人喜客至棐几共
清話從容得一飽老鉢席完菜起遵邑下路芒屩濯湍瀨摩挲
華陽碑百代不一慨高名竟誰氏陵谷已遷壞緬懷九轉丹吾

老庸可待陳翁熬六藥朱郎研八卦雖云竹林集尚欠二子在發春吾將邀負約幸無再

登多景樓分樓高天一握爲韻得一字樓非舊址惟東面可眺三隅危甚時方改作牓稱米元章書葢僞也語寺僧當易之

往時百仭山丹樓麗朝日江天富佳致收攬不遺一忽忽豐事電往那可詰故基誰爲徙勝槩從此失如窺一面網反墮三稜石幽懷鬱塵霧老眼暗緣漆雖云一牛鳴每至輒悔出使君改築意正欲名稱實丁丁斧斤功趁此元月畢扁牓照華榱仍須此翁筆

金山海書記寄七騎圖

兩騎前驅爭欲前兩騎舍矢俱應弦一騎揮擱一負箭一騎力

挽弓初圓寒風颯颯沙漠漠封豨可擒熊可搏漢家飛騎未出
關政使渠儂尋此樂君不見往年胡瓌寫此圖宛陵詩翁最愛
渠戲將醉墨作長句歲月正當嘉祐初故家文物今星散老筆
從誰辨真贋胡兒走馬大梁城對君此畫空三歎

元日懷陳道人並憶焦山舊遊

故人應白髮今我尚華顛舊約鷗能記新詩雁不傳功名畫地
餅歲月下江船回首留題處淒涼已去年
昨借趙居士同宿賀公房林暗朝疑雨山寒夜得霜經營鍊丹
地拂拭坐禪床忽忽紅塵裏深慚鉢飯香

贈蕭允祖

之子罔絕俗少年甘寂寥田園一區睫書卷百千屢雪徑晴猶
凍烟江晚不瀏箇中勸著語老耳待問部

過竇氏庄

淏家五村後卜宅近青郊老竹窗前聳寒松屋外梢方拋汗脚
職貢得益頭芽落日春山路病夫還解砲

寄辛幼安

我屋與君屋濟河南北州相看楚天晚郡看渦江流老境渾能
過妖氛竟未收何時一壓地歸種故園秋

喜劉鑑塘捍退金師

獫狁斷帳下猩血漂車前沙淨馬蹄滑天空雁影懸旌旗明日
月赤手障狼烟一劍腥膻氣羽書飛劍天

宋公佐席上分韻得樓字

誰謂子青眼不嫌予白頭其穿康樂屐來醉仲宣樓風定江猶
怒雲高雨欲休兩山多爽氣吾忍賦悲秋

次韻朱德裕見贈予病初起

蓋世功名黍一炊驚心歲月轂雙馳五漿先饋那須爾二豎相陵少避之種種鬢毛吾欲老翩翩書札子能奇黃花無語秋將暮莫惜元談與解頤

清明日余與諸友遊招隱山寺酌酒宋氏園亭謁蘇才翁墓而歸

小雨淇淇欲作泥晨光不負老人期綠陰蒼蘚初分坐白日清泉共賦詩酌醴烹魚漫今日賣刀買犢定何時傷心紫閣飛揚老千載茫茫只斷碑

次韻鶴林仲書記

不須沽酒引陶潛修竹陰陰翠滿簾拂拭面前塵土案與君相對課楞嚴

蔡向 字子平必篤從弟建炎中承議郎提舉兩浙常平事

題隱眞宮

福地流傳號隱眞麻姑曾欵蔡經門曰春雲子自堪飽井溢丹泉便可呑山露五峯疑指爪溪盤百叠想裙痕我來既躡靈蹤後知是仙家第幾孫

劉嗣慶 字繼先號雲隱紹興時歲貢生

紅梅

瞥眼繁華處處空寒林獨透一枝紅入時姿態人爭羨淸韻須知氷雪同

許開 字仲啟蒼舒之從姪暘從孫登乾道八年進士官中奉大夫提舉武夷沖祐觀所著有志隱類稿

水仙花

定江紅花瓮塊石蓺靈苗芳苞出水仙厥名爲玉霄適從閩越

承綠綬擁翠條十花冐其巔一一振鷺翹粉粧間黃白清香從
風飄回首天台山更識瞻甁焦

洞霄宫

珠宫梁柱太平年福地從知接洞天曲檻一峯飛怪石幽亭三
峽送流泉驪龍睡去時方早白鶴歸來客欲仙殿上紅雲西日
映此身如在玉皇前

丁　宣一名卜字宗旦紹興中處州通判

仙都山

世上洞天三十六縉雲第二十九區古木參天駕雲屋總眞靈
跡號仙都獨峯壁立三千丈凌空聳翠屹然孤仰瞻絶頂烟鼠
際曾開菡萏名鼎湖舊說軒轅駐車轍雲軿風馭經此涂石瓮
烹煉丹砂就乘龍帝鄉在須臾紫虛碧落超塵世侍臣無路攀

龍鬚唐朝天子仙李裔德格天心來瑞符祥烟嘉氣慶雲布山
中九轉萬歲呼步虛一作欄對峙雲斷續東西互疎高下殊澗邊
幽徑登鳥道上有鏡巖如方壺崖中乳水瀝嵌罅滴石成穴如
仰盂水一晝夜斛加半潦不泛溢旱不枯曾望曾記周景復絕
粒餐霞黃老徒棲眞妙入懸珠會八十年餘隱此居千古寥寥
桑海變仙跡縹渺還有無石門瀑布雖云好此間殊甚未易居
特然造化鍾神秀虎頭妙手亦難圖

張釜字君量綱之孫博學工文以蔭入官主管江東安撫司機宜文字通判饒州再登淳熙五年進士知廣安軍累遷殿中侍御史諫議大夫兵禮吏部尚書端明殿學士簽書樞密院事

送鶴還齊雲

胎仙誰遣到塵寰盡日淸吟伴我閑不作沖天支遁相頗疑攜
箭佐卿還欲追鸞鷟烟霞上肯處雞羣伯仲間爲話齊雲好好看

取他年我欲訪緱山

朱公翼 字仲㳟號後湖居士有詩見京口人文集

玉乳泉

玉液煎瓊甃澄泓一脉泉張公題品異丞相與名傳蔫茗流霞勝烹茶撥乳鮮祇園終古在長對白衣仙

顧松年 字公茂與蔡天國劉圖南皆一代名儒有詩見京口人文集

過練湖

行行何處慰吟觀負郭平湖萬頃寬兩寺鐘聲烟外聽六朝山色鏡中看難追鷗鷺朋儔密頗怪魚龍窟宅寒請濯塵纓自茲始為辭雲水向長安

葛郛 立方長子淳熙中以朝奉郎判鎮江

留友人

良友久間潤春事遠如許勞君下鷗沙一葉繫春渚昨夢隨千山再見掀欲舞耶呼花底杯酒面點紅雨狂歌謝貫珠清論雜揮塵驪駒未可歌妙句須君吐

蔡　儁 字俊常

題汀洲蒼玉洞

向來曾醉呼猿洞亂石崩雲擁坐隅誰料七閩烟瘴底半巖風物似西湖

諸葛鑑 字大智淳熙八年與父浩同登進士歷官寧安府録事參軍

青衣泉

地脉流香出翠微不關佛說是耶非興風陞降為松澗急溜潺潺瀉石磯此日無鸞飛碧落當年有女着青衣閒將陸羽茶經校只載中泠一襲歸

卷之七終

曲阿詩綜卷之八

丹陽後學劉會恩時菴輯

宋

劉　宰

字平國號漫塘病叟守節公避五季之亂由滄州徙居丹陽至六世杞公始遷金壇漫塘公杞公孫也公天資剛大正直明敏兩貢於鄉皆第一登紹熙元年進士調江寧尉遷真州法曹政聲大著服除後人京領獄祠歸卧漫塘黙觀時事不樂仕進置社倉創義役定折麥更糴斗斛三爲粥以贍饑者日食萬人毁淫祠三十六所修橋梁八十四所見義必爲嘉定時以堂審召紹定時以通判建康直秘閣主簿仙都觀召端平時以直寶謨除奉常丞除將作少監除直敷文閣知寧國府進顯謨奉祠玉局召嘉熙時以令赴行在奏事召皆不起年七十四卒於家士祠於學農祭於社遠近爲之罷市朝廷嘉其節賜謚文清蒙齋袁公爲銘其墓傳載宋史所著有漫塘文集三十卷漫塘語錄十卷京口耆舊傳九卷鄉後學東澧塡諱

懷茅山寄句容江大夫

昔謁三茅君蹇步窮躋攀是時秋已高爽氣薄千山三峯欽神

秀笑兀起塵寰世變逮狂秦風俗如髦蠻舌在不敢話冥默疑
心訕咸陽貴公卿高門擁旗旛牽犬上蔡門回首淚空潸積骸
草木腥流血川原殷所以三君子決去披榛菅不以寸草榮易
我白日間徘徊茲山巔放蕩紫翠間數窮會有歸山空水潺潺
高風起遐想往躅芬芝蘭想此弄明月想此發清彈茲壇梯玉
京茲臺凝金丹羣仙或朋來洞戶敞幽關縹緲鈞天奏依約雲
旗翻古澗會流泉點筆依石闌遺墨墮中流染此亂石斑世情
喜虛誕誑記誰能刪哨壁起道邊雨濕苔蘚斑剥蘚訪舊題歲
月猶班班當時往來人逸翮超籠樊應期後千載綠鬢炯朱顏
御風遊汗漫騎鯨出頹瀾或乘白鶴歸翩躚從妖嫺寥寥竟誰
成遺蹟空浩歎愚生百世下遂忘笑冥頑幽尋肯未極雲臥衣
裳單杖屨陟層巘此懷今未闌矧聞廊廟議出師鋤除殘將軍

賈餘勇再節期白糧已覺賦斂頻更恐戍役須聖主哀元元絡
驛寬詔須官守孤王明根節滋吏姦擬追三君游物表寄衰孱
彼美江夫子衎字周惇癡寧甘催科拙不使杼柚殫坐令句曲
天忘此世道艱儻許占一 邱結廬樹墻藩渴飲玉井泉饑挹朝
霞餐永無番老別寧憂行路難寄書新過雁一 諾未應慳

漫塘晚望

遠山亞歸雲顯淡與天一 近山過雨餘淨掃峯已出式喜鳩喚
婦寧憂月離畢擔簦彼誰子蹇步泥没膝舉頭望天末一 笑失
愁疾應知扶桑東明朝浴晴日

東禪百韻

羣居厭囂煩兀坐悵離索動靜兩何心求端俟先覺張氏好弟
兄同遊得先諾重以臨邛客雍容出蓮幕二難秀金枝高會囷

酬酢客來驚醉夢倒屣出簾箔符子方下帷訓子傳家學湯子方涉筆詞賦工雕斲閉門各有適跫然聞剝啄餞君丈人行邂逅同出郭衡飈翼飛蓋宿潤沾芒屩是日皆以肩篷出山僧迎戶外蕭散出林鶴升堂忽起敬先生事超卓于今國猶活緊爾盡忠恪禪房燈火暗遺像丹青落惟餘我輩人往事記其畧緬懷百年後賢愚一邱貉風爐催煮茗胸次澆磊落開軒一凝眸偉觀奪巖壑古木矯龍蛇藤蘿喧鳥雀亭亭堦前竹左右森矛稍老榦欲摩空穉篠猶含籜微風度踈櫺萬竅呈笙籥閒來聞歌呼冠帶亦褒慱汝豈陳孟公四座爲驚愕禍福寧所知字畫忘穿鑿俳優時所拙掀髯貧一噱山僧如有意太息事殊昨衆眞擁靈君昨夢非冥漠人情良易感意氣隨飄泊焉知宋玉賦淚費畧門嚼朝雲無定姿容意終難托棄置勿重陳聲色等臭惡觴行

奉壺矢倘想古樂樂圍棋對空枰白日忽飛雹勢成秦日大計
誤曾日側將士見戲爾廻旋守官鑰車馬或殆煩俘虜到幃幄
張拳合奇偶奮臂幾攫搏嘉名襲百子覆射師方朔數窮或自
蹈世事真難度情性慚浩浩與義相磨琢壽天微彭殤小大齊
鵬鷃天高何所憑地厚何所着孰怒而雷震孰笑而電爍與王
悼煢獨季世慘炮烙道隆此何幸道降此何薄生平誰汝恩遊
矣誰汝虐毫釐有必爭司馬振鐃鐲義正誓不屈勇士赴鬬鑊
少焉兩忘言水凈潛鱗焰行樂未有極暮霞横日脚催歸走童
隸欲去仍復却顧瞻忽有念鬱悒忘諧謔鑿井成先志結甃石
甃鑿危亭俯逵道棟宇更旁拓北牖瞰清渠西軒粲花藥借問
彼何營游手事蒱傳剕箸售家婦羣居勇奔躍有問不可對彼
豈樂耕穫似言歲苦饑貨鬻逮錢鎛多賢謝今君惻怛憂民瘼

精誠徹高厚一雨洗災熇種藝貫及時少稽溝澮涸丁錢曾幾何秋苗遺合勺牌追甚星火胥吏踰毒蠚或云勾稽職久矣廢矩護催科苦重疊受害偏貧弱丁莊腹難枵努力重鋤耰老婦徒跣去詎云辭笞掠暮歸已戴星晨出雞喔喔疾行君勿嗤寸步千里遥吾聞古哲王重本抑末作豈其倚市門餘財覽丹雘而此力田民往往困椎剝令君誠昭昭忠告期謭謭念此久忘歸露濡襟袖遲餘否來佛殿幽響動簷鐸空庭炳雙燭木末鵂烏鵲清與浩無涯洗蕩復更酌殘瓶屏督翻珍送來絲絡茲懽誠有餘茲會艱難數別駕人中仙精爽排秋鶚六年脫曹尉緹車佐方嶽少須尺一詔歸持紫荷橐堂堂蒲圻椽少學鄗衞霍稜遲綰黄綬百鍊歛鋒鍔踞鞍尚堪行投筆清河洛舀山拄邊壓壯士方蹻蹻逝將策殊勲恩光煇棣蕚粹然六君子總抱荆

山樸或登賢能書翠雲出頭角或遊王侯門健筆驅蛟鱷或欲振家聲塵言東高閣行矣拔連茹大廷副親擢誰其戀鄉邑株守甘齷齪惟予與世違自分同尺蠖他時一樽酒重赴山僧約

松風軒晚望

遶山接歸雲近山留夕照澄江橫淨練怒風收衆竅東南佳山水此具宅其要連甍三萬家金碧互輝耀開房列歌舞傑觀富登眺物理會有極卻慮成悲嘯我家三茅峯一室倚青峭下有荆溪水水深魚可釣歸歟有成計靜坐觀衆妙功名付公等連茹啟明詔他年問無恙短策寄嶺嶠浩歌暢幽懷狂斐君勿誚

喜客泉

物我未忘情無情惟止水底事山中泉客來如有喜悠然鏡面平倏爾魚眼生少焉開笑面似與客逢迎客喜泉豈知泉笑客

何有邂逅深山中聊結無情友

玉糝羹歌

華陽洞口玉糝羹世人傳得神人方雪團入口桂椒香能令老者壽而康瑤池玉佩正玲瑯箸筵聊薦九霞觴世言神仙不鮮食初平山中果何物桃源更有避秦人割雞爲黍迎來賓

石翁姥

采石江頭風晝息掀天雪浪平如席沿崖小泊客心寛攀蘿曾看望夫石天涯望斷人不歸露寒猶想淚霑衣爭似石翁攜石姥年年對峙夾岡道人歸人去我何心雨沐風餐人自老比翼鳥連理枝年深物化徒爾爲長生殿裏知不知

雅去鵲來篇

昨日雅鳴繞庭樹道上行人色驚懼試呼行者問如何身爲戸

長催殘稅戶戶自昔稱難理三年尤非四年比加之逐保有逃戶每一申明官長恐人逃信矣田不逃其奈逃田不知處厥初經界失區畫比近立租相什伯大家置產錢欲輕小家鬻產價欲增上田只割下田賦賦存田盡因逃去或因土瘠遂流移歲久田侵人不知更有鄉胥追科抑多推少割隨胸臆民愚而神難盡欺往往增入逃戶籍以茲逃戶日增多戶長甚甚奈若何向來差役多輕重戶長之中中產衆比來里正多義役各欲供次有全力搜羅中產無孑遺戶長人人家四壁官司禱雨徧神明施行寬政蠲房緡房緡僅可寬游手那得實惠沾農民千錢代輸猶可出今日方輸又明日父兮母兮叫不聞遺體鞭笞同木石日日雅鳴期會到血灑公庭深不掃遂令着處聽雅鳴冤飛魄散心如擣和氣致祥乖致異已忖旱魃來爲祟忽驚雅散

鵲交飛高枝報喜仍低枝萬口懽呼聲動地府今盡放三年稅里鈴走卒天上來立張大榜當衢市縣胥駭愕頓兩足戶長仰天擕十指瘡痍未愈失呻吟感激過深仍涕淚又說新租亦寬限四年書欠寧不爾亦知經賦難追責少紓庶可容催索使君從善眞如流仁人之言爲慮周畫諾一時眞易易幾人共拜更生賜人意會同天意感急足未回時雨至始知此術勝祈禱開闔陰陽俄頃耳何妨甘澤倘愆期我作此詩禱告之豢龍可休蜥蜴縱蛟龍自起霹靂隨謂予不信爲强語請驗吾邦今日雨詩成欲謝更有祈新租輸送此其時分科本色歸上戶細民勿使折納遲四年逃擱尚充數積弊那能倉卒去且應除豁見眞的執恃强梁敢逋負若然民病八九瘳閒暇何妨版籍修推排得人弊可見逃租十失五可收更令義役廣前制戶長里胥同

一體庶幾二役適均平不使貧民偏受做豈惟澍雨快一朝縱有凶年皆樂歲報書不惟乾鵲噪丈人屋上烏亦好

病鶴吟呈黃尚書度并序

伏聞課長淮綏靖之績陞西清次對之班爰按彝章啻舉自代以某備員數切惟此舉前輩所重如韓文公之於錢徽歐陽文忠公之於呂公著皆其名位已高才望素孚故聞者不疑受者不媿如某幺麽加以不可療之疾分甘屏處忽冒公舉豈惟駭聽上玷師門抑與漫浪之迹不相似然昔唐張司業受東平之辟而媿其不献賦節婦吟以謝好事者至今傳之某才固不敢望司業而受舉不能報與之畧同敢擬節婦吟之作賦病鶴吟寄上

五湖浩蕩平沙暖病鶴摧頹翅翎短萬里空懷夙昔心忘機已結沙鷗伴華表飛來遼海仙人間喜會恰千年一聲嘹唳九關傳虎豹辟易不敢前盡推同類遊鈞天浮邱王喬相後先繆瀏遺音喧雲際應念沙頭苦憔悴欲令弱羽更軒昂共駕飛廉騎六烈瑤田飲芝之田戲五湖回首皆塵世菰米熟藕花鮮五湖秋色正相便寄聲青鳥謝勤拳摧頹病鶴那能然

觀瀑布圖

仰觀山糢糊俯視山歷歷見罕不見高此恨通今昔觀者笑而言畫手非用力安知畫工心獨苦世上悠悠幾人識君看白練飛沓不見來跡疑從九霄中直下忽噴激六月天無風大暑鑠金石此景獨清涼飛雪洒石壁此豈銀河瀏餘派墮空碧抑豈龍門決洪波注八極昉知畫者心不止存目擊山上更有山去

天不盈尺丹崖與翠巘羣仙所游息烟雲不可到日星在几席甘露被草木醴泉出岩隙流落人間者萬派秖餘瀝知畫豈予能因畫重悽惻聖賢言外意未可紙上得所以說詩者要在以意逆安得畫外觀山人共向畫中探端的

運河行

運河岸丁夫荷鍤聲繚亂紅蓮幕府誰獻言運河泄水由函管函管掘開須到底運材歸府供薪爨庶幾一壞不可復民田雖槁河長滿民田爲私河則公獻言幕府寧非忠我聞此言爲民說急趨上令毋中輟小民再拜爲我言函管由來幾百年大者用錢且十萬小者半此工非堅厥初銖積費民力厥後世世期相傳豈但旱時須灌溉亦憂久潦水傷田向來久旱河流絕放水練湖憂水淺州家有令塞函管函管雖存誰復决小須雨澤

又流通函管雖存不費工只今掘盡誰敢計但恐民田從此廢豐年餘年注江湖涓滴不爲農畝利有時驟雨浸民田水不通流禾盡死況今農務正紛紜高田須灌草須耘盡驅丁壯折函管更運木石歸城闉邑城一百二十里不知被擾凡幾人太守仁民古無比凝香閤下寧聞此願將新令到民間函管須塞不須毀已塡函管無尾閭大船通行水有餘函管不毀民覬娛異時瀦瀉無妨渠憶昔採詩周太史不聞小夫並賤隸試哀俚語扣黄堂鈇鉞有誅寧敢避

憶昨行寄呈劉法曹

憶昨太守宣城陳人物風流法從臣大息官倉取無藝要與邑民圖久計總將一石計其羸三斗八升爲定制厥初號令如雷霆奉行誰敢圭撮增愚民不解深長慮競喜當時斗斛平新守

邇來舊守去號令森嚴誰復[illegible]斛面拔陀斗面高三斗八升作常賦後來王溥辛君機太學詩名盛一時挈來意與上官合委向倉中司出納籌算親臨絶苞苴戶庭凛凛無喧雜愚民乍喜見明官概量寧論加勺合上供送使有成數羨餘到底歸州府明年按籍取之民三斗八升更增五往者不可諫來者圖之猶未晚只今太守龔黃比千里瘝疴如切己公事勤勞絶無私餞錢大半供公使選官受秋輸而得法曹賢除弊幾十九積羨踰三千三千寧足州家用祇恐從今遂作俑明年四斗三升之上更增科三十六郡之人將奈何

昭君曲

朝日曜兮春花玉壺炯兮清冰耿余心兮不欺付妍醜兮丹青辭王兮宵衣壯士悲歌兮戰死豈余身兮憚殃抗風沙兮萬里

崔嵬兮增城璀粲兮昭陽羌末路兮多艱幸朕時之不當瓊裘兮娛嬉穹廬兮容與怨異域兮我欺詭九天兮誰許南風兮徐來掩淚兮無語四十五十兮無家柳有慚兮嫠女

發紹興

留滯青春晚經行此日初柔條桑着眼短穗麥生鬚竹外雲埋屋花邊水遶渠箇中容我老肯遺子公書

長林塲海邊道上

海霧晚逾合海風吹更寒衰顏欺薄酒老膽傲驚湍叢竹人家近平沙客路寬明朝應更好山翠撲征鞍

松江道中

人作松江夢重來泛短篷淡雲飛急雪枯葉戰秋風烟末三家市波心一釣翁鴟夷身計耳吳越等成空

同葉恭叔鄭節卿飲於趙子野官舍分得壺字

相望各千里相逢酒一壺交情貫金石詩思渺江湖夜雨滋園
菊秋風落井梧歸歟吾有日聚散一長吁

喜延陵從事丙還任

閩道古延邑觀迎舊尹歸鄉翁爭揖舍學子競牽衣贈言陳編
在還欣俗物稀樽前重懷想葵日映清暉

北固山望揚州懷古

北固城高萬象秋烟竿一線認揚州試乘綠漲三篙水要見朱
簾十里樓淚濕宮衣朝霧重愁蕪寒草夕陽浮隋堤舊事無人
問兩兩垂楊繫客舟

過蘭亭

茂林修竹翠參天一水西來尚折旋欲泛羽觴追往事恨無嘉

客繼前賢短章同寄二三友勝踐堪尋八百年笑拂蒼崖題姓
字爲君會此掬流泉

寄潘子善上舍時舉

陳少陽卒太學生伏闕上書六賊遂退天下快之少陽
猶以後書論李邦彥白時中等言不用拂衣去近傳太
學伏闕書是歟非歟非山林間所得知獨怪朝廷不用
其言諸君猶苟安於學豈以靖康時事視今日緩急異
耶爲賦五十六字質之同志者

少陽一疏折羣姦拂袖歸來日月閒誤國小人（書中語）猶法從叩
閽諸子自賢關是非頗亦過于古義利那能立兩間若向西湖
浮畫舫好傾巵酒酹孤山

送姜君玉赴省

樽酒論文猶冠前交情老去只依然八荒三徑無來客細撥抓燈話昔年少日功名誰汗簡舊遊江海半華顛君行試問都門柳幾送銀袍上九天

夢使高麗到東海口占

夢覓飛到碧霄東日出扶桑萬丈紅䆫戶曈曨開曉色圖林淡蕩已春風時平正使車書混天遠那能玉帛通萬事悠悠均夢爾一樽聊與故人同

漫塘晚望

霽色催雲作晚霞小橋斜立岸烏紗雨餘菱芡新抽葉秋早蒹蒲未着花燈影微茫行客艇鐘聲縹緲梵王家沉吟索句輸公等我欲臨流理釣槎

趍劉聖與用行寓玉甫桂墅

門外平湖百頃寬，庭前翠竹繞欄干。鳥啼花笑四時好，几淨窓明六月寒。臢可琴書供書詠，不妨絃管到更闌。留行莫為歌楊柳，作計應須趁牡丹。

癸未寄王甥

別時庭戶正秋清，割見園林翠織成。吳下余思頻刮目，渭陽子豈遂忘情。堤間飛蓋分垂柳，水面浮舟約半莊。乘興時來共清話，相望能隔幾牛鳴。

讀張氏義莊畫一寄持甫輅院湜

叔世誰憐族派同，高情真有古人風。宗分大小稽周典，惠匝親疎比范公。二頃開端能不吝，一編垂訓可無窮。欲書盛事傳千載，預愧衰辭語不工。

雲邊雁松 雲邊先生號菴名

漸止牛羊牧還添雨露滋但令萌糵長自有歲寒姿

題王氏天開圖畫卷後

濃淡非粧點縱橫謝剪裁凭欄一凝睇圖畫信天開

過尤溪

尤溪塘上征人路記得停驂一觧顏十載重來兒女換似曾相識有青山

過剡溪

青山疊疊水潺潺路轉峯迴又一灣想見雪天無限好不妨獨棹酒船還

題永嘉寺壁

石泉飛下寶蓮宮似聽鈞天奏未終千古風流謝康樂可無屐齒此山中

漫塘口占

醉着船頭背月眠醒來紅日浴晴川等閒活計無人共獨占江湖萬里天

秋懷

翠幄迎霜半染紅高林風過雜笙鏞澄光萬頃天無滓留與羲和駕六龍

一抹紅綃日脚霞千林暮靄納歸鴉西風捲盡梧桐葉乞與中庭散月華

題呂城廟

呂公遺壘枕高岡落日西風草木荒王氣懸知南國在不妨北面儼冠裳

讀韓詩和其韻詩有二句云力去陳言誇末俗可憐無補費精神

韓子文同孟氏醇陳言去盡只天眞君詩費郄雕鎸力筆下應誇自有神

讀蘇武傳

李陵衛律兩降人大義相規幾盡誠陵語不傳傳衛律要令千載識交情

讀公孫宏卜式倪寬傳

儒雅宏寬世所宗仟青中介牧羊翁史家有意君知否未必文華勝朴忠

讀樓護傳

劉氏難令呂氏安酈生大義炳如丹君卿賣友何王莽死去何顔見呂寬

書陳少陽遺墨後

贖死何由可百身遺書猶足警來人當時珍重千金字此日凄涼一窖塵

松影

老松偃蹇印晴空倒影參差澹月中夜久無人共清賞一庭蕭瑟走虬龍

雲邊阻雨

輾轉無眠到夜闌鵲聲送喜近簷間好風吹斷夜來雨晴日放開雲外山

薔薇籬落送春闌筝椹園林早夏間牛背牧兒酣午夢不知風雨送前山

乙酉夏述懷

水邊舟子競招招陌上車塵晚更囂祇有幽人無箇事蒔花深

處弄輕橈

寄江東真漕院德秀

金陵千古帝王都肉食何人解遠圖只有愛民真學士不慚通務漢三儒

得軒郎事嘗名漫塘上爲緑雲洞天

上印還家不計年水光彌望木參天緑雲洞裏開書幌紅錦波心漾酒船

賀真參政德秀

名賢得位古來難君有高名宇宙間願挈衆皇環北極要令百世仰西山

題劉文簡所藏墨梅卷

烟雨和成宛擅場新來㓗着雪衣裳以吾不可學渠可善學楊

君祇此郎楊補之甥湯君所畫自謂得補之白黑相形法此卷乃爲倒暈素質以反之

蔡士裕字子後號古梅必薦長子

題所藏趙清獻公梅花圖

驚溪白蘭光昭回上爲羅浮山南絕壁之寒梅霜葉鐵面太孤峭槎牙詰曲可望不可攀我疑華光道人雲水絕爲花傳神惟有月胸中若無一片氷雪心焉能寫此萬古氷雪骨

贈琴士周芝田芝田浙人

吾誦老韓聽潁詩一章琴中意味深且長縱橫變態浩無盡潁絃韓筆相發揚二賢往矣五百載俯視六合空茫茫今有芝田詞潁傳宮商一彈令我喜再彈令我傷世多善手無善耳使我百感煎中腸高岡不聞鳴老鳳江湖夜雨啼寒螿

郊行

無計遠塵囂尋幽過野橋風刀削林杪雲帶束山腰水抱孤村迴舟迴斷岸遙幾時忘俗慮來此伴漁樵

秋夜宿田家坐久不寐

凉涵詩魄瑩蒼旻散髮吟商月滿襟風葉順行蘆葉尾露華逆上稻花心千山歐子秋聲賦一室希公夜氣箴坐待河傾天欲曙鄰翁起汲井桐陰

秋日溪上

蕭蕭凉意滿西洲緩步搜吟興頗幽豆葉黃深田病雨蓼花紅淺岸知秋蹁躚影若孤馴鶴漂泊身如不繫舟自喜浮生只如此任渠談笑覓封侯

友人遠遊

慵爲香蘭讀楚騷俊遊不憚着鞭勞千鈞弩底機方發百尺樓

中氣正豪水激魚龍江月暗雲翻雕鶚海風高相逢要把精神
對應笑狂吟短髮搔

詠梅

風饕雪虐大江頭苔蘚鱗鱗綰鐵虬清絶一枝先百卉客攢萬
蕊傲千秋本無烟火塵氛氣洗盡鉛華脂粉羞月夜携樽相對
飲恍疑身世在羅浮

葛起耕字君顯號檜庭南宋詩名大著著有檜庭吟稿

春懷

過了花朝日漸遲相將又是禁烟時寒留柳葉凄迷處春在梨
花寂寞枝牛角横書孤壯志鹿門採藥誤幽期自憐白髮成何
事説與鶯啼未必知

姑蘇懷古

闔閭城下水連天，故國淒凉思悵然。堤柳數行番舞帶，鉤苔幾疊暈歌鈿。了無麋鹿遊臺下，祇有鳧鷖戲水邊。往事於今銷歇盡，斷霞殘照鎖寒烟。

記夢

綺寮鏤綳做盧明，鵲峙鸞停護碧城。珠桑一枝春共煙，玉環雙珮月同清。曾題洛賦緘新意，都拊湘絃寄遠情。十二闌干風細細，覺來依約記碁聲。

和蘆洲劉子泉秋懷

雨送秋歸雁帶霜，凝情無處寄詩狂。一庭莎草蛩吟老，萬里梅花鶴夢長。德誼可踰鐘與貴，聖賢不死簡編香。邇來世道添悲哽，不但推車是太行。

騎燕

鎮日雙栖在畫梁有時飛去爲誰忙將泥趁暖添芹壘掠水因
風貼柳塘語重喚回芳草夢舞輕時習落花香五陵年少傷春
恨書繫紅絲擬寄將

東歸

遊倦東歸似長卿徹廬事事費經營掃除塵土虛堂寂拂拭窓
櫺舊紙明徑菊已荒惟草長井花少汲覺苔生寒衣未辦西風
急不奈鄰家機杼鳴

次劉野泉韻

自笑生隨雁影浮載經楚尾與吳頭塞樓角送關山月湘驛砧
敲嶽麓秋歲月奔輪人在坂功名求敘記行舟即今安得如澠
酒與汝同澆萬古愁

安分

裊烟淡靄鎖林扉又是秋光欲暮時蘋葉江湖風剪剪桂花庭院雨絲絲世情冷暖杯中酒人事輸贏局上棋安分得閒閒最好不須身外强詩思

小隱

小隱山林習已成市朝名利讓渠爭是非每向靜中見悔吝多從動處生且約蒼官陪竹友共邀歡伯訪梅兄歲寒心事期相守一瞬榮枯任變更

秋夜

城角吹下暮雲邊螢照書幃夜未眠遊子不堪征袖薄西風懶誦擣衣篇

樓上

樓上何人奏玉簫數聲和月伴春宵斷腸吹起江南夢愁絕寒

梅酒半消

春暮雜興五首

畫欄目斷楚雲西芳草連天客思迷家在江南烟雨裏落花時節杜鵑啼

紫椹纍纍綴碧桑林塘雨過綠生香荊扉晝掩蒼苔寂留得芸籤伴日長

閉門花落又春深白紵歌殘對晚斟惆悵年來心緒惡一庭烟草綠沉沉

蘭杜初芳湘水春鷓鴣啼處草如茵雙魚不寄衡皋信空有燈花入夢頻

燕子聲中日正長讀殘書卷亂堆床夢回却教西窗寂閑看堦花帶夕陽

宮詞

銀漏疏風透玉屏碧梧枝上月三更依稀似爲華清恨雲冷香銷夢不成

次劉子泉韻

一聲鶗鴂爲春休風颭榆錢滿地流燕子不知花落盡等閒飛過柳邊樓

月轉庭花玉一鉤闌寶釵不卸待郎看丁香擬結相思夢無奈東風作社寒

劉汝進 字翁聖號山翁漫塘公三子以上舍生兩舉於鄉終身不仕

與客九日遊龍山以塵世難逢開口笑分韻得口字

縱步龍山巔放舟尤蕩日羣然雁鶩行雜之牛馬走我拙不能詩我病不能酒試問賞花人還有菊花否

朱南杰字瑞人登嘉熙二年進士官溧水令著有學吟四卷

同陳如叔遊湖

四月湖邊冷若秋先賢堂下繫扁舟山頭積翠來新意波面飄紅憶舊遊無奈楊花欺倦客已多荷葉覆輕漚堤邊誰道春歸了猶有一聲黃栗留

題吳梅卷和靖索句圖

童與鶴冷雪霏霏正是先生得句圖一段孤清圖不盡梅花從此壓詩人

張　榘景定建康志作丹陽人

題雨花臺

莫說南朝勝概繁秖今近郭已江村臺荒浪紀曇花墜事往空餘古意存甌缺正緣輕納畀門分誰謂不如孫滔滔千載興亡

恨盡付憑闌對月樽

諸葛夢宇字芝宇號桐菴鑑之孫咸淳十年進士從駕海濱官參知政事僉書樞密院事祥興乙卯閣少帝崩遂自縊

海邊僧寺絶筆詩

孤臣吾死愈心傷捲玉重來豈望還萬里海濤鳴戰鼓千年靈氣結浮山魚龍亦解齊殊類犬馬誰教到此間留得御風魂不散直須號哭叩天關

朱承祖

鶴林寺

鶴林古竹院馬素青松關草合前門路雲埋寺後山花神千載去僧話片時閑滿壁瑰奇句漸窺豹一斑

葛　逸起耕族

虎邱呈元機上人

樓觀倚雲端，烟收陸海寬。蒼崖留劍跡，古木見龍蟠。石徑青苔滿，霜林木葉乾。凭欄千里豁，爽氣逼人寒。

潘景良 金山志略註爲丹陽人，時代無考，太約是宋末人

游金山

嵌巖穹窿立乎江中，崩湍下瞰不見底，巨石嶙峋高摩空。混沌破來到今幾萬歲，雄奇秀麗胡爲乎此山兮，獨鎮長江西來一萬里。當空倒出金芙蓉，上有金仙居，下有馮夷宮。寶坊櫛比列霄漢，塔影倒置驚魚龍。有時洪鐘咽烟響，潮音屬和驅羣聾。鳥飛覽力不得到，我嘗挐舟一抵其巔，攝衣步樓閣，矯首觀無窮。齊州九點落眼底，岷峨西望何溟濛。忽聞長風破巨浪，芥帶一洗平生胸。山僧喜殊常，握手何從容。杯擎陸羽水，茶泛玉川

風鶴翁散仙恒齋老翁把臂大笑一聲融融天風吹衆欲輕舉白雲縹緲將何從不知海外之三山羣仙之樂與此將異而或同迄今別去五六載我舟又復來撫蓬山靈偃蹇我倨傲塵懷汨沒不得追前蹤風帆一笑金山過山頭日落飛鴻

失名 呂大虬抄記唐濱詩話俱載爲邑人云云但未知是何人所作

題玉乳泉

騎馬出門三月暮楊花無奈雪漫天客情最苦夜難度宿處先尋無杜鵑

釋

祖可 字正平蘇伯固之子養直之弟住廬山被惡疾人號癩可詩入江西派著有東溪集瀑泉集

西清詩話可詩得之雖衆如清霜羣木落盡見西山秋又谷口未斜日數峯生夕陰者皆佳句也

獨後村詩話謂讀書詩料多無蔬筍氣僧中一角麟也

江西宗派圖錄羅源陳善曰余與僧惠空論今之詩僧如

病可瘦權兼其太清李商老云可詩句句是盧山景物意亦以太清爲病余謂清非詩之病也可師有亂山爭夕陽之句善權歎其精絶與養直唱和眞隱詩如漱壑夜泉響掃窓春霧空等詠往往得意外警妙

天台山中偶題

傴步入蘿徑綿延邈罙深僧居不知處髣髴清磬音石梁邈屢度始見青松林谷口未斜日數峯生夕陰淒風薄喬木萬竅作龍吟摩挲綠苔石書此慰幽尋

觀壯輿所藏伯時馬

平生徒說追風足厭見駑駘飽芻粟劉侯爲出二馬圖細想權奇在垌牧本朝不伐大宛城公初得之無乃驚胡沙燕山在吾目短草落日低邊明雄姿忽作風動壁意氣騰驤欲無敵前者驕矜後者馳信矣能先鳥飛疾圉人亦復神超然寬作俗肉勤加鞭吁嗟駿骨世多有伯樂不逢長棄捐

李伯時作淵明歸去來圖王性之刻於琢玉坊壻疵僧祖
可見而賦詩
坐上柴桑墟落烟眼中百里舊山川候門稚子似無恙三徑巾
車人絶憐尙友當須今逸少丹靑寧復老龍眠流傳匪獨遺怡
玩端使懦夫懷凛然

書秦處度所作松石
憐君作詩自無敵遊戲詩餘畫成癖高堂舊袖風雨來霜幹雲
根動秋色長懷祝融天柱峯萬年不死之喬松觀君此畫已無
數不復望雲支頰笏

秋屏閣
袖手章江淨渺然倚風殘葉舞翩翩霜鴉睡渚白勝雪霧雨含
沙輕若烟楊柳一蒿南陌上梅花三弄遠雲邊匣鳴雙劍忽生

與我欲因從東去船

絕句

坐見茅齋一葉秋小山叢桂鳥聲幽不知登嶺夜來雨清曉石楠花亂流

廬山十八賢

不能晉室扶傾覆盡作西方社裏人豈意一時希有事劉令元亮兩僧難曾慥嘗從笱溪誦可之詩句有云谷口禾斜日數峯生夕陰霜清羣葉脫盡見西山秋茅簷歌送晚苦徑曲遥春皆警策無蔬筍氣在方外衲僧誠不易得

蘊常字不輕蘇養直居後湖蘊常居嘉山相隔數十里時稱僧酬後養直之弟恕可為僧遂與之偕往廬山

別蘊養直

老去難爲別愁邊更著秋碧蘆圍野水落日滿行舟雁斷西風急天寒古寺幽兩鄉無百里能寄山短書不

送空山人

過了梨花春亦歸小窻新綠正相宜白頭更作西州夢細雨青燈話別離

仲姝 丹陽殷氏子居甘露寺

雨中登北固

北固樓前一笛風碧雲飛盡建康宫江南二月多芳草春在濛濛細雨中

道

湯志道 字東野少讀書負奇氣後髽結跣足入茅山爲三十七代宗師寶祐六年五月初三日召門弟子至一笑而化

入茅山

攀蘿緣絶壁野鹿場邊去鳥啣山果來落在鹿眠處

女冠

無著丞相蘇頌女年三十出家參大慧得悟號妙總禪師

絕句

一葉扁舟泛渺茫呈橈舞棹別宫商雲山海月都拋卻贏得莊周蝶夢長

元

貢子仁字壽卿號逹山宋咸淳時金壇教諭早負神童之望博學工詩一時名士如韋援方回輩皆推重之入元遂隱居以琴書自樂

客錢塘作

拱北樓頭眺晚晴吳山相對列如屏白雲天外孤飛處認得茅峯一點青

自題淡墨山行圖二首

我馬虺隤僕未痡一輿風月載清臞省堂妙得龍眠筆寫作山行淡墨圖

健足雲飛負笥輿若非兒女即生徒旁人漫擬陶彭澤多着挈童穴酒壺

諸葛舜臣字用中簡敏公後裔家貲鉅萬入元隱居茅山終身不仕自號清微觀主

華陽山堂落成

小築菟裘石磴閒登臨極目意蒼然三更栗葉中峯雨四月桃花一洞天時聽茅君歸碧落恍聞玉女煉丹鉛江湖萬里塵埃遠留得深山一道泉

貢諠字宜仲號愚菴由鄉舉任溧水州儒學訓導子仁之從姪

遊敬亭山廣教寺

峩峩敬亭山山色何葱蒨昔見元暉詩今見青山面青山積雲

覆奇狀爭自獻猶懷裴相居永作梵王殿日月懸明燈烟霞繞
清衮佛緣信因果浮生差電庭前雙老柏亢立飽霜霰青青
幾百年生意有一綫我來盼蒼柯依依爲留戀鵑聲急催歸知
我漫遊倦

訪仁甫湘溪别墅

載客籃輿小敲門椰巷深翠禽啼屋角金鯽泳波心剪韭呼春
酌看花坐夕陰泉聲山色裏清興寄登臨

南湖卽事

寄傲何苦被書磨贏得霜侵兩鬢皤此日偶尋郊外樂一春都
在客中過前村是處明桃柳上冢誰家耀綺羅欲向南湖結鷗
社扁舟烟雨着漁蓑

登泰甫書樓

樓上重門盡日開朝來携客共躋攀聚書多至數萬卷爲屋小猶三兩間暮雨捲簾傾白墮春風拄笏對青山歸來此地真堪樂多恐君王不許閒

奉別棚上諸公

持觴不忍聽驪駒南浦淒然續夕暉一日春風留客坐半船明月載詩歸諸公慣卧青綾被遊子猶栽白苧衣甚欲相從攜晚景鄉心無奈逐雲飛

水陽訪友

擬向湖邊覓故人故人家在水南村桃花晴日飛香雪深巷書聲獨閉門

和謙甫園亭獨坐韻

且復歸田爲靖節何須獻賦效相如一池水滿初收雨楊柳機

頭獨釣魚

過有源兩山寺

種梅人去樹成陰曉雨斑斑一徑深坐久山亭聞笑語隔林飛彈落禽聲

登鰲峯元妙觀

欲從何處覩山色來上鰲頭第一峯長日道人無個事靜看巢鶴立雲松

孫景文字彥昭號止足元時任本縣教諭轉江陰教諭著有華庭集

夏日遊廣福寺

一筇敲破蒼林煙老衲倉皇驚晝眠碧水青山供笑傲綠蘿怪石任攀援爲題詩句磨蒼壁旋洗茶鐺煮玉泉淸致可人歸未得無由此地學逃禪

路入尋幽遶市廛禪房寂寂日如年佛龕前近金仙座茶社頻煎玉乳泉風引竹聲來枕上雲開山影落樽前望湖亭上宜聞眺練水冥冥遠接天

陳　方 字子貞號企山著有孤篷倦客稿

早冬過笠澤漁隱

方塘如鑑石如峯落葉平蕪覆一重雲作晚陰低薜荔水涵秋色亂芙蓉黃冠道士松間過白雪漁翁月下逢尚想天隨無俗伴應攜茶竈與從容

貢宗舒 字致仲號櫛隱居士遠山之子

題彙蘭集後 并序

至正二年春余兄自溧上歸出所著南湖即事詩并宣與溧之酬和贈送諸吟集爲一卷名曰彙蘭集命余續

其後謹疏四言一章聊以應命非敢競爽於諸君子之後也

綿綿葛藟在湖之湄終遠兄弟我心孔思星言夙駕于彼中逵
道里遼遠載渴載饑問我同姓匪他人知衆木有本本而柯枝
百川有源源而瀾漪眷言吾宗匪戚伊誰峩峩侯門藹藹壎篪
陟彼堂階序爾尊卑諸父昆弟備言燕私亦既樂只紀以聲詩
倡予和汝因爲贈遺歸自山堂出其所携琳瑯珪璧宛然在斯
余誦敷過喜極忘疲永言保之惟後之貽

尚書玩齋兄邀往西山覲塋以文員外葬地值雨作

旌棨澹秋色衣沾疎雨凉身忘侍從貴義急故人喪地隱千脈
苑山廻鳳舞兩河南先塋表百世耿難忘

八月十五日宜伸兄招飲

笑揖諸賢會竹林回頭明月只雲深清樽銷瑟廷秋賞苦雨凄
風作晚斟悲喜無窮今古事陰晴不改弟兄心庾樓袁渚俱塵
跡肯爲簷花却醉吟

先人山行圖並遠山卷失之久矣近因扣蓬仙方知留鄭
翁先生乃孫處作詩索之

憶昔先君志尚清肯隨俗子汨生平曾煩名筆題山號更作横
箋記野行客有可人藏已久家傳舊物道非輕不因扣得神仙
語失守難逃不孝名

泰甫兄待制降香南閩中途有司業之命北還作此以贈

千里閩江宿瘴開九重天使降香來波濤滄溟馨香願星斗文
章館閣才使節本隨神馭下畫船仍被聖恩回諸生企望陽司
業化雨行分到草萊

自題柳隱圖二首

垂楊遮我屋頭青門對茅峯遠世情贏得行人閒着眼却疑此處即淵明

五柳先生歸去遲門前風颺柳絲絲誰知三徑就荒處都是詩人覓句時

束仁壽字秉彝號樂山至大時舉茂才至順時爲瑞安州學正興復學田勒碑於州學

自輓六首錄二

塵緣世態苦勞形自笑先生百不能忠恕相傳先聖道慈悲即是在家僧試叅元老猶如月漫將儒官恰似水去住本來無罣礙長江風靜自波澄

好依本分且隨緣有幾人能到百年色即是空空即色田曾爲海海爲田青山綠水渾如畫明月清風不用錢春去春來時有

限花開花落景無邊

貢布詩 字景範號默隱

普化院 在彬村

徑轉桐陰俯碧漪閒遊偏愛景淸奇老龍雨後藏禪鉢乳鴨烟中傍硯池翠竹影揺窗外月蒼苔痕蝕壁間詩郎官駐馬留題日落葉西風秋暮時

顧觀 字利賓寓居鄉與官星子縣尉少攻詩從趙文敏公遊危素欲薦之館閣元末兵起道阻不果劉彥英極賞其詩有秋露芙蓉之句

過吳淞江

洞庭一水七百里震澤與之俱渺茫鴻雁一聲天接水蒹葭八月露爲霜輕風謾引漁郎笛落日偏驚估客航我亦年來倦遊歷解纓隨處濯滄浪

太白醉歸圖

歌成芍藥倒金壺並轡宮官馬上扶樂部餘音隨彩旆仙班小隊下清都長庚萬丈文章炳後世千金粉墨圖江左青山舊時月一杯誰慰客魂孤

送劉彥英

江左衣冠如向日黑頭兄弟亦還家重經白下橋邊路頗憶元都觀裏花暮雨疏簾飛舊燕暖風芳樹哺慈鴉弓旌處處求巖穴未許行吟玩物華

吳彥明秀樾堂

出郭卜居何所似杜陵浣花溪水頭橙葉吟風草堂靜柟樹接葉芳亭幽每從圖史慰岑寂復有琴尊陪燕遊平生我亦愛清賞他日訪君須買舟

爲袁一安題扇

月中仙子種娑羅樹底遥山隔絳河吹落秋聲向何處紫簀窗户晚凉多

梨花睡鴨圖

昔年家住太湖西常過吴興罨畫溪水閣鈎簾春似海梨花影裏睡鳧鷖

阮孝思字維則虞堪詩序云至正辛未余與東海生俱篇練水自楓村塘過桃浦宿崑卯仙者丹房因作聯句六百四十字仙首錢公弱權東海生阮維則也

簡虞勝伯

巷南巷北稀相見奈彼村頭泥濘何人手酒杯嗟有限經心春事苦無多窗簾花影聽鶯語明月簫聲唤鶴馱近報太湖新水濶幾時鼓枻共君過

劉翼聖字子靜官平陽縣尉　後學束澧塡諱

第一泉

我昔鼓棹登浮玉中泠汲水烹新茶山僧踏熟盤陀石瓶罌製銅綆束麻拾柴疊石架小閣點滴未試興已加稍待蟹眼魚眼泛更欲五椀七椀嘉始知下泉味清洌滌煩遠過東陵瓜我聞天泉星有十茲山乃獨萃精華不辨懸出與仄出江流浩浩衝谽谺深藏更顯品題逾貴第一位置眞非誇是時同遊各奮迅揮毫擘楮手頻叉徑欲聯吟繼老戰滿堂默坐屏箏琶邇來讀書苕溪渠河流往往澄泥沙金山阻隔百餘里朝發夕至路不賒會當揚帆積書遊微風細看輕紋斜妙高臺上燃活火更攜八銙頭綱茶

王　沂　邑人字號無考

題東元道家山圖

湖淨明如練峯多翠點烟問君茅屋在何日畫圖傳歲可千頭橘仙衣百丈蓮不應烏鵲喜虛賦白華篇

邱世良 邑人字號無考

題東元道家山圖

謝安出東山庶績遂以熙陶潛出彭澤桂杖乃耘耔古來賢達人進退各有施垂光照千載豈但非一時廣微妙雲初卷舒咸自宜既分講席尊後念家山奇熈熈泮水春眷眷孤雲思不知採芹詠何如白華詩嗟予亦何人半世塵土羈家山豈無趣終當與心期

潘　嘉 字誥祀事作宋末人東元道乃元時人當是宋代遺民

題東元道家山圖

長江峙其東練湖滙其西層峯秀異環蒲溪白鶴秋臯須看啼玲瓏臺館擬其勝門前遂翟蹊高低幽人讀書朝復夕煙翠晴嵐欹几席妙兼茲境歸畫圖到手不妨供玩適宦游寧忘陟屺思翹首悠然望母慈區區三釜官雖卑萱堂怡笑鶴髮垂白雲孤飛望不極雲飛惟見山藏色客路吟幾歸未歸底用畫圖三歎息此中佳處意無窮佳處惟與終南同今我行藏奚必問振衣長嘯生清風山容一見一回好歲月如流山不老君不見故鄉喜有舊田廬兩疏名遂歸來早

經賈秋壑故第

相業如何不到頭諸公歷歷須伊周夢迷葛嶺酣歌夜鬼哭樊城血戰秋誤國正須憂大廈覆師寧忍駕孤舟木棉菴裏催歸鬼誰掩湖山富貴羞

曲阿詩綜卷之八終

曲阿詩綜卷之九

丹陽後學劉會恩時菴輯

明

張　存字性中號雪洞夙具殊慧四歲屬對偶五歲工五言詩十三歲爲邑文生從劉文成基宋文憲濂游其學務收放心以敬爲主洪武初以歲貢生官遂安主簿未幾棄去遍遊名勝歸結廬白之廬以老爲明初邑中理學人文之倡學者稱雪洞先生及門如孫鐸眭禮儲懋輩皆一時人傑所著有雪洞先生集三十卷

貧居

達士遺大化孤懷悟無生栖遲但養晦被褐不掩形饑即嘗一飽野菜和根烹夜寒室中闇壁燈燃松明道勝念常靜氣完神自凝飛雲旦暮起青山缺處平

練湖亭

孤亭倚太空修篁落踈影境靜心自閑頓覺塵事屏橫琴鳴冰

終古調誰能省顧此澹忘歸滿山秋月冷

玉乳泉

福地發靈源千年甃井存淵淵凝石髓脉脉出雲根曉汲銀床滑時嘗玉乳渾茶經因試讀名品至今尊

練水漁舟

發源長山水汊來匯爲一壑望中見四圍山色擁翠鬟萬頃波光澄素練當汀荇藻魚陣遊遶堤楊柳鶯簧囀容誰占斷作生涯釣舟來往乘風便

北山樵笛

湖天落日送歸樵竹裏聲傳一笛樵野調焉能諧律呂雅音豈擬合簫韶始疑參亮山石裂忽變淒其草木凋負薪漸遠聽漸斷空林餘響猶飄飄

石潭秋月

秋風偶乘白鹿車訪友石潭月下居仰視八極山河小俯瞭孤村樹影疎一泓淪浸蟾蜍魄半夜光奪驪龍珠此時近水即可捉何必騎鯨凌太虛

簡橋暮烟

昔召仙嬪入帝鄉雲端前導樂鏗鏘跨鸞已馭凌虛駕擲簡方成利涉梁溪水逢晴流碧漲野烟迫晚鎖蒼涼幾回暝色方題柱莫笑相如老更狂

經山晉杏

經山寺前有古杏移栽自晉永和年根似龍蛇盤百里榦驚雲霧飛九天纍纍青實包銀顆密密蒼陰覆衆筵不藉神明呵護力豈容材大老林泉

延陵孔碑

延陵九里何代祠尚遺先聖十字碑篆刻雖被苔蘚蝕于澤寧容風雨欺況聞掛劍生死信更讀觀樂論迹辭豈惟讓國吳季子嗚呼之嘆誠哉宜

黃堂丹井

諶母去後三千載嘗經墩下井猶存半夜丹光射林木九地泉脉同仙源閟閟已空鉛汞走護爇不妨龍虎蹲自從吳許傳妙道至今遺澤沃雲根

白鶴瓜畦

昔日種瓜瓜緜緜今日畦畔草芊芊設瓜祭天謾陳迹稱吳定門同荒烟但見青山遺葬塚空想白鶴飛歸天試問鄰僧說興廢無分魏蜀幾桑田

朱可大字正平號久菴

秋日訪崇教寺

杪秋風日佳天氣颯蕭爽十里亘經臺悠然成獨往晴雲斂巖谷寒露晞草莽霜葉含醉紅石泉漱清響我懷山中盟歷險窮幽賞聊着謝公屐手扶仙人杖浩歌歸隱篇猶喜逃世網仰覩高卓峯摩雲起宏敞遂忘筋力疲曲磴攀蘿上極目矚大荒紛紜成萬象講經事已違古洞埋塵坱斜日山半陰徐行下深廣精廬訪僧伽禪定悟明朗寂寞生道心空無滅諸想淹留共伊蒲勝味真堪仰長笑還故邱清風隔霄壤

登仙臺觀

石林路轉訪仙臺度海那知鶴未廻火死藥爐丹汞熟雨餘花徑碧桃開窨經墩畔雲還護鄉簡橋邊水自來矯首東風無限

意望湖亭上獨徘徊

蔣　鑄字子猷洪武癸酉舉人歷官海寧會稽二縣教諭

贈武畧將軍畦景賢

畦公將軍才且賢炯炯丹心奉明主健兒十萬擁貔貅猛士三千鬭虓虎曾持節鉞取安南還復歸來鎮江滸畦公將軍賢且明神威凜凜英風生怒氣衝冠毛髮竪酒酣拔劒肝胆傾開疆戰敵誰與雙至今交趾揚威名

張　順字彦容洪武丙子舉人歷官完縣亭安陽武三縣教諭

再謁忠武侯祠

曹瞞不敢躬先篡特以吾侯彈壓之真是行藏關泰否可知生死係安危有原學問俱歸正無上聰明獨擅奇若論君臣名義事尤爲萬古一維持

落梅

山齋爭愛早梅新零落隨稀載酒賓無可奈何前夜醉最難消遣此時春初弦月憶相逢候午夜風驚送別晨轉眼世間惆悵事弔梅還是賞梅人

畦縉

縉一作渭字叔度少能詩蹇忠定義汰天下冗員至鎮江縉以詩謁甚見賞識補縉宗人府提控擢藩府審理著有蛩吟集二卷

客舟秋興

夕陽渡口炊烟斜白滿汀洲荻自華風露羈栖雙宿鳥水雲掩映一浮槎推窗野寺參差樹欹枕山城斷續笳翠竹丹楓秋萬里宵深獨憶故園花

朱寬

練湖漁隱

獨立蒼茫際閒吟興杳然魚風時起浪雁雨欲迷天未造湖頭寺先移閘口船怡怡賞心處暮景自生妍

訪景逢眞不遇

春城恣游衍時序屬花朝路轉鳥蠻驛山連白下橋酒爐期共醉詩社許相招明日還乘興重來不憚遥

朱宏

田園樂三首贈孫景華錄一

石徑通盤谷松門曳女蘿閒身居隴畝涉世厭風波地煖梅開早堤長柳種多甕頭春酒熟留待客來過

江湖行四首贈沈養浩錄一

不作登瀛客歸來作隱翁五湖尋范蠡三洲訪龜蒙花嶼孤蓬雨蘆洲一笛風靈槎如可借竟造斗牛宫

朱容 字仲儒官國子監儒士

秋懷

今日復何日及兹黃葉秋夕陽下高樹閒雲歸遠邱出門欲何之獨向湖上游蘋末起涼風松聲雜水流寒氣生我衣感彼歲已周幽懷向誰寫顧景空淹留

送湯判簿還黃巖

弭節練湖濱持杯別故人黃巖名望重丹闕寵恩新風雨蓬窗夜鶯花驛路春扁舟行漸遠雲樹已迷津

閒居

城市多塵雜溪山卜隱居芸窗香繞竹花圃雨沾蔬喜見儒風朴誰知禮法疎客來時問字載酒過吾廬

過留墅

十里青山帶夕陽半灣流水下方塘獨憐春色無人管一樹桃花出短墻

春夜

花影侵堦月轉廊金猊烟散水沉香玉樓宴罷人歸後帶醉燒燈看海棠

遊紫府觀題栖碧軒壁

丹臺紫府是仙家飯煑青精酒泛霞春晚小窗簾不捲東風開盡碧桃花

朱敬敷字恕先

題貢氏守愚堂

貢君御史裔柳茹宅一區作堂於其中名之曰守愚君居地雖僻往來皆文儒開軒面三茅嵐光侵坐隅中庭鬱喬木餘陰何

紛敷孫枝復繁衍雨露均沾濡君何所不足而以愚自汙君言不若爾智者多覬覦前事之所欣事過則謂痡終身苦馳驟竭蹶求其須嘗之煎以明蚌之病以珠榮華雖滿眼意稱身已癯吾性不耐此芟芟類守株辛勤十餘年卜築依蒲菰南軒而北朝朝夕與之俱冬裘夏一葛蔬盤飯一盂上以奉高堂下以聚妻孥適衢不顧慮願此終懽娛世之高明家對我應嗟吁與俗異趨向名愚誠非誣太息謂貢君君言良不迂大智故若愚守愚乃良圖

淥水漁舟

一片平湖秋萬頃鯉魚浪起腥風冷青山遥聳翡翠堆碧天倒浸琉璃影雨雨扁舟湖上横得魚换酒足平生夜歸泊在蘆花渚蓬底數點漁燈明

惠山樵笛

望湖亭下斜陽時負薪樵子歸來遲爲誰手把祠亭竹一曲臨風行且吹自知眼底知音少此但取適不能好和者又鮮桓伊徒莫令楚狂歌鳳鳥

沈　固　字仲威九歲即能誦講大誥應詔試第一賜鈔還鄉冠中永樂乙酉舉人授沂州同知徵入爲戶部郎旋叅山東政仁宗命監武安侯鄭亨軍出守大同英宗二年詔隨總督邊儲即軍中賜之命兼理兵食諸務七年轉戶部侍郎仍守大同景泰朝徵入爲左都御史英宗復辟陞戶部尚書進階榮祿大夫致仕歸卒年八十有一勳業備載明史從祀賢良祠及鄉賢祠

金山寺

鐘鼓晨昏出梵林金山寺擁碧波心塔凌霄漢青蒼近閣倚松筠紫翠深映水飛甍無客到依岸絕壑有僧臨浮塵一點應難着時有松風亂法音

儲懋字世績，永樂甲午舉人，登乙未乙榜進士，授合肥訓導，擢吏科給事中。英宗元年，充經筵官，改翰林修撰，纂宣宗實錄，轉侍讀，陞戶部侍郎。景泰二年，改禮部侍郎。會南京戶部尚書缺出，臺臣請擇德望之臣補之，遂陞戶部尚書，而懋疾已劇，卒於京邸。

金山寺和唐張祜韻

晚過金山寺玲瓏曙色分濤翻江底月翠擁樹頭雲雁塔懸燈見鯨鐘隔浦聞孤懷詩思遠眺望不成醺

大駕郊祀次楊少師榮韻

天開景運世雍熙恭覩吾皇報祀時法駕朝臨仙仗肅泰壇夜靜漏聲遲音諧絲鳳風傳樂影動交龍月滿旂知是百神咸受職禮行郊社有專司

元夕觀燈賜宴應制

禁城燈火勝蓬萊萬叠鰲山接上台千樹銀花熒碧落一天珠

斗下瑶臺香飄貝闕仙人集風迺龍騶御輦來自愧樗材多幸遇叨陪玩賞醉金杯

金山寺

遥望金山一撮多羣峯不敢對嵯峨撐雲樓閣東西聳帶雨帆檣左右過曉霧淡迷京口樹朔風雄湧海門波古今題詠多豪士欲賦蒼崖悵未磨

燕京送貢均常還雲陽

攜手一朝別臨岐酒滿杯何時重聚首花月共徘徊

王璉字伯器博學工古文辭永樂辛卯舉人辛丑進士庶吉士遷監察御史巡按浙江發奸摘伏公廉不受請托崇祀鄉賢所著有聆笑集六卷

送駕往北京

蹀躞奔趨到騎前江東門外送神仙霓旌晃日金袍迴綵扇裁

雲玉輦圖自象總綏纓索索紫駝負璽袱翩翩微臣際此慙無頌只願黃圖億萬年

送陳子京復上海令

東風拂拂曉征開祖道都門醉別杯天上重紆王爵詔雲間大展宓琴才江花點旆逢春去野老迎轅出郭來君到莫忘今日友新詩好爲寄金臺

殷時 字惟中永樂庚子舉人甲辰進士歷官吏部郎中以清謹稱卒於官貧無以殮魏驥冢宰賻以其漆棺遣之

七里廟道中

獨履春無伴長吟入亂岑草香疑過麝松響似鳴琴路遶花源迥雲迴玉殿深黃鸝飛不見頻送管弦音

對雪

帶雨來沙漠隨風點石欄竹同琦苑植梅似月宮看鳥過初分

色鷗歸不辨湍前人吾未敢高臥學袁安

荆　讓字用光一字汝喬號南川原名櫰

燕京送貢均常還雲陽

傾蓋相逢意轉親那堪日下送征輪流年素髮看花盡幾夜青燈對酒頻杳杳鐘聲雲外斷萋萋草色雨中勻到家正是新秋近好向黃花憶故人

朱斗文字彦章號北湖居士

陳山道中

繚繞陳山路蕭踈古岸楓側身徐杖屨甚足奈蒿蓬毀毀流雲暮冥冥落雁空巨靈房到處龍出玉泉中

王君宜字天中

春日過普寧寺

同廊深處鎖春暉策杖看花信步歸穿樹鶯啼紅日永倚樓僧
望白雲飛

蔡　沂

題少陽陳公祠牡丹亭

生同國色原無主血染江南始有家千古忠魂消不得東風開
作故園花

朱　楨

遊石潭

山路行行遠穿雲過石潭酒旗村市北書舍竹溪南麥秀初雛
雉桑稀欲老蠶偶逢林下叟相與雜高談

孫　鐸　字尚聞號斯存方之祖布衣著有斯存堂稿六卷梅花百詠詩三卷

肯堂精舍

林靜鳥聲幽堂虛客自留白雲晴曈曉紅葉暮山秋空翠松梢落茶烟竹外浮遊觀應不厭期托歲寒訣

寶林寺

素志愛林泉幽尋適自便乾坤冬暮景梅柳雪晴天梵語怡清聽松龕稱獨眠不羈塵俗累猶勝未生前

甘露寺

石崿千尺瞰雲限澗雨巖霏晝不開吳楚帆檣迷遠樹齊梁臺殿長莓苔東南山勢連還斷日夜江聲去莫回惆悵古今陵谷變獨留孤塔鐵崔嵬

金山

砥柱狂瀾坤軸半地空山靜隔塵囂雷霆夜吼驚濤湧樓閣朝盤蜃氣高雲洞雨香烝石髓海門天遠見秋毫楞伽不作東坡

夢灑酒臨江洗醆閒

焦山

一襟烟水倚空濛詩筆王維畫未工翡翠屏開金菡萏玻瓈盤捧玉芙蓉嵯峩鳥道三千里依約巫山十二峯老我西風此登眺放歌扶醉月明中

張　表雪洞之孫

焦山

開闢從來有此山偶隨焦姓播塵寰百川趨海波濤洶一柱擎天日月閒松竹尚迷青玉塢烟霞何處碧桃灣欲窮勝槩無佳句落日扁舟共醉還

朱仲修

練水漁舟

長年幾葉集湖波載得全家活計多景勝桃源春駘蕩山疑笠澤翠嵳峩晚帆自在荷間出晚棹咿啞柳外過泊近汀洲聊把釣醉翁互荅濯纓歌

北山樵笛

不覩童子爛柯碁歸路横拈竹管吹信口無腔聊自適此心有樂可誰期聲飄碧落秋閑暑響入平湖水漾漪何處老漁來和近西巖舟泊少心知

石潭秋月

滄浪百畝近湖流蟾魄來從碧海頭光湛玉壺天不夜涼生銀漢雨餘秋景佳尤勝袁宏渚興逸宜登庾亮樓百丈仙梯如可借此時高步廣寒遊

簡橋暮烟

詎毋當年攜餉成每臨天曉幾重橫淡浮桑柘連村落濃罩樓臺近市城結暝不妨歸馬路凝陰還促旅人程牛羊故道行來盡捲破鐘鳴一兩聲

經山銀杏

金牛洞口歷千年雨露恩榮愛獨偏材太反爲梁棟棄節高且保幹柯全塵氛遠隔陰浮地暑氣無侵榦拔天有賴神明呵護力莊嚴永與占林泉

延陵孔碑

夫子留書十字文雕鐫蒼石倚孤墳特褒吳季全淸節更歎周衰迴絕羣春盡龜趺埋砌草庭空螭首礙松雲開元奉勑重摹搨遺德英風萬世聞

黃堂丹井

仙母凌雲返帝鄉，空遺古甃占雲陽。竹陰寒覆澄泓影，花氣瀠涵冷冽香。上畢綺欄鐫歲月，傍臨蒼碣刻文章。到今世代幾遷變，夜半中天尙矚光。

白鶴瓜畦

孫鍾在昔飯三仙，幾畝空留井上田。東帶湖流資水利，南襟陵墓壯山川。世多易主居人識，事竟時遷古跡傳。每歲有司來致祭，良辰况屬暮春天。

馬琬 字伯固，正統甲子舉人，乙丑進士，官監察御史，陞福建按察司僉事。

輓同學周奇玉 奇玉名琦，正統九年歲貢生，官惠安縣丞，署長樂邪縣。

三十里外勞王事，六十年來喪閩城。長樂鶴歸渾不返，惠安弦絕有誰鳴。海濱赤子思慈母，故里臺臣憶舊盟。盡得如君能報國，汗青端不愧平生。

李　安字子靜景泰癸酉舉人順天丁丑進士官戸部員外郎

遊沈墅

每憶山中寺篠蘿試一攀鶴行修竹下僧臥白雲間有鳥皆歌舌無花不醉顔平生尚幽興到此欲忘還

新雁

忽驚秋落塞垣飈鴻雁南翔萬里遥遠浦乍聞聲嚦嚦寒空時見影蕭蕭未忘瀚海霜前夢猶帶龍沙月下標莫向長門宫外唳愁鬢一夜綠應消

陳以忠字立本成化戊子舉人壬辰進士歷官四川布政司左叅議河南布政司叅政　制義名滿都下同邑湯尚本禮徵蘇州王文恪鏊等皆其受業弟子

北固山三山志作陳立舊府志作陳以忠

一登北固山笑立在人頂先得日月光覽盡江山景凭闌近青

天風裊生袖領千里北闕思丹心常耿耿

戴　璽 字廷章成化庚子舉人官江西南昌府通判

北固山

特地過禪關風光不等閒水鷗浮没處潮汐有無間自古眞如境從來第一山雖然住塵世却是出塵寰

孫　統 字隱君號南山以子方貴贈奉直大夫

奉和石淙楊公原韻二首

燕侍商山笑語温珠璣江上荷重論柳圍仁里開晴網路入吳沚倒晚尊七步才華眞學愁三朝勳業赤心存蒼生豈獨還翹首眞討淵源子更孫

我公江郭别開顔柱國勳名著兩間斟酌天樞同北斗始終交誼到南山文章百代誰能匹砥石千尋莫可攀共仰帝心還簡

在那能得許賦潺湲

楊綸 字錫三成化辛卯舉人辛丑進士

北郊

風塵迷市色雲水静郊容採蕨金牛洞尋僧翥鳳峯醉霜巖徑葉泣露石泉松杖履多幽伴陶花一路逢

湯禮敬 字尚本一字仁甫號雲谷成化丙午舉人弘治丙辰進士授行人司歷刑科給事中首劾逆璫劉瑾謫冀州通判瑾榜四十八人於朝堂目曰奸黨禮敬名第一瑾敗屢召不起與王文成守仁善有往復論學書著有諫垣遺稿行世事載明史崇祀鄉賢

題望雲思親圖

天際危峯一點青孤雲飛處最關情遠遊碧水紅塵隔悵望慈闈白髮盈肯把此身違色養可能揮手謝塵纓濕誰借得雙鳧舄時復承歡竭寸忱

別崔友敬

交游零落嘆晨星何況君猶別我行久向紅塵淹德驥欲從滄海掣長鯨斯文會裏精神減詩酒壚前落寞生酒盡玉壺人去也飛鴻没處晚山横

書懷

青瑣批鱗憶昔年歸來印壑鬢皤然丹心一點今仍切夢裏常依黼座前

殷鏊字文濟宏治壬子舉人壬戌進士少負詩名與李夢陽相唱和正德中任僉事疏請建儲語侵逆瑾下獄論戌

北固殘鐘送客

偶來甘露寺高閣漫淹留雙鳥飛江外孤雲起石頭歲時丹壁記風雨錦囊收碑斷文多蝕憑僧説漢周

孫　方　字思行號宜齋宏治辛酉舉人正德辛未進士授行人司行人陞監察御史所刻有管子註

題延陵曲阿書院

卜築依阿曲林泉趣自幽月明書帳冷池淨墨花流火𧃍知茶熟簾開識樹秋此中無箇事高論共相酬

孫　育　字思和號七峯方之弟由邑文生入太學遊守溪王公石淙楊公介菴靳公之門皆愛其才以貲洛陽冊之搆七峯山房去麗精雅甲於三吳工詩文字畫與唐六如祝京兆齊名屢困場屋曾詔以筆札取士得直文華殿中書所著有七峯山人集十六卷所刻有陳少陽盡忠錄

石淙楊公紫溪馬公掌教張公虛舟鄭公集山房分得興字

野落生光紫鶴鸞下蘿逕窮巖留杖杖幽尋足深興山泉薦清響溪毛雜盤飣四座集時髦分賡互參訂

分韻甫成石淙楊公決意返旆賦此

離情何草草已復萌去乘青林轉千旌孤雲渺相映西望懸心
旌搖搖耿難定落日歸柴扉村空落花靜

車駕駐潤州幸少傅楊公私第懽然累日恭述六首

神武威南服龍舟駕巨濤犀兵宜畧遠定亂禹功高日彩浮黃
鉞雲光動赭袍老臣三稽首復恐聖躬勞

海宇承平日明良慶會時虹光連井鉞綵野繞參旗荷寵星辰
近承恩雨露私還聞天監邇政績在西陲

待陰留仙蹕名園異洛陽禮遵周制度賦奏漢文章樹映螭頭
曉花迎雉尾香忽聞鳴鳳吹又進萬年觴

三顧承恩渥回鑾此日過綺櫳輝寶宇花浦接銀河樂奏鳴球
叶歌傳在藻多唐虞今復見盛德迥難磨

南陽延帝幄莘野訪臣廬雨驟千軍騎雲屯七聖車瓊筵張趙

瑟華燭轉燕裾史館行宜付勳庸合屢晉
萬舞臨周宴清歡一夕同聖情春浩蕩天翰日昭融嫋嫋金颸
度厭厭玉漏中載歌賡既醉花外已鳴鐘

西莊侍石淙楊公紫溪馬公掌教張公茂才鄭公聯句

南山倚衣已餘興復西莊楊石淙使節平林外行厨密竹旁張敬輕
雲低閣仗殘雨捲垣桑馬驄燕背旌旗出花迎黼黻香鄭若庸乘軒
青嶂遠褰幔碧川長孫育觥錯休辭醉緇衣意未忘楊石淙

奉送邃菴楊公自孫山歸京口聯句五十韻有序

少傅楊公丞以生知作貢方牧觀天人之微篤神明之
學敭歷中外兼資文武出處既均禮義咸備公勳業在
宗社德澤在海內金石富乎鐫工好士過乎飲食茲夏
乃壓下御弭節曲阿叟以家君得留信宿育學愧飲河

言慚抵玉感昌黎之右相規少陵於左丞謹與馬駙吳
門鄭若庸登爲同聲上塵鈞矚倘因瞥覆實出嚴恩育
無任悚惶之至正德十三年五月晦日門人孫育謹識
上相除芳飾朱明載令辰駙前驅雲氣合下里物華新育霧隱
山川動恩沾草木欣庸驊騮開道路鶯燕屬車裀駙向氏婚姻
畢朱公出處均育杯盤三宿客風月兩間人庸整頓乾坤定驅
除虎豹馴駙太平無一事談笑掃千軍育景運初承考融風已
降申庸滇海通源久湖湘獻瑞勤駙六宮驚婉孌萬里定風雲
育尚食供廚傳詞林出典墳庸青髩看折桂黃紙已徵華駙法
從將綸綍衣冠侍紫宸育文章多士入謀議老成詢庸化雨開
西北星軺指晉秦駙新詞歸正學大受起全掄育許與皆元季
幽明屬顯甄庸西陲安大雅南國典靈禋駙帝薦崇明秩天書

下使臣育 馬曹趨手版驢櫪起鹽輪庸 佛力應殊遇通材可獨
任駙 三邊承號令一省付宣旬育 斷角挫沙草清霜下塞壁庸
請詞無近利賜謚有先民駙 既篤朱元晦兼盟賀季真育 狼烽
連統夏猿鶴守機縉庸 月映諸羌靜陽曦九竅昏駙 司徒掌邦
賦太宰總朝紳育 進退諸籓肅栽培善類伸庸 九重應特典四
海俗還淳駙 郭令除騶從盧公具水薪育 吐哺延國士按籍授
王賓庸 業以韓歐正才於蹇夏文駙 勉仁同薦轂推老接芳鄰
育 帝命推元宰廷心合化鈞庸 緇衣開紫閣舄几上青旻駙 天
顏時穆穆國事日侁侁育 貌瘁猶深念時違始獨論庸 載承蹤
廣詔歸掄李鷹尊駙 擬醉京江酒寧忘孔氏津育 南園開逸老
小甕閉藏春庸 丁卯橋邊雨庚申夜半神駙 黃庭扁妙有紫氣
入元因育 衣送高僧去茶留野老頻庸 僕本稚纖子素非經宰

倫駢惟公憐潦倒時命引車巾育鉛刀無利用猶可斷荊榛肅豈是鄴中物嘆非席上珍駢仲宣將就表蔡澤竟投秦育所賴荊州牧能收倚馬陳肅虞廷有修竹獨抱鳳凰吟駢勁直干虛漠韶和達賡琅育薰風不長被顛頷脫雲身肅

古棠 字師召號練溪宏治甲子舉人正德甲戌進士授桐盧知縣調金華擢監察御史劾奏宦官谷大用又論救大學士石珤以議大禮弗合出守南昌調慶遠治蠻僚有惠政所在廟祀移守衡州擢福建按察司副使崇祀鄉賢所著有練溪詩草四卷

八月十五日雨中過六盤山

四馬搖搖過六盤陡生烟霧失層巒泉飛深澗推沙磧路入顛崖嵌石灣泥蘚不勝沾足活疆裘無奈壓衣單巡山士卒須知險此是隆城虎豹關

過金佛峽

巨靈斧劈鐵門開一線清泉兩岸苔壘石爲垣真鎖鑰嶻山支屋勝樓臺閒情正好徐徐步行色那堪故故催空谷足音頻蹀躞靜中惟有衲僧來

成大參設酒閱武在座盛少卿郭少卿酒酣薄暮晚色放晴乃尋弓矢盡懽而散

晴舒雲賣日西來野色撩人酒量開寒草翠交秋未老烟巒香合雨初胎杯盤重子傾仙液弓矢慚予上將臺銜校試來俱絕藝殊方殘賊敢爲災

點差陝西巡茶馬

三邊軍務資茶馬簡命朋明第一、差單騎徑趨關陝路九秋好放潞河懷未能雲錦彌寒谷要使龍團溢冷齋況是科條具有舊等閒不用故安排

寄丁雙登

別却雙登又一年相思幾度醉成顛隴西雲壓天邊樹京口潮平屋後田不放雁書來朔漠祇丸熊膽助韋編雨中春草臨池字伯仲風吹戀入元

孫　沭字心新號曲水八歲舉神童弱冠補國學生以母憂居孝養三十年隱居不仕一時名士如閻學顏公鳳臣賈公詠太保周公倫司成廖公紀通政張公袞皆高其行而樂與交同舍生奉新鄧廷相貸百金相死毀券歸其孤歲賙恤之邑令來君汝賢義之命修麥舟橋聯書其事於石

題南山石壁

南山石壁屹如城何代山神爲削成莫笑丈人真好事一時賓從喜題名

史　鸞字和鳴正德丁卯舉人官郯縣知縣

早春野望

淑氣隱陽動晴光帶晛開鳥冲孤嶼去雲度半溪來老樹留殘
雪輕風落細梅未尋幽賞約湖色已先催

重遊金山次韻

登山撫景尋詩句山愛詩奇景放饒嵐氣吐吞京口樹鐘聲進
退海門潮竹圍蘭若烟霞積茗酌冷泉塵土消何事仙舟重過
此白雲先爲鶴來邀

吉　梁一作良字大用號四泉正德丙子舉人官京山縣知縣改墊江知縣

遊紫府觀次高司馬韻

烟霞開福地龍虎衛靈壇花雨紺園淨松風紫閣寒江光邀遠
眺石甲進新餐水火空遺跡從誰一問丹

次李邑侯遊焦山韻先阻後濟　愛泉李學道

颶風舟路斷仙棹肯輕過誰愛詩留客天教江息波山花秋轉

麗雲物晚偏多更覓最佳處開樽傍薜蘿

北固山和李邑侯韻

樹色蒼蒼草色淒排雲回瞰兩山低盤龍嶺斷江流北走馬澗寒日落西斂舉羽觴花下急獨尋僧隱竹間迷風流未是幽奇盡棋局詩囊帶月攜

蹬絕盤龍多景生何須方外覓蓬瀛蕪烟弄色芳洲遠樹日迴光古殿明兩地金焦護元氣一天風雨走江聲逢僧莫問前朝事狠石依然宿草平

金山次李邑侯韻

玉削芙蓉不染埃凌波直欲倚天開僧嘗試食呼龍出客爲尋詩載鶴來萬里風烟朝聚閣九霄星漢夜臨臺江山清景題難盡誰謂前人獨擅才

矗立孤根鎮兩間飛濤走石日潺湲江南勝概饒斯景天下奇觀只此山龍帶雲歸巖洞溼鳥隨花下石壇閑淵明逸氣驅千古飲與那緣白社慳

焦山次李邑侯韻

山寺天開江作門漁樵聚處自成村驚濤雷吼乾坤撼古木雲屯殿閣昏鑽雜梵音清客慮梅嬌春色役吟魂山名以姓還何意要使高風萬古論

江峯擁翠護空門江水流澌入別村羣鶴風摶窮海嶽一僧雲外住朝昏詔賢直繼春秋美銘鶴空招華表魂天曠自多風與月好懷須向此中論

登吸江亭

江畔懸崖闢一亭天番四面列如屏窗含千里雪濤白座擁無

數秋山青有客弔古鬼泣句何人瘞鶴僧傳銘洒酣長嘯日西
下松際月來心自醒

焦隱君三詔洞

公愛茲山樂與盟山靈何幸得公名而今丹詔輝巖壑不爲金
章改性情光應再徵曾犯帝坐從後載却稱兵惟公獨可攀夷
駕千古清風起後生

春懷

茅堂生事雨中饒菊圃分畦種藥苗花鳥向人成主客江山容
我作漁樵破除午寂琴三弄滌蕩春愁酒一瓢不到西園纔兩
日亂紅棲草綠垂條

夏懷

薰風亭上暑猶輕不速朋來似解情紅雨滿堦花事了翠雲繞

屋竹陰成𥳑簾到地嫌妨燕移榻臨池喜聽鶯試煮月團階臨

思玉泉分得惠山清

孫　曙　字旭升號東泉由歲貢生任嚴川府改順寧教江

簡丁延桂

練渚東風掠燕鳴吳帆曉日趁潮行賓興禮數須知重國士功

名未可輕杯動山光新驛路柳分春色故人情丹山五彩從今

試化作長虹萬丈騰

丁　玘　字式玉號一山由歲貢生官南靖縣知縣

練水漁舟

晴湖湛若練釣艇蕩如葉呼酒入菰蒲收綸待明月

北山樵笛

山靜恣幽尋穿林坐芳樹悠揚樵笛聲更在雲深處

石潭秋月

潭在石尤澄月澄秋更好清光挹故多芳潤沾不少

簡橋暮烟

榔簡遺仙跡題橋自俗名朅來久竚立惟見蒼烟生

經山銀杏

古樹經山麓拂雲眞可憐已知前去世未卜後來年

延陵孔碑

十字表新阡要令萬古識若無季高風那有孔心書

黄堂丹井

九轉井何功丹成可留液觀碑欲窮源無字空有石

白鶴爪畦

白鶴飛去爪畦竟不開山僧傳往事細細說從來

眭　瞇字子蘊號中冷嘉靖戊子舉人己丑進士授行人司累官户科刑科給事中

練水漁舟

山水端有靈芳桼怨萬葉懸知漁者心未應在風月

北山樵笛

樵彼郭北山笛聲出雲樹更有海内奇玉泉在幽處

石瀨秋月

寒流石罅清素魄霜天好水月兩相涵知此人尤少

簡橋暮烟

靈源來何曲擲簡浪傳名邇歲人蹤少荒烟薄暮生

經山銀杏

山中一木台能取世人憐新榦中心起流芳應萬年

延陵孔碑

高哉讓國心濁世何能識幸生君子鄉徒自瞻遺畫

黃堂丹井

仙道本荒唐井泉豈能浚自昔已忘言穹碑惟素石

白鶴瓜畦

天昌孫氏運適有此畦開渺渺雲中鶴無心自去來

樊　符 字信夫號三溪嘉靖辛卯舉人官茶陵知州改茂州著有三溪草堂詩集

村西晚步

帶酒步西垌金風吹欲醒徐行穿竹徑小立對蒲汀日落寒愈赤烟橫樹半青歸來襟袖濕知是露華零

秋日

踈雨亦生涼攜筇步夕陽柳稀無厚蔭荷破有餘香蝸篆縈墻巧蟲絲罥樹長前村看又暝景落更迴光

貢元忠字由歲貢生官廣東化州同知陞直隸涿州知州

簡孫斗南先生

江南灝氣接天涯處士星分故舊家豸繡文章華上國龍灤衣缽泛仙槎當年白鶴傳消息此日丹砂長汞芽霸氣已灰銅雀焰瓜畦猶自覆烟霞

東爵字汝修一字天卿號九河由拔貢生登嘉靖辛卯舉人邑令來菲泉薦其才於嚴嵩九河固辭且作詩刺之嵩怒搆獄幾死後爲衆所申救始脫

四日出京

曉發長安道風高爽氣新秋雲橫老劍寥廓空飛塵啼鳥如憐瘦青山亦笑貧鳳城回首處明月渡江津

宿上清宮

萬山啣落照一徑入元宮犬吠雲深處龜行草蔓中燒燈窺道

籙乘月躡仙踪虎印蒼苔滿依然訪赤松

二月別孚泉諸年兄

仗劍同君酒一樽青山迎笑出都門氣噓寥廓秋雲碧恨斬蛟螭海日昏萬點林花驚歲月十年心事任乾坤耿懷欲吐驪歌迴會訂春江共細論

寄唐鶴川年兄

秋雲曾繼驊騮尾眼底誰憐江上情夜靜銀臺懸月白天高黃閣送風清也知蕭艾無多侶不比猗蘭香更榮俛仰乾坤增感慨不平懷抱仗君傾

楚人抱屈五雲窩臺殿風高暑不過故舊獨憐青眼在風塵無奈黑貂何玉河流水愁聲濺丹闕烟籠客恨多薏苡滿車終自白不將華髮歎蹉跎

宿浙江驛中

錢塘風雪滿孤舟，海日旋看上驛樓。五夜濤聲遷客去，一天星影大江流。蓬窗蕭瑟呼兒語，書劍飄零感宦遊。更有杞人憂未釋，夢魂猶繞鳳池頭。

西湖遇雪

北風吹雪滿西湖，逐客閒遊興不孤。朝擁黑貂尋舊跡，夜燃青竹照歸途。寒山排漢開瓊嶂，凍月穿雲透玉壺。因憶長安諸舊侶，奇觀還似此中無。

和徐晴湖

寂寞殘年故舊過，心仍北闕肯蹉跎。暫逢烟雨迷京口（爾時為嚴相所陷被冤在獄），依舊湖山麗曲阿。夜月臨空情未已，朝雲結陣怨如何。獨餘龍劍光鋩在，白首春風感慨多。

幽草誰憐在澗邊春風一刻自生妍豺狼未許凌蒼兕江漢寧知勝白泉爾時賴白泉公救拔華髮豈容愁裏變丹心賴托夢中傳清尊興洽琴堂晚忽見南湖起夕烟

張珍 字聘之嘉靖辛卯舉人乙未進士授工部主事陞戶部郎中因抗巨璫乾沒國貲爲忌者所中落職歸乙卯倭冦江南陽邑無城池珍捐貲以爲倡築牢同郡悉力守禦民賴以安崇祀鄉賢

謁陳少陽祠

宦休重謁少陽祠水色嵐光悄四圍碧草尚含亡國恨寒鴉空帶夕陽歸誰憐逢比身先逝獨憤汪黃事已非一觀遺容凜正氣西風吹淚灑征衣

遊練湖有感

誰爲吾民開此湖一方勝景控荆吳何須鑿水天生水焉用征租地貢租聖代津梁原不禁豪家漁獵自貽辜緬懷往事徒增

慨秋壑遺廬今已蕪宋平章賈秋壑曾占練湖事載邑乘

孫　相字志尹號鳳山方之長子奉義判官

仙臺觀

素有幽尋興岧嶤入翠微徑深苔蘚合地遠市塵稀暮嶺元猿嘯秋空白鶴飛壺天好風景吟眺竟忘歸

永寧寺

禪關寂寂草萋萋時見空梁落燕泥滿地白雲人不到松梢惟有杜鵑啼

孫　楨字志周號石雲方之三子太學生經史藝文至象緯堪輿之術靡不洞悉旁及彝鼎圖書寓目即辨真贋與湛甘泉若水唐荆川順之交究心性命之學所輯有孫氏燼餘錄西莊詩集淳化閣帖釋文十七帖釋文痘症論三卷石雲遺稿六卷

城上時爲備倭築新城

衣袷重登百尺樓不堪翹首望蘇州空山落日蒼猿嘯野水稽天碧海浮胥苦右軍終去郡數奇李廣未封侯少年城上横聯袂只解狂歌爛熳遊

獨倚新城思鬱陶天風吹動漢旌旄練光遥映吳中馬山勢斜連海上鰲粤虜箭飛雕鶚羽倭奴刀釁鸊鵜膏王師不好窮追殺故遣江南壁壘高

城上春雲遥遶天城邊新月照長川門收銀鑰傳金柝箭發銅壺瀉玉泉搜粟勸田供餽餉伏波横海駕樓船三吳自古繁華地悵望烽烟一愴然

逍遥曳履眺新城縹緲飛樓接太清南極五雲通紫禁東陽諸島逼蒼精山中歲月非疇昔海上旌旗數變更欲假酥醪消世慮反拈鸚鵡惜禰衡

最高樓上望蓬瀛淼淼烟波蔽日明島嶼黃鬃徐市𦨰風雷虛
護子畒城三軍何日爭超距請將誰能一請纓昔日衛公嘗有
說制夷兵法更須精

倭亂家難役有感

傷心忍見黍離場薜蘿森森過短墻閒步獨來門外望淡烟疎
雨閉斜陽

丁一敬字聚卿玘之子嘉靖甲午舉人歷知崇義安仁衡陽三縣權滄州守所至皆有治績崇義衡陽皆祀名宦崇祀鄉賢

焦山次李邑侯元韻

蓬萊聞說在人寰此日登臨豈等閑鳥道望窮天接海禪林行
遍屋藏山壯心長繫五雲北勝槩都歸一席間不是公餘那得
此幾多民社正相關

宦哭 字懋明號東江嘉靖丁酉舉人辛丑業南雍卽爲懸居不仕

題養拙山堂

投閒閒別業杖履日無違細水通蘭徑高花過竹扉雲多成嶺遠地僻遇人稀盡日留清聽鶯聲到落暉

朱應奎 字仕徵號平野占籍大興嘉靖戊子舉人辛丑進士授刑部主事轉員外郎中官兗州知府江西參批道江西按察司副使寓居京師題所居曰乾坤容吏隱花鳥伴人閒

西莊訪孫古崖

高閣凌空倚翠微峯頭常見白雲飛有時點易焚香坐不覺松花落滿衣

姜寶 字廷善號鳳阿與兄寀同遊唐荆川之門嘉靖丙午舉人癸丑進士授翰林院編修會吳時來張翀董傳策並以論嵩杖戍使使送之行贈以贐嵩怒出爲四川提學僉事轉參中州藩提督福建學政入爲南京太常少卿轉膳黄通政陞國子監祭酒南轉刑部侍郎改吏部晉禮部尚書加太子少師致仕卒年八十祟祀名宦鄉賢所著有

周易傳義補疑春秋事義全考稽古編大政記綱目屬刊
文集鳳亭詩集　公爲荆州高弟受知於邑令袁非泉後
爲徐華亭門生不以死生盛衰改節尤篤於師誼　披閱
公文絕以制丨詩亦不事雕鏤春容大雅自是唐音

送陳君務齋歸越中

古人重分袂一日如三秋後晤無前期使我饑欲調去影已泛泛居情尙悠悠雖君善丹青何以寫我憂采葑詎可棄伐木當相求昔以花時至花謝君不留明年花發時還應思舊遊

初春王方湖中丞於石犀寺招飲摩長篇枉教用韻奉謝

藝苑推摩詰元搜思入冥意氣四海空〻吹〻噓春風生心遠辭閒俗禪關學逃名有時發清籟恍似天球鳴弱娟滿篇帙春山畫中行多君不鄙夷許我以同聲相邀法華界不作留連情俳言信多膩慚愧本無成童冠偕點瑟詩禮趨孔庭燒燭漫引杯促席共談經君繫蒼生望未可戀山靈輞川縱堪娛松蘿且深扃

策勳華乘時耿耿答休明

惜陰

人生問學須及時學不及時其可追長江日夜流不歇滔滔東去無還期白駒之景正如此青雲兩鬢常易絲古人愛及寸與分而我悠悠乃若斯既知此生不虛生胡爲暴而寒間之曰新又新彼何人湯盤昭揭眞吾師吾人稱爲萬物靈良以心能念在玆若與草木同朽腐安用天地生我爲少年放浪不勉旃老向白髮空自悲世人但解惜黄金誰解惜陰貧更宜黄金費盡嘗復至歲月冉冉豈我隨願將人世惜金意對此流光時三思

同會沙苞泉宿平坡寺

峻嶺號平坡相攜試一過路因馬蹄窄風爲鳥聲和地廻瞻天近宵清得月多經玆不歡適幽意待如何

濟州夜泊

携樽問林壑分色在松蘿異代人應隔殘碑字未磨岱盧山吐月泉溢水增波明發應東下何年此再過

途次贈吳汝山藩幕

夜月一樽酒秋風萬里程同爲異鄉客時話故園情去住分暄冷行留任雨晴世途每如此不必論虧盈

送周鳳泉學博移王府教授還蜀

蜀道雖難是故園詎如江國昔蠻烟青山無主應歸隱素髮何人似少年塵世相看渾戰蟻浮生不用獨爲氊君今已自抛名利好教兒郎學草元

清明日舟泊彭城遇徐石潭貢生

幾載清明愁病裏今春又值遠行時長河風雨留征棹故國松

楸繫蔆思爲認東坡殘斷碣偶逢南郭老經師對君猶憶金陵道各爲微名髩欲絲

送同節姪孫鄉試

蓮花的的照衣明湖上相將倍有情知白未能余守黑出藍何事爾爲青屣今以後迎王粲鞭是誰先着祖生北道若逢人間子東家邱已久逃名

送張雙泉之安溪令

昔年遙憶在南州幾度相攜上國遊簪筆[illegible][illegible]金馬詔鳴琴君泛玉溪舟一尊誰共長安月兩地同邊故苑秋惆悵不堪離別去客中回首倍添愁

陳華山憲副失意東歸詩以慰之

瓦樂糠粃孰後先身名何用慕爲羶陳思作賦原多藝李廣封

侯獨少緣世事半生蝴蝶夢江村三月鷓鴣天還鄉正遇青春好閉戶看君自草元

送丁少鶴

少鶴人呼自昔年爲云宿世是眞仙風神遼海千秋在道術荆川一派傳世有文章成虎豹歷官無意羨鷹鸇與君別久今仍別把酒臨岐更惘然

山行

綠陰愛欲留青山行不住回首聽泉聲忽焉失佳句

草元亭

擬易應知吉與凶此身去就竟夢夢子雲若果通元理何用依歸安漢公

琴臺

雲散臺空草色侵百年誰信白頭吟琴心若付江流水靡靡應

同濮上音

宿棧中

林嵐當戶翠屏開有客停車問酒盃一夜水聲喧枕上却疑風

雨滿山來

曲阿詩綜卷之九終

曲阿詩綜卷之十

丹陽後學劉會恩時菴輯

明

荆文炤 字叔韜號雲洲嘉靖乙卯舉人己未進士授烏程知縣歷戶部主事

簡潘天佑

冬雪泛瑶光凜凜積層山春水漾綠波溶溶滙澄潭寒溫豈無端代序若連環羨君希落姿置身廉讓間支笻步芳原心與浮雲閒曠覽極千古名利奚足躭願結香山社攜樽相往還

楊　會 字希曾以人材薦任衡州府知府

白雲觀

雲深臺殿寂無譁翠削芙蓉面面遮塵世古今真傳舍洞天日月自仙家山鶯坐語溪橋柳野鹿眠分石徑花我欲結茅此間

老碧桃萬樹是生涯

丁一道字修卿號華陽玘之子一中之兄由歲貢生官廣東吳川縣知縣隆慶間曾纂修縣志

閒居

華屋四五間結傍修竹陰新笋簷下列碧草堦前深白雲在高木芳陰襲我襟持此一杯酒而抱古人心

披茲紈素衣驅車上高岡仰視烈日輝浮雲何飄揚周道繁荆榛我心懷憂傷丈夫挾弓矢所志在四方四方阻且長安能離故鄉行行與子旋樂饑泌之洋

書齋自述

寂寂楊雄宅琴書只自親庭花閒白日階草度青春晝永遊絲颺風停乳燕馴飄然欲行樂塵鞅苦羈身

顧彥遠字俊文以人材薦任都察院經歷

過延慶舊館

古寺空山裡禪關放鶴開寒鐘出水殿清梵隔花臺荒館居時變新松別後栽同遊寥廓盡遺翰半蒼苔

丁一中字肅卿號少鶴千十二郎餼於邑庠由恩貢生授晉甯縣知縣陞戶部主事以事謫延平府歷泉州郡丞平海寇曾一本之亂復轉南戶部郎中擢稅邗關所著有鶴鳴集崇祀鄉賢　少鶴山人與兄一敬並從學江西羅洪先毘陵唐荊川之門夙有文聲書法亦工屢聘同考官一時名士多出其門

春日登泰山同張虛菴毛鳳池次見堯官宿絕頂分得小字

夙心仰泰山退想阻緜邈未覽山巔奇焉知天下小岩甃大塊崇神秀元化巧樞軸運九垓靈光被八表扶搖見游鯤霄漢切飛鳥玉帛豫宸遊帶礪存國寶萬象天門秋三更日觀曉宇宙如繚垣滄溟若池沼歷歷指寰中巖巖出雲杪碑殘漢字微松

偃秦官老天外倚瓊樹霞間拾瑶草卓哉護大觀渺爾輕衆好
暢豁天地寬洞澈日月皎白鶴舊翩翩孤鸞仍矯矯素懷亦已
酬逸興殊未了從此覽四嶽四思涉三島

登日觀峯觀日出

傳聞泰山日三更海底升我來登日觀雞鳴猶未曾東海但冥
濛灝氣相鬱蒸初驚一線火熒然迸層冰俄然露半壁閃爍如
有楞指顧共駭愕金輪忽全騰儼如山下池日在池中昇扶桑
何處所底泚亦難憑勝事祇自詫奇觀良足矜蓬瀛諒非遠從
此其凭陵

謁九里季子嘉賢廟同管嶰谷邑侯致祀

延陵吳季子實秉聖哲資德紹吳泰伯貞符孤竹夷辭榮敦志
尚歷聘赴心期鑒貌結忠彦聆音洞元奇文章振吳楚禮樂重

龜著國運屬顛隕窮耕保宗祠存亡不易念劍掛空林杖義讓
光蕺俗披裘泖金遺生作萬夫望逝為百世師表墓稱君子宜
聖題豐碑流風啓後進陰澤庇羣黎國祀年年重蘋香處處思
玆值清和候適當崇報時管侯宿相戒連鑣共南馳肅穆瞻遺
範徘徊眷庭墀在昔春秋國於今祀者誰始知德不朽何以名
位為

樂府鐃歌十二首贈胡梅翁平海休烈 有叙

吳越瀕海倭奴犯順天子震怒命將征討數年未效乃
胡憲使被命代巡浙江不狎不順遂出師三破之帝知
公大勲進位三錫俾重鎮浙直大奏克捷沉謀奇畧盡
其巢穴而汎掃之露布以聞四方鼓舞歌載更生之德
功隆今古宜垂竹帛不但如孟堅之記一師昌黎之頌

淮西而已猶當叶爲風雅被諸管弦俾聞者知公德業之盛美遺休烈於無窮也僕以菲陋未足揄揚然志存翰墨得與頌述之事矧守官屬下覩聞尤切詞發於情無容自已敢效古樂府以嘉猷偉績演爲鐃歌十二俾傳誦而歌咏之庶乎知東南奠安之所自也

浙水揚

公持憲浙江端重風紀出墨懲污絏綺知戒矧選將練兵令嚴恩洽士氣踴躍思奮倭奴聞之先喪膽矣爲作

浙水揚

浙水揚公鑾艮絲綸天上語驄馬月邊霜華岳摇秋色江淮生曙光墨夫知解綬驅駘自成行列羽春雲潤倚劒蒼山長腹心兎罝子投欵渴以忘豈獨匡吳越還將靜四方北極由來王天

狠敢散芒樹聲滄海湄伐鼓時鏜鏜

搗龜山

寇聚龜山公定議據險督兵出剿無不以一當百遂大勝於龜山之上士氣百倍爲作搗龜山

龜山何渺茫去浙八十里倭酋胡不揣擐甲錢塘水我公奮智勇提兵天外起三軍氣自倍精旋耀虞汜武矦雲鳥陣秩秩皆統紀酣戰日已旰狂童自委靡醎血腥魚龍殺氣傳滄呲鼠竄聊偷生俘獲何纍纍奏凱歸柏臺愬功孰可比

戰嘉禾

倭屢犯定海意圖深入公設計出奇遂有檇李之捷爲作戰嘉禾

三吳嘉麗地綺靡勝中州蠢蠢時相擣一望爻方秋相公軍北

向寒風正颼颼列陣太湖陰三江氣欲浮賊勢猶睥易自恃貔與貅我軍相犄角孤豚穽中收似杵投舂中血赤湖邊洄先茲報明主東南未足憂

清風嶺

寇自台嵊將逼紹城乃遣將邀擊於清風嶺俘獲甚多賊勢遂散爲作清風嶺

扶桑日本東羣醜何瀰瀰乘潮時往來明州三日爾塗炭和蒼生狼藉我畝敵公曰勿玩寇鼓勇自茲始提兵八千人馳驟如雷雨清風嶺上寇三軍成對壘我公預方畧設伏明州水寨旗雜草木應變若神鬼破敵催枯朽奇議疇足擬至今嶺上雲片片猶軍紀

平烏山

寇時入烏山公誓衆往殄之匹馬毆後設奇制勝盡捕

獲於羊山空舍爲作平烏山

平烏山俯綠灣寨旗狄嶺洗劍消盤不思魚在釜尚將虎當關奇兵出九地羣魂竟生轘徒倚有廟畧一嚴眞圖南至今空舍月常照血游漫古將何如此驃騎正兩驂靖海洗兵歸輕裘對客談

餌鶯湖

海賊王文見收後有徐海者梟勇恃衆公過鶯湖視曰此四戰之地可以餌寇而不可與爭故任其出入卒於此餌之爲作餌鶯湖

鶯湖春二月水湧春山浮綠雲如甲鎧芳草盡戈矛蠢彼武夫侶爭如雅士游天地何泛濫東南綴如旒神智設形勢五餌洛

陽儔四面空戰場邱島任貔貅暫爾恣猖獗終當中吾鉤茲意誰知之相公已熟籌月暈敵當破孤雛網中投晶晶湖上水千載復安流

解桐鄉

賊圍桐鄉甚急公出師北關以間諜疑之圍遂解爲作解桐鄉

蠢茲海中夷亂我桐鄉城公輸與戰術墨子空流聲枹鼓時振地旌旗削天明百萬俱爲魚孤城旦夕平元帥自搴旗憂深河朔兵我公奮義勇出師北關門從容戒勿亟俟隙功始成此輩自呈死殽亂氣已傾潛機行間諜二豎果疑嬰揮戈四面攻獫狡散若星城完百姓寧奇功孰與京

殲二渠

麻葉陳東劉敵也公以間諜啗徐海使之縛二寇以自效果信而出之遂殲於境上爲作殲二渠

圯上石中書靜默思能兵我公識此意潛機得戰情忽如脫罝兔一决功則成兼已并兼人反戈牧野城中古有齊晏三士亦斷機不諳用間理二渠何由傾曠目非論劍計就斯流聲防風戮非晚四海稱昇平

平檇李

檇李以鶯朔爲寇出入之地故驚擾特甚旣殲二渠復檄徐海使之移軍乍浦於是檇李之民始安枕爲作平檇李

澤國三吳地縱橫河脉渦天地自險阻孤軍信若何烏鳶啄人腸狐狸繞庭歌聖君憂南服元老佩太阿劍鋒雷電驚鼠彼海

中麾再揭吳中柔織就三春羅蓋臨筆如椽露布馳天戈開邊未足計靖海功良多麟閣誰第一 公名世不磨書生志翰墨摛文紀伏波

滌乍浦

徐海在乍浦困弱已甚公勒兵進逼之海赴水死於是寇無子遺東南遂平爲作滌乍浦

天子急南顧司馬持玉節調兵連七省出師憂未捷天實生我公爲民洗吳越倚卓莘野師特重台南伯固哉有郤縠心戰尙諸葛重圖何閒暇整肅我戈戟窮獸當自斃抱石廿一決三軍壽鼓舞二女知願逝巢穴既已洗神州緑再揭事比古媧皇地維補東闕四民得更生千古論功業

白鹿至

白兵象也鹿野產也昔從周穆以遊八荒比於瑶池青鵲萬壽徵也今脩然而來蓋爲中丞洗兵俾爲聖天子兆元珠可知矣爲作白鹿至

白鹿何皎潔幽閒信八荒遨遊古聖意倏忽如飛黄千載今復至呦呦浙水傍爲公洗戈兵且兆斯世康不使王母鵲獨爲祥武皇巍巍西皇公瑶池進霞觴願問三十君蓋臣孰以當我公寸心赤得此飛精光上獻聖天子撫視太極方元珠庶可得元壽與天長

鳳可儀

己未之冬治内山西忽產竹米清芳可愛野人採以供食習者以爲鳳皇儀也爲作鳳可儀

亭亭西康州上有鳳皇巉世事日以舛千載來何遲朝飧惟竹

食夜宿梧桐枝明世遇聖君六合爲雍熙內有貞諒臣外有靖亂師我公振奇策洗兵青海瀨刪民今樂業八方稱至治西山産竹米清烈香如粢鳳粒先已實鳳皇應來儀還同雙白鹿翩翻集瑤池廟君紫霞杯祝君以軒羲

初春登茅山

雙屐尋春早行游入洞天叢蘿蒼靄合積雪白雲連野曠川原渺山空樓閣懸遼陽舊時鶴重此會羣仙

謁孟廟次董春臺韻

春日遊周道凌晨謁孟宮母儀千古則聖學萬年宗道不齊梁遇功還禹稷同摳衣瞻氣象岱岳儼尊崇

題余侍御四山乃祖夢魁宋咸不仕元刻石於家山曰宋林以見志至我朝屢有顯貴

四海皆無地孤臣自有天國將身共滅石與骨同鎸薇蕨懷長
恨柴桑憶舊年忠貞宜帝眷簪笏盛家傳

送陽生訪乃兄於潮陽限韻

萬里南天去滄溟俯大觀星搖長鋏動秋入敝裘寒五嶺蠻烟
暗羣峰鳥道盤爲尋春草約不畏遠遊難
送君從此別隨地有奇觀庾嶺梅將放藍關雪未寒山川依海
盡書劍入雲盤頂想羅浮上登臨有二難

山城觀梁王石麟因到東省中家留坐

爲覩梁王跡因過東哲家青山開障近綠水繞田斜門列千尋
樹庭開百種花高懷偏愛客留戀意無涯

李月山邑傳招游後同姚長山兄湖上次韻

幾載嗟分翼連朝喜共遊李邕樽正滿姚合思宜秋簫鼓灌聲

劇巖齋霽色浮寰中眞勝絕何處更瀛洲

城中蔣石泉園中限韻 園在小東門水關河濱

共步宗城曲言尋高士家蒼筠三徑玉紅杏一林霞小閣穿池入危欄遶澗斜芳春非有約幽興自無涯

湖中月夜限韻

舟入湖心暮漁歌共水濱風烟雙短棹江海一閒身雲漢中天影花飛兩岸春自矜淸絕甚明月語同人

同陳中丞令尹渡海至大登山

海角春融日風淸夙霧開鯨鯢浮浪去鷗鳥傍人來颿接三山近槎浮二月過泉南同作客天際共登臺

秋日由浯嶼渡至高浦登金門樓作

九月秋風肅揚帆破浪行雙州雲外渡孤浦海邊城珠嶼尋龍

聚瑤天獨鶴鳴遐方宣化後萬里瘴烟清

過芙蓉對鏡嶺

磴道愁驅馬盤岡想臥龍中天浮紫翠西華出芙蓉王事還三至鄉關尚幾重攬衣羞對鏡衰鬢寄行踪

游金山陪王敬翁登留雲亭次張處士韻

山勢從何地江流到此分一拳擎日月四面接風雲僧語龍鼉出經聲靑漢聞波濤對尊酒淸肅未成醺

游仙臺觀逢偶劍卽淸話

不到仙臺久瑤壇夢裏過遠支靑竹杖復聽紫芝歌古洞仙踪渺春風醉客多因逢劍師話塵慮欲消磨

送吳方渠還潮州

吳融今別去尊酒各沾襟明月連宵話秋風萬里心山連天目

遠水入雲溪深明日思君處繁蟬遶樹吟

寄海剛峯

憶昔同蘭署連鑣得取師披鱗君獨苦謫宦我偏宜清世登麟鳳長林臥鹿麋雲泥雖異路何敢負心知

九日

重陽催野興落日上平臺暝色村邊合秋聲樹杪來愁懷同葉散笑口共花開身世真萍梗何能負酒杯

贈南湖丁隱士次大司空韻

愛爾南湖隱翛然木石居雪歌隨處詠雲跡滿空書海上尋鷗伴遼東孤鶴餘愧聞仙子系未共帶經鋤

春日掃墓過集慶院看牡丹

爲展先公墓因叅野寺禪名花開靜院古木蔭前簷容是道陽

鶴僧屣大覺仙坐悴幽勝處日夕未言旋

觀音山亭同張廸瑜作

出郭聯鑣及暮秋，遥從塵外得清遊。山胷過雨峯逾碧，木已迎霜葉尚稠。歌笑偶逢詞賦客，飄飄頻遇偓佺儔。坐連錦石滄波晚，欲共亭前明月留。

送華陽十三兄宰央川

天啡羣仙海上城，素琴攜向訟堂鳴。平生自信循良志，今日真堪父母心。雲外征鴻分翼遠，夢中芳草隔池生。春風一别何年聚，天北天南萬里情。

秋日山館有懷

百道泉飛雨澗流，一聲鳴鶴萬峯秋。山中求友成孤往，江上尋僧憶舊遊。高館琴書侵薜荔，夜堂鐘磬雜松楸。依棲又過黃花

侯悵望同心獨倚樓

督師崇武城同歐將軍及諸生登大岞山觀海

鼓角殷殷碧海灣旌旗飛渡萬重山孤城三面魚龍窟大岞雙峯虎豹關地脉西來盤勝槩濤聲東去控諸蠻振衣坐撫滄波渺又向滄波一笑還

先君一山公嘗尹南靖余昔廷覲游此今三十餘年矣復得再遊感舊懷親更叠前韻

夏日招攜古寺幽芝山雨過萬峯秋自忻覽勝明時會猶記趨庭昔日遊華髮似應逢再世清漳依舊繞雙流鄉關回首雲空白不盡南天脉脉愁

送姜鳳阿太史還朝

春風江上送鳴榔有客言歸白玉堂蘭芷自來同臭味雲霄今

去獨翱翔烟分緑渚辭鷗鷺日麗瑶池待鳳皇少小共知弹劍意肯叨軒轂負行藏

贈戚南塘都護

一麾萬里淨烽烟猶道燕然勒未鐫天子方隆宣武寄將軍兼有好文賢許身直視青萍劍愛客長歌白雪篇四海聲名推古前應知燕喜在周筵

登觀海亭有作仍用前韻二首

觀海亭空幾度過歸心無奈簡書何烟浮極浦帆檣渺潮落平沙鷗鷺多息嘆只今皆戴日滄溟從此不揚波北瞻不盡孤臣意且聽遐方擊壤歌

羣峯盡處一亭孤振袂登臨眼界殊華表風清來鶴駕滄江波淨見驪珠雲中樓閣如圖畫烟外帆檣似有無六載巡方雙鬢

眇側身長望獨躊躕

送蔣杏泉老友還丹陽

與子論交三十年別來吳越意俱懸相尋不惜程千里聯話何嫌漏五傳官舍豈能淹達客仙風仍欲御歸船臨岐預定林泉約藥裹棋枰續舊緣

同張虛菴賀澹菴游觀音寺次虛菴韻

春風吹袂入蒼烟別久相逢意倍憐五馬昔曾聯劍佩雙旌今復共林泉舟隨賀監經湖曲槎共張騫泛海天自覘塵根還野性誰將良老學童年

春日早朝

禁道蒼茫曉漏稀青陽淑氣護龍旂雲光已煥金門曙月影猶含玉殿輝萬里星遥迢拱帝九重霄漢正垂衣鳳池舊日鳴珂

處又其鵷班侍紫薇

湖山佳勝亭次管邑侯韻

萬峯廻合開佳勝孤嶼亭懸逈隔凡練水靜澄秋浩渺長山晴
對碧嶙峨笛聲鳥語參差響極浦橫河遠近帆登覽不緣明宰
化幾能淸暇聚松關

題畫

青草亂澄波白雲覆高嶺秋含風裡聲花對池中影

贈王南岡小樓四首錄二

捲簾看白水隱几對青山幽人山水意日日此樓間
木落林巒秋鳥棲村巷夕獨上明月樓青蓮鏡中出

新安道中寄陳南華

仙徑迢遥日欲斜新安道上憶南華故人咫尺不相見空對遥

天悵落霞

束洲 字仲瀛號如古桓之戈邑文生

重陽後一日飲吉明府大用園亭二首

高誼卑金谷方園自物情菊存三徑節梧散一秋聲居易能開社淵明不愛名歲寒期共託詩酒喜雙清

爲園成隱僻解組得高情種菊開霜艷栽松落雨聲小亭時醉酒曲徑不驕名京國悲張翰蓴鱸秋思清

姜麓 一名齊字仲子歲貢生任江西餘干縣訓導

鶴林寺賦得院古深藏竹

西來白馬花宮舊南望青林竹徑賒贔屭有靈常近佛瞿曇無色自宜家琅玕掩映泉光合蒼翠溟濛塔影斜忽聽輕風弄幽響半空新粉落袈裟

杭　濟 字方舟號平川邑文生詩見丹陽集

小園新成

小隱栖西許開園傍屋陰樹孤眺野遠徑曲入門深鳥語巡枝聽花香趁蝶尋營新非取勝聊適老年心

閒居雜詠

墟里人烟少吾廬亦自幽短籬緣小圃修竹帶清流對酒醉方止看書倦卽休柴桑眞境界千古與心遊

周　愛 字文孝號練溪少失怙卽棄舉業謀供甘旨後遭逆誣見責於邑令復失志讀書出歲貢生歷任湖水西江上高教諭昌明理學爲一時望所所選有丹陽集著有練濱詩草

晚次青陽驛

曙烟開古戍海氣卜朝晴堤雪融留迹河水走帶聲橋危還度馬春淺未聞鶯又見王孫草青青滿路生

送姜鳳阿較士入蜀

太史文章山斗高十年天祿校書勞黃麻舊視鸞臺草白馬新翻豸繡袍萬里秋風淸使節三巴時雨化英髦九重側席求賢輔應向池頭想鳳毛

金臺旅夜遣懷

萍蹤旅食滯京華孤館淸宵禁漏賒貧病日侵常作客夢魂天末亦還家詩詞自擬追王粲雅調誰能識伯牙白首放歌還仗劍燈前醉舞任欹斜

眭　基　字子安以子石封翰林院檢討

聖壂菴

揮麈談空記我曾松花夜落佛前燈此來林樾都非舊祇識荸菴內一僧

賀邦泰字道卿號瀘菴少遊姜鳳阿唐荆川之門嘉靖戊午舉人己未進士授莆田令禦寇有功陞戶部主事出守南康改韶州又改瓊州考天下卓異第一莆田瓊州俱入名宦歷遷湖廣參政督學山西擢江西按察使後以孫世壽贈宮保尚書

登匡廬

五老在青冥尋常不可見我來騎白鹿凌虛涉飛巘微風過樹杪寒光洩紫練陰陰古澗中流出桃花片

南康鄉民送竹蒔署中愛其枝葉蕭疏與江南種別及余調去憶不能忘他日過家時將移數竿東還詩以期焉

南康舊守貪無比滿載頑竿過鄱水當年宿諾未能償必責民償然後已郡民竊笑匡山愚合浦所産多明珠不載明珠載山竹吁嗟太守何其迂

秋日課學仁見夜讀

桂吐清香秋色鮮，月光皎皎影將圓。呼兒夜坐讀遺編，感時無限意惓惓。憶我當年如汝年，展書夜讀慈母前。聲音爽朗如鳴弦，母也見之中心憐。時時摩頂撫我肩，剥棗烹茶送若泉。稿禄未養已長眠，痛號欲絶屢呼天。汝齡纔二母棄捐，零丁未成我意懸。罄冬每諭早添綿，京師長費買餅錢。殷勤願汝壽且賢，兒兮兒兮抉着鞭。五車經史未易研，明歲先完孟七篇。題箋付汝汝勉旃，毋若伯魯之簡然。

除夜

守歲循天涯，驚心換物華。兒童喧爆竹，擲酒泛流霞。故國連宵夢，孤燈此夜花。可憐雙鬢短，飄泊未還家。

再調瓊州

孤踪今已到天涯，何事猶乘海上槎。儋耳曾遺蘇氏跡，崖濱曾

駐寇公車不才未是前賢侶世態堪同往事嗟桐葉故園長好在空餘淸夢到山家

憩草坪驛和孫忠烈壁間韻

天綱欲裂許身當何異中流一葦杭道在形骸原不貴義安顚沛亦何妨恨無長劍誅凶醜賴有忠魂格上蒼一戰成功人共快非公誰助陣堂堂

閒居

展書復置書無言悄戚獨喟然傷我生胡爲在空谷

舟行

烟霞春欲暝山水靜相宜獨坐扁舟上狂歌倒接䍦

哇　祿字汝修號五竹由拔貢生任河南西華縣敎諭

廷試作

草茅竊仰帝都尊何幸觀光歷九閽金水橋邊風自爽奉天門外日初暾摛文筆繞青雲起許國心隨白髮存却羨天人三策董蓋將曲學齒公孫

廷試述懷

彤庭日色暖如春陽德方亨萬象新夾陛香焚螭咒峙分班威重虎賁巡橋横金水通西海座障丹扆仰北辰題自九天來處濕我非堯舜不前陳

禮部考教作

泣玉荆山血未乾邦謀祿仕試春官好爲師範吾何敢喜得儒官不例看鶴子向人鳴且舞槐陰護我絲成團聖朝物物欣咸若叨沐徵賢禮教寛

庭槐風慽起晨鴉人跡霜華集早衙水注端溪惟耀日東生毛

穎漸成花參苓烏厘醫師室杞梓楩楠匠氏家幸得娃名登仕籍肯將温飽作生涯

荆光裕 字孝啓號養吾嘉靖戊午舉人隆慶辛未進士授刑部主事晋考功郎中遷按察司副使督學滇中移嶺南廉使

送丁修卿赴吳川任

鳧舄翛然玉佩垂清談無復舊時宜懷恩北望三千里捧檄南遊五月時練館草香嘶去馬嶠峯野色上征麾欲知此後弦歌韻都在春風桃李枝

題凝真觀

滿目烟霞一徑平閒來此處聽吹笙碧桃雨後花初落瑶草春深葉盡生孤鶴唳雲仙院曉老松飛翠石壇晴坐談自與塵囂隔靜聽黄庭朗誦聲

王用賓字觀光號桐軒由人材任陝西長安主簿陞山西忻州州判嘗與周文孝同選丹陽集

曉度花岡

長路青蕪沒危岡碧落橫斷崖由古鑿野燒入秋生海日巔先染江濤麓自聲重遊隨地險曉度趁天晴木僻雲根落人從鳥道行幾回頻策馬倚劍聽雞鳴

訪湖岡袁隱君

去郭一二里綠岡四五家短籬斜插槿幽徑淨浮沙鹿臥崖前草鶯啼谷口花石門深自鎖靜坐閱南華

贈吉允章二首

爲訪城南逸因過月下槎窗前曾到客酒市近移家幔冷風歸竹衣香露濕花塵囂無處着不用覓烟霞

茅屋緣溪築桃源咫尺通斷崖啣落日高樹響迴風幽景開無

際良辰駐莫窮一樽因病廢何日與君同

段庄避暑

長日臥林中鳴泉聽不窮凉飄梧葉雨香散藕花風杯酒非袁紹田桑似德公不須扶短策更訪鹿門翁

過陳少陽祠

荒祠遺野渡每過一停騑古砌横蝬碣空庭下夕暉溜沙猶諫草風木自忠威憶昔東台吏能無愧布衣

登咸陽城樓

興飄雲樓表蒼茫日正曛山光臨澗合野色自城分遠燧憑高見悲笳隔戍聞愁顏何日破此地一成醺

新豐夜泊

西征辭故里晚泊向新豐物色隨方異人烟到處同氣冲長昌

挾潮應衆溪通前路明朝發華陰望不窮

九日登白鶴山

一上高峯望眼賒風烟猶自隔京華雲中樹擁金牛迥湖上山連白鶴斜四座風松聲似雨滿林霜葉色如花休教烏帽樽前落短髮羞看老孟嘉

東桓 字子威號懷玉洲次子家貧日辨再食爲學根究性命務爲躬行隆慶戊辰由拔貢生授寧州州判平反叛逆以忤上改膠州又攝高密即墨二邑篆即歸田與丹徒殷士望及受業任光祖輩講求性命之學其學以孝弟求仁爲本敦朴存誠爲務學者稱懷玉先生崇祀鄉賢所著有曲阿集

古風懷姜仲文

山路稍不用茅生隨蹇之欲救車薪焚杯水非所宜我觀古聖賢兢業恒自持孜孜寸陰惜進德無停時同思昔年少學業荒於嬉所志在功名非有身心裨年光漸以邁感慨希宣尼其如

賤且貧衣食令心移頻年事婚嫁一暴寒十羅幾枉過此生老至彌傷悲未甘自暴棄往往古人思憐君保明德古道良在茲中心竊自幸厥修有師資君謂吾可興不斬提命私聞昨萃同志闔古開尋疑準擬謁君來苦因風雨羈山中絕塵擾了悟應無遺願言罄所懷惠我瓊瑶辭

憂旱狂吟

東山有夫臥雲石山徑迢迢罕人迹一念不起見天真百骸交暢泯乖逆有歌上徹天帝京天爲改容甘雨傾下徹九地百穀成不復水旱憂編氓中微人間扶正氣南北東西息戰爭巖廊之上皆忠貞青蠅反舌收其聲窮簷之下犬不驚宦門富室黃金輕大哉此歌誰爲録臥夫徒爾抱精誠安得慧眼炤我情藹然一歌四海寧

異劍歌寄贈于景素

于矦昂格天下奇手持一劍蒼龍姿淬之長江江欲竭泰山爲礪山靈悲煉就光鋩射牛女牛女驚惶失所居驅逐萬魔自身始此身肅肅無瑕疵異哉此劍世所稀人臣得之敢自私殷勤獻之明天子激切萬言非支離奈何天顏咫尺若萬里棄擲此劍如塗泥茫然東歸卧高閣左琴右書始自娛古云神物會合自有期再淬再礪謹俟之方今海外諸夷有逆思敢爾肆然弄兵於潢池嗟哉百萬蒼生之命如懸絲劍乎劍乎此其時

再寄

我聞太上之劍本無形有形之劍劍非神光鋩原是劍之累此理昭然君勿異殺機動處衆所疑英氣臨人隘者忌淬礪淬礪復淬礪去盡光鋩乃神器神者長在形者棄自古及今有顯示

形乎神乎早辨之劍哉劍哉莫輕試

萬松歌

雲陽以東有嶺數十里兮自北而南狀若神龍高臥兮變化中涵有道人汗漫兮七十而康手植萬松兮嶺之疆結廬三間兮松之陽饑則餐松之花兮不慕侯王之豆觴倦則息松之蔭兮觀日月之奔忙客來則雜坐松之根兮而談陶唐客去則玩易松之前兮而對羲皇倘觸松間之啼鳥兮有動於中則浩歌松之風兮聲滿長空不知布袍之爲賤兮而錦衣之爲榮不知草堂之爲陋兮而華屋之爲工不知介然獨處之爲寡兮而羣然千萬夫之爲雄不知泯泯無聞於人世之爲困兮而鏘鏘有聲於天下之爲通坐觀海内蒼生歌太平兮四夷來宗我想古人功成不受三萬戶兮從赤松又想古人見幾不戀五斗粟兮撫

孤松我後二子生兮棲萬松求爲天地間完璞兮不居其功寥寥千載三人兮道異迹同

靜坐懷姜養沖督學關中

去國吾何有蕭然一室虛交遊惟野鶴生計託山蔬道骨閒中老凡心定後除寄言秦隴客何日問幽居

湖上贈別

飛飛冬雪滿蒼穹忽見東南萬戶空湖上尋幽孤棹往燈前說劍壯心同我遊六合塵埃外君在千重雲水中縱有挽回滄海計何繇書上未央宮

蔡　狥 字仲謀一字可蘭

山居有述

飛塵眯人紛蠹蠹時向幽居對崖谷滄波安帖龍伏珠茂樹扶

跡山蘊玉野艇銜烟歸渡頭媛雲將雨捎溪足終歲棲遲絶代
人何年卜築斯山麓汨汨清流曉濯纓丁丁幽澗春伐木爲樵
負薪供隱居守道志貧不志穀採藥歸來月當戶憑軒睡起雲
滿屋馬亡骨市縻逸才鳥盡弓藏徒力戮清泉白石足幽賞皂
蓋朱輪多恥辱陶情詩酒樂有餘放志山林意彌篤名高千古
不可攀悵望聊歌紫芝曲

寄兒

別時苦炎熱倏忽轉西風吳楚一江隔乾坤萬里同音書附沙
雁秋色染江楓隔岸還凝眺雲山杳碧空

游海嶽庵二首

冬爲北固江上客欲訪南宮海嶽庵瘦馬不禁松徑滑遲遲行
過石橋南

西風紅葉景蕭蕭林外江聲湧暮潮同首空齋人拜石只餘一片石名堯

姜士昌字仲文號養冲寶次子五歲就傅至楚國無以爲寶輟讀拱手立曰此家大人諱師大奇之十三歲諳學宮十九歲中萬歷已卯舉人庚辰聯捷進士授戶部主事遷員外郎郎中出爲陝西提學以憂歸服闋在江西右參政論輔臣論與安尉歸隱十餘年從高忠憲攀龍顧端文憲成講學東林年六十一卒祀名宦鄉賢天啓初卹言事諸臣士昌先卒卹贈太常寺正卿所著有雪伯堂稿　姚文毅弔公句云逸才眞可肩王孟酒筆何妨逗晚唐嘯咏半從憂國誤風流多爲感時傷公之詩品人品俱見矣

送小茅龍歸茅山

蜿蜿茅龍來自茅山下土恒暘粒食維艱神仙使者命君出關甫至而潛既而若開將雨之夕乃上昇焉吞吐江海在盆盎間甘澍洪流厥兆豐年父老德君擬送君還雷雨一夕龍去窅然緘封如故元蹤莫攀不數人中渭水南顏

詠史

翟公昔貴盛，嘉賓溢前墀。倚伏自恒情，盈虛宛相期。客自敬廷尉，翟公但附之。公也大署門，典謁前致辭。令我長貧賤，物態宜如斯。賤者可復貴，風雨散何爲。寄言汲鄭輩，富貴宜堅持。

楚國有兩龔，壯陵一蔣翁。嗜學恬樂進，蜀國推楊雄。壯歲慕詞賦，雅有相如風。晚好太元理，沉思破溟濛。不量非賢聖，迹作思同工。偶然被讒語，投閣何怨怨。末路作符命，乞哀安漢公。向擬易論語，弟足紿愚蒙。愧彼三君子，威鳳或冥鴻。

百卉競春華，凌寒幾松柏。舉世重利交，開逕幾三益。古道勿復論，平原猶有客。卿相暨死生，迭迭付一擲。廉頗藺相如，廻車竟莫逆。義重私讐輕，高風冠今昔。末路此義微，轉盼無遺迹。利與害交尋，金石俄還易。夫何遽還易，彼本非金石。

志士戒盜泉餘波恐相及隱之獨詠言茲川清堪吸湽澠自至
性涇渭類漸習酌彼采薇士清芬諒逸集何必滄浪濤塵纓始
堪澠植操孤乃堅修名久彌立墨翟車勿疑楊朱路寧泣自非
上根人臨流聊停汲

德操居潁川采桑彼路側異彼公儀休拔葵仍去織任大勿漁
細屈伸各有域避世復避名行止各有則龍潛貴隱鱗鳳覽宜
戢翼不慕曲逆侯庶免失道惑寄謝南郡生賢者安可測

淮陰漂母祠

豪傑未遇時顛倒可具論淮陰辱淮市釜甑生埃塵漂母胡爲
者饋食良苦辛既貫不受謝慷慨乃具陳本無望報意祇爲哀
王孫此意曠千古千古孰等倫魯連芥千金高蹈東海濱彼自
奇節士漂母乃婦人

再題子房山

椎秦跡大奇報韓志未已進履黃石公脫屣赤松子智勇眞英雄狀貌婦人耳安劉賴平勃翼漢來皓綺忠漢緣忠韓烈士薦芳芷

商山道中

再爲商山行爾覺商山好改軸遲歸途策騎忘遠道宋明日夜移商風度淸昊丹英既映蔚青林亦窈窕遠岫生夕陰層崖激秋潦臨岐友生別一爲縈懷抱空山自荒榛飛流何浩浩高詠紫芝什懷哉漢庭皓題書謝明主歸將拾瑶草

五日與董思白泛曲阿後湖時競渡畢集

艾服狎漁汀蘭舟弔屈平漁父當苦醉楚臣常苦醒何來投湘書及此湖流淸荷花競西來太史亦東行霓旌並雲旗相將泛

澄瀛烟波湖空濶雲日漾虛明如張洞庭樂宛作沅湘行水勿期太淸士勿期太醒醒士醉所笑淸流濁所爭蟹螯佐拍浮魚龍憎濯纓但取一日適勿煩千載名

秋仲與董思白太史登北固山觀狠石

兹山如龍盤孫劉走馬地二子英雄人相奇亦相忌走馬何雄豪斫石太猛鷙俱懷雄覇心各挾并吞志山中一片石二子狠所寄電影騰虛空割據等嬉戲牧豎躍耕夫安知千載事秋仲吾憑高烟帆渺天際玉露被高林萬木盡丹翠戲語董太史此是君畫笥

送諸延之顧季時以言事罷南歸

昨日鄙人初拜疏蒼茫不識君王意司農官長盡揶揄同舍曹郎多引避諸君握手左掖門片語相看欲流涕踈狂幸逢明主

有拥病自分時人棄今日三人同上書九關虎豹紛愁余忽聞
命下已落職浮雲白日空躊躕居然布衣見天子婆娑鬖騎長
安市春風釋褐向金門此日角巾歸故里人生失意無好醜變
態浮沉何不有疏彈已見臣罪多放廢須知主恩厚便可飲然
返故林無爲澤畔獨行吟坐擁百城寧足羨連牀萬卷日堪尋
林風吾亦思田野九月行將掛帆下歸途倘遇顧叔時爲言吾
輩悠悠者

長卿行送屠長卿罷官歸四明

漢家長卿太無行千秋詞賦空凌雲鼓琴繆托臨邛令負弩猶
傳諭蜀文合綦列錦何綺靡吾代長卿亦如此三年作令青溪
上臣門如市心如水承恩奏賦明光宮珠履三千座不空擇交
縱自輸韓白結客從來愛孔融一時賓客盡淸狂銜盃君自讓

高陽乍可揮毫賦雲夢那能貰酒向陽昌可堪白日被煩寃秋風歸老裴羅圍讒口寧同楊得意通侯不是卓王孫自古能言終見棄雕龍繡虎皆爲祟縱有聲名身後論絶憐埳壈當年事莫將消息怨金莖末路誰能重爲卿憐君文藻空相似酒肆琴壚淚得名

金山寺

烟雨片帆收閒尋物外遊鳥歸吳苑樹僧下廣陵舟海濶寒潮壯天空木葉秋江流足禪意對此共悠悠

與鄧孺孝周叔夜眭金卿王伯謏謁延陵季子祠

並是東吳地爭傳季子祠邱墳定何所衡宇繫人思獨行乖千古浮榮任一時同遊狂簡士感慨共題詩

末路誰堪問維舟獨謁君空山到流水古渡駐寒雲釃酒酬高

蹈捫蘿惜斷文遺風如未遠吾輩浥清芬

欲問躬耕事登臨遠思多明禋存漢典歲月薦吳歌我輩猶塵網荒祠自薜蘿昔賢高隱地簪紱愧來歌

高嶺鬱蒼蒼疎林木葉黃泉聲喧九里山色近華陽樂久湮齊魯祠仍歷晉唐況冥千載事懷古意俱長

遠市孤烟起荒城行跡稀野翁迎客語山鳥向人飛自覺林墟古誰言世代非延州一祠宇清並首陽薇

古碣漁樵護蒼茫烟霧開最憐青雀舫共醉白雲隈地以壽幽勝人因弔古來闔廬何處所吳苑只荒臺

招隱寺

真隱殊難事誰與此勒銘幽人矜密岫清澗畏塵纓江僻無帆影僧稀有梵聲勿邀出山客彼或惡山名

秋日偕道甫訪余司農城西寺

秋日郊原道偏宜靜者心故人成久別相見一披襟立馬看山
色開樽聽梵音幽懷輸我輩對此合情深

攜手共躑躅行經野寺孤水能侵曲徑秋已入平蕪綠樹圍經
榻青山傍酒爐追尋殊未已暝色下城隅

謁李忠定公祠

巑岏出泉處忠定有祠堂宋社頻傾覆斯人獨慨慷投閒憐解
纜流涕想君王蘋藻來吾輩高山詠不忘

泛湖懷畦金卿王伯強

秋日泛晴湖懷君舊酒徒高文仍泣玉流俗自吹竽賈誼才難
達陶潛興不孤還將獨醒意為問酒家胡

再訪鄒孺孝湖中別業

為愛高齋竹重聯此地觀林深黃葉積山晚白雲寒洲渚浮天濶人烟隔水看自非求仲輩誰復到湖灘

與鄧孺孝諸君將登茅山阻雨宿田家

烟霞悠進屐風雨妬山靈曠埜俱含白羣峯不放青鷗飛何渺渺澗水故泠泠晚向農家宿寒扉幸未扃

宿遷道中觀貧家鬻女

育子豈不愛家貧且若何江湖生計少天地別離多幼女嗟乖隔居人恨轗軻停橈聊問爾感慨一悲歌

先宗伯俎豆洛中荷文天瑞暨洛中諸君子嗽詞設奠無從祇謝祠下感而有寄

伊洛分藩地裁看祀典崇寢謀曾汲孺興學擬文翁地是召棠舊山竟襄峴同從來風教事標表待羣公

重有感

豈有燕然客能成出塞功空聞悉精銳不復返元戎鳳闕高兵氣狠河泣斷蓬漢家思婦月全照敵營中

題彭城子房山

漢廷紛集紫芝翁天路曾師黃石公烈士何妨如好女游仙眞可薄英雄河流淼漭墟烟外山勢岧嶢野戍中惆悵伊人不可見秋雲寥廓暮霞紅

送顧叔時謫判桂楊

仙郎何事向天涯楚水湖山道路賒總爲主憂深漢室誰憐遷地過長沙一時名諫俱承譴萬里孤臣獨去家若到杜陵祠北望好依落日念京華

送戴闇師調黎平暫歸荆州

送君南下楚江頭，龍劍翩翩說壯遊。客夢頻年依子舍，歸人五月到荆州。開樽草緑羅含宅，緩帶雲深王粲樓。此去雙旌明主意，暫時萊綵莫淹留。

謁陳少陽公祠 壁有葉侍御奠文

出岫何煩覓大林，昔賢遺廟此重尋。公車輿櫬原奇事，履叠嬰鱗總素心。宋代和戎多覆餗，古來死諫幾青衿。壁間柱史遺文在，膽有清芬留至今。

送傅士先生嚴公之日照令

使君前路擁絃歌，祖席寒雲奈別何。暮雨千家穆陵郡，春風一騎白狼河。海門西望波濤潤，岱色東來烟霧多。此去壯遊應有賦，纖纖書題寄莫蹉跎。

與鄧孺孝登湖亭 河之陽有陳少陽祠

客有拏舟問碧岑蕭蕭黃葉寺門深疎林盡入澄湖色宮閣閒
閣清梵音隔岸遠山飛鳥沒半帆青霧夕陽沉關河指點荒祠
在把酒臨風淚不禁

與畦金卿游金陵華嚴寺

青山盡日悠幽尋峭壁崚嶒思不禁遠寺浮圖雲裏出帝城宮
闕望中深僧閑高閣臨松逕鳥避寒烟下竹林濁酒籃輿莫辭
適道旁金碧已消沉

玉乳泉亭上懷王明府

吹笛下湖船放船清可憐白鷗都似水白水只如天

彭城九里山

重瞳龍準故山河鐵騎金輿此舊過我醉欲尋龍戰處晚山如
簇夕陽多

送外舅于司理之九江

征帆東去卽柴桑揮手風烟正淼茫一片離心不可問江流日夜遶潯陽

甬阿詩綜卷之十終